I0641712

17218
H

MEMOIRES

POUR SERVIR

A L'HISTOIRE

DES

HOMMES

ILLUSTRES

DANS LA REPUBLIQUE DES LETTRES,

AVEC

UN CATALOGUE RAISONNE

de leurs Ouvrages.

TOME IV.

A LA SCIENCE

BIBLIOTHEQUE DE L'ARSENAL

A PARIS,

Chez BRIASSON, ruë S. Jacques,
à la Science.

8 H 28697

M. DCC. XXVIII.

Avec Approbation et Privilege du Roi.

Livres nouvellement imprimez, & qui
ſe vendent chez Briaſſon.

Hiſtoire des revolutions des Pays-bas
depuis l'an 1559. juſqu'à l'an 1584. 2 vol.
12. 1728.

———— de la derniere revolution de Perſe,
écrite ſur les Mémoires originaux envoyez
d'Iſpahan, avec une Carte, 2 vol. 12. 1728.

Eſſai d'une nouvelle traduction des Oeuvres d'Horace en Vers François. 8°. *Am-*
ſterdam 1727.

L'Art d'orner l'Eſprit en l'amuſant par
des traits utiles & agréables, par M. Gayot
de Pitaval. 2 vol. 12. 1728.

TABLE ALPHABETIQUE DES AUTEURS.

ã ij

MEMOIRES

MEMOIRES

POUR SERVIR

A L'HISTOIRE

DES

HOMMES

ILLUSTRES

DANS LA RE'PUBLIQUE des Lettres.

Avec un Catalogue raisonné de leurs Ouvrages.

PIERRE ABE'LARD.

IERRE (ABE'-LARD) [a] Il y a peu d'Auteurs plus connus que celui-ci. Ses démêlez avec S.

(a) M. de la Monnoye, p. 326 de ses Notes sur le premier Vol. des Jugemens

Tome IV. **A**

PIER- Bernard ont fourni de la matière
RE ABE'- aux Critiques, aux Théologiens
LARD. & à ceux qui ont écrit l'Histoire
Ecclesiastique. Ses intrigues avec
Heloïse ont fait le sujet des entretiens de l'un & de l'autre sexe. On
en a formé depuis un demi siecle
differentes Historiettes qui ont tous
les défauts des Romans. Je m'étonne même que ces noms n'ayent
point encore paru sur le theâtre
François.

Nous avons beaucoup d'obligation au sçavant Ecrivain qui a
donné au Public la Vie d'Abélard ; (a) elle est pleine de recher-

---

des Sçavans de Baillet, voudroit qu'on
prononçât & qu'on écrivît toûjours *Abeil-*
lard. Mais il me semble que la prononciation d'*Abélard* est plus douce & plus conforme par là au genie de notre Langue.
Quelques Anciens d'ailleurs avec *Vincent*
de Beauvais ont mis en œuvre cette or-
thographe. Au reste, ce qui décide l'affaire
en ma faveur, c'est que les Bretons n'ad-
mettent point d'autre prononciation que
celle que j'ai adoptée. *Menage* s'en sert
p. 552. *de ses Etymologies de la Lan-*
gue Françoise. Edit. 1694.

(a) *La Vie d'Abélard Abbé de S.*
Gildas de Ruis, Ordre de S. Bénoit, &

ches puifées dans les Auteurs contemporains. Je me contenterai
d'en choifir quelques circonftances
des plus intereffantes qui auront
rapport aux Ouvrages d'Abélard.

Pierre *Abélard* étoit fils aîné de
Beranger Seigneur de *Palais*, petit
Bourg à quatre lieuës de *Nantes* en
Bretagne. Sa mere s'appelloit *Luce*.
L'Abbé *Gervaife* prétend que cette
mere tendre donna le nom d'*Abeillard* à fon fils par un préfentiment
qu'elle avoit de fon éloquence fu-
ture, & il cite là-deffus *S. Bernard*
(*a*) qui l'appelle A P I S D E F R A N-
CIA ; mais il n'y a pas de jufteffe
dans la citation ni dans l'application qu'on en fait. *S. Bernard* dans
l'Epître 189. parle d'une difficulté
qu'*Abélard* avoit euë avec *Arnaud
de Breffe*, & il dit : *Sibilavit apis
qua eft in Francia, api de Italia.*
Qui ne voit que ces paroles ne don-

celle d'*Heloïfe fon Epouse*, *premiere Ab-
beffe du Paraclet. Paris* 1720. 2. *Vol. in
12. chez J. Mufier & Barrois.* L'Abbé Gervaife eft Auteur de cette Vie.

(*a*) *S. Bernard Epift.* 180. felon M.
Gervaife. C'eft *Ep.* 189.

A ij

PIER-
RE ABE'-
LARD.

nent aucune idée de l'étymologie
qu'on cherche ici. Car il s'ensui-
vroit que dans *Arnaldus* l'on trouveroit aussi l'étymologie d'Abeille,
ce qui est contre les regles du bon
sens. *Abélard* n'a-t'il pas d'autre
signification dans le bas Breton?(*a*)
j'abandonne cela aux chercheurs
d'étymologie.

Abélard vint au monde en 1079.
Après avoir appris la Dialectique
sous le fameux *Roscelin*, qu'on hono-
re du titre de chef des *Nominaux*, il
prit la route de *Paris* pour y achever sa Philosophie sous *Guillaume de
Champeaux*. Le merite du nouveau
Philosophe fut bien-tôt connu. On
lui confera un Canonicat dans la
Cathedrale. (*b*) *Fulbert* son Confrere lui confia l'éducation de sa
niéce (*c*) *Héloïse*, tout le monde

(*a*) Comment accorder cela avec les
anciens noms de l'Auteur *Balard, Abau-
lard, Bajolard, Abaëllard, Abaillard, &c.*

(*b*) M. *Gervaise* prouve que c'est à
Paris, & non à Sens, qu'*Abélard* fut
Chanoine.

(*c*) *Papyre Masson*, p. 239. de ses
Annales de France, Edit. 1578. avance
sans preuve qu'*Héloïse* étoit fille naturelle

sçait ce qui se passa entre le maître
& l'écoliere. Elle en eut un fils qui
porta le nom de *Pierre* comme son
pere, la mere y ajoûta celui d'*As-
tralabe.* Ce fils mourut en *Bretagne*
dans un âge peu avancé. Fulbert
contraignit *Abélard* d'épouser *Héloïse.* (a) Il y consentit ; mais peu
de temps après, celui-ci de son
côté engagea son épouse à se retirer
dans le Monastere d'*Argenteuil,*
parce qu'il n'étoit point à propos
pour lui de prendre en public le
titre de mari. Cela dérangeoit ses
pratiques & ne convenoit point à
certaines circonstances de son état.
L'épouse nouvelle sentoit assez cet
inconvenient, la complaisance la
fit soûmettre à tout ce que son mari
voulut. Cette conduite fut suspecte
aux Parens, ils crurent qu'*Abélard*
ne songeoit qu'à se défaire de sa
femme & à sécoüer le joug nuptial.
Outrez de ce procedé ils médite-
rent avec l'Oncle une vengeance
honteuse, que le valet suborné exé-

PIER-
RE ABE'-
LARD.

de *Fulbert. Abélard* p. 10. & suiv. de
son *Histoire* l'appelle Oncle.
  (a) *Vie* p. 57.

A iij

PIER-cuta cruellement fur fon maître
RE ABE'-pendant qu'il dormoit. On cher-
LARD. chapar cette operation fanguinaire
à borner fa galanterie & le mépris
qu'il faifoit d'*Heloïfe*. Le Philofophe eunuque avouë (*a*) fincerement
qu'en cela la honte plûtôt qu'aucun motif de pieté lui donna des
idées de retraite. Il fe réfugia à S.
Denis, y fit profeffion & y reçut
la Prêtrife. Les fciences n'étoient
pas alors du reffort de cette Abbaye. *Abélard* s'avifa d'y étaler de
la doctrine & de faire le réforma-
teur. L'Abbé d'accord avec fes
Moines fur la vie aifée & même vo-
luptueufe, voulut qu'*Abélard* fe
retirât dans une maifon de campagne : il y profeffa pendant quelque temps. Comme cette maifon,
felon toutes les apparences, étoit
proche de *Rheims*, on fit entendre
à l'Archevêque de cette ville que
ce Philofophe folitaire enlevoit
toutes les pratiques de l'Univerfité
& qu'elle étoit déferte. C'eft dans
cette retraite qu'à la priere de fes

(*a*) *Abelardi Opera*, p. 57.

Diſciples il travailla au Trâité in- **PIER-**
titulé : *Introdûctio ad Theologiam.* RE ABE'-
Contraint de retourner à S. *Denis* LARD.
il y fut mal reçu, parceque les Moines le regardoient toûjours comme
le cenſeur incommode de leurs
mœurs & de leur ignorance.

Abélard content du repos de ſa
cellule, éloigna tout ce qui pouvoit
l'engager dans quelque liaiſon
avec ſes confreres. L'on veut que
ce ſoit en ce temps-là qu'il adreſſa
à ſon fils *Aſtralabe* ce beau Poëme
élegiaque, dans lequel il lui débite
toutes les regles de la ſainteté, & il
lui montre l'engagement qu'a
l'honnete homme de joindre l'é-
tude à la pieté.

La vivacité de l'eſprit d'*Abélard*
jointe à une inclination puiſſante
pour la verité, excita contre lui
une perſécution digne de la fureur
des Moines de ce temps-là. *Abélard*
tomba par hazard un jour ſur un
paſſage de *Bede*, (*a*) qui veut que
Denis l'Areopagite converti par S.
Paul ait été Evêque de *Corinthe*;

(*a*) *In Acta Apoſt. c.* 17.

PIER-
RE ABE'-
LARD.

Si cela est, dit *Abélard* s'adreſſant aux Moines, votre S. *Denis* dont vous vantez tant les Reliques ayant été Evêque d'*Athenes* ſelon vous, ne ſçauroit être l'*Areopagite*. Il n'en fallut pas davantage pour exciter contre lui la fureur de ſes Confreres. *Abélard* fut mis en priſon comme criminel d'état, il s'en échappa. Le credit de *Tibaut* Comte de Champagne le reconcilia avec *Suger*, nouvel Abbé de S. *Denis*, qui lui permit de ſe choiſir une autre demeure, pourvû qu'il ne changeât pas d'Ordre. *Hatton* Evêque de *Troyes* lui fit preſent d'un lieu champêtre. *Abélard* y jetta les fondemens du Monaſtere qui reçut le nom de *Paraclet*. (*a*) C'eſt ici qu'il compoſa ſon *Traité de Morale* (*b*) pour rendre ſa Philoſophie complette. Il n'en avoit encore proprement enſeigné que la Dialectique.

(*a*) proche de *Nogent* ſur Seyne.
(*b*) Ce *Traité de Morale* eſt mſ. *Col.* 153. *Bibliot. Th. Gal.* & *Bodley n.* 7. Il eſt intitulé, *Noſce teipſum*. V. *Guil. Cave Hiſt. Litter.* p. 170. Il en eſt parlé dans l'*Apologie d'Abélard*, & dans une *Epitre de S. Bernard*.

L'Abbaye de S. *Gildas* (a) va- PIER-
quoit. Les Moines de cette Abbaye RE ABE'-
charmez de la réputation d'*Abé-* LARD.
lard, & ne le connoiffant que par
ce bel endroit, le choifirent en
1127. pour leur Abbé d'un confentement unanime. Il n'étoit âgé que
de 48. ans. Ce fut fur la fin de 1129.
qu'il vint mettre *Heloïfe* en poffeffion du *Paraclet*. Son féjour à *Ar-*
genteuil pendant 12. ou 13. ans l'a-
voit empêché de joüir de la prefen-
ce de ce cher époux, qui en faveur
d'*Heloïfe* fe dépoüilla de tout ce
qui lui appartenoit au *Paraclet*. La
donation fut faite en forme.

Abélard partit pour S. *Gildas*;
il y donna fon *Explication de l'O-*
raifon Dominicale, celle du *Symbole*
des Apôtres & de celui de S. *Atha-*
nafe, & fon *Traité des Héréfies*,
qui eft moins éloquent que fes autres Ouvrages, parce que ce n'eft
qu'un tiffu des paffages de l'Ecriture. *Dupin* (b) affure que ce Traité

(*a*) Ordre de S. Benoît fitué fur le bord
de la mer, Diocefe de Vannes.
(*b*) *Biblioth. Ecclef. Auteurs du XI.*
fiecle.

n'est point d'*Abélard*, ses preuves n'ont rien de plausible. On apperçoit dans ce Traité quelques uns de ces sentimens singuliers dont *Abélard* étoit si entêté, & qui n'ont que son imagination pour fondement & pour preuve.

C'est dans la même solitude qu'il écrivit la Lettre vigoureuse contre S. *Norbert* Il ne le désigne que par ces termes, *quemdam Canonicum Regularem*. Ce Saint mettoit les Chanoines Reguliers au-dessus des Moines. M. *Gervaise* est persuadé que le P. *Mabillon* & les Chanoines Reguliers ont tiré de cette Piece d'*Abélard* tout ce qu'ils ont avancé dans les *Factums* qu'ils ont faits pour leurs préséances les uns sur les autres aux Etats de Bourgogne vers 1689.

Il fit aussi dans cette Abbaye son *Commentaire sur l'Epître de S. Paul aux Romains.*

Ces Moines accoûtumez à toute sorte de libertinage, ne purent souffrir celui qu'ils avoient mis à leur tête, resolus d'imiter leurs anciens Confreres, qui dans la naiſ-

ſance de l'Ordre voulurent empoi- **PIER-**
ſonner S. *Bénoît* leur Patriarche; **RE ABE-**
ils empoiſonnerent même le Cali- **LARD.**
ce d'*Abélard*, le vin & tout ce qui
pouvoit lui être utile ou à table,
ou dans les Miniſteres les plus reſ-
pectables. Ils chercherent en un
mot à le poignarder. Un égout ſervit d'azile à cet Abbé, & le ſauva.

C'eſt après toutes ces perſécu-
tions violentes qu'il mit au jour
cette longue Lettre à un Ami, où
il étale toutes les circonſtances de
ſes calamitez. Cette Piece intereſſe
le Lecteur, & l'on ne peut lui re-
fuſer au moins un peu de ſenſi-
bilité.

M. *Gervaiſe* a donné en 1713. en
2. vol. in 12. imprimez à Paris une
traduction fidele de toutes les Lettres qui ont entretenu ce commerce ſi tendre & ſi ingenieux entre
Abélard & *Heloïſe*, pendant qu'il
étoit à *Ruys*. Celle-ci eſt la premiere.

S. *Bernard* par occaſion ou autrement étant venu au *Paraclet*
comme l'on chantoit Vêpres, de
peur d'interrompre l'Office Divin,

entra dans l'Eglise ; il fut surpris
de ce que la Superieure à la fin de
l'Office recitoit l'Oraison Dominicale tout haut, & que dans cette
Priere, au lieu du mot *quotidien*,
elle lisoit celui de *supersubstantiel*.
Notre Saint en fit le sujet de la conversation qu'il eut avec *Heloïse*.
Elle soûtint la these & tâcha de
lui prouver par l'Hebreu de S. *Matthieu*, par les Peres & par l'Usage
de l'Eglise Grecque, qu' le mot de
supersubstantiel étoit le mot veritable & authentique de cette Priere.
S. *Bernard* n'avoit gueres pour lui
que l'usage de l'Eglise Romaine.
Abélard fut bien-tôt instruit de
cette visite & de la petite controverse qui s'étoit agitée entre le
Saint & *Héloïse*. C'est le sujet de
la Lettre qui est p. 244. des Ouvrages d'*Abélard*.

Quelque temps après cette Abbesse lui demanda ce qu'il pensoit
des devoirs des Religieuses, & le
pria d'avoir la bonté de composer
une *Regle* pour des femmes, parce
que la *Regle de S. Benoît* renfermoit
plusieurs choses qui ne peuvent

convenir qu'aux hommes. Cette Piece eſt le plus bel Ouvrage de l'Abbé de Ruys, le plus ſçavant, & celui où il a répandu le plus d'onction.

L'*Exhortation* Latine *à l'étude des Lettres* vint après. Cet Ecrit fut bien-tôt ſuivi d'une *Réponſe aux Problêmes* qu'*Heloïſe lui avoit propoſez*, & qui n'étoient que des queſtions que pluſieurs Religieuſes, qui avoient cultivé l'étude des Langues ſaintes ſous cette fameuſe Abbeſſe, faiſoient ſur les endroits difficiles de l'Ecriture ſainte. *Abélard* y joignit un autre Ouvrage (*a*) dans lequel il rapporte tous les Paſſages de la Bible qui ſemblent ſe contredire. Il l'intitule : *Sic & non :* le oui & le non.

(*a*) Ce Traité ſe trouve mſ. dans la Bibliotheque de S. *Germain des Prez*, dans celle du *Mont S. Michel* de l'Ordre de S. *Benoît* en France, & à *Cambrige* en Angleterre, dans la Biblioth. publique *Cod.* 168. & dans le College de S. *Benoît* de la même Ville *Cod* 390. V. *Oudin Supplem. ad Biblioth. Labbe p.* 412. *Edit.* lin 8· Et le P. *Alexandre ſac.XII. Part. III. Diſert,* 7.

L'*Hexameron in Genesim* parut dans le même temps, il est dédié à *Heloïse*. On le voit mf. dans les mêmes Bibliothèques dont nous avons parlé. Le P. *Martene* (a) a fait imprimer ce Commentaire. *Abélard* y débite ses reveries sur l'ame du monde, sur les ames des Planettes & des autres Astres.

A la priere d'*Heloïse*, *Abélard* envoya encore un Livre rempli d'*Hymnes* & de *Proses* pour chanter à l'Eglise du *Paraclet* les jours Solemnels. Dans ce meme Recucil il avoit joint des *Sermons sur tous les Mysteres de la Religion*, & des *Panegyriques des Saints dont on célébre la Fête.*

Abélard dans une Lettre Latine écrite à l'Archevêque de *Sens* se plaint de S. *Bernard*, qui le décrioit par tout, comme un homme autant dérangé dans ses mœurs que dans la foi, & il invitoit le Saint à une Conference dans le Concile de *Sens*. S. *Bernard* la refusa par des

(a) *Thesaurus Anecdotor. Vol. V. p.* 1361. & *seq.*

raifons que M. *Gervaife* trouve peu folides.

Abélard fortit de *Sens* après avoir appellé au Pape. On voit bien qu'il apprehendoit & le credit de fon Antagonifte, & fes raifons : peut-être n'avoit-il pas tort. Plein de cette idée il écrivit deux *Apologies* ; la premiere fut envoyée à *Héloïfe*. La Piece eft courte ; M. *Gervaife* en a inferé la traduction dans fa Vie d'*Abélard*. La feconde *Apologie* eft plus ample. Notre Auteur fe juftifie fur les dix-fept Chefs d'accufation qu'on avoit formés contre lui : il fait paroître contre fes ennemis toute la moderation que la Religion infpire. Le P. *Martene* p. 214. de fon *Voyage Litteraire* a imprimé la lifte de ces erreurs. S. *Bernard* l'avoit dreffée & envoyée à *Inno-cent II.*

Dans le tems qu'il alloit à *Rome* pour fon Appel, il apprit proche de *Lyon* qu'*Innocent* II. l'avoit condamné fans l'entendre. Comme il paffa par *Cluni*, *Pierre le Venera-ble*, Abbé de cette Maifon lui con-feilla de ne point pourfuivre fa rou-

PIER-
RE ABE'-
LARD.

te, lui en fit fentir tous les inconveniens, tant par rapport à fa fanté que l'âge avoit confiderablement affoiblie, que par rapport à certaines maximes de la Cour de Rome fur les décifions qu'elle rend &c.

Abélard s'engagea donc à *Cluni* âgé de 60. ans. *Raymond* Abbé de *Cifteaux* y vint dans le même temps. Cet officieux Abbé prit part au fort du malheureux *Abélard*. On parla de negocier fon accommodement. L'Abbé de *Cifteaux* offrit fa médiation, & fut à *Clairvaux* avec *Abélard*. La réconciliation fut bientôt concluë. S. *Bernard* fut content des explications que le nouveau Profez de *Cluny* donna aux propofitions dénoncées au Concile de *Sens*. On place ordinairement ce fait en 1140. vers la fin de Septembre, quatre mois environ après le Concile de *Sens*.

M. *Gervaife* explique toutes ces Propofitions & leur donne un fens catholique, fondé fur plufieurs Paffages paralleles des Ouvrages d'*A-bélard*. Le P. *Theophile Raynaud* avant lui avoit déja juftifié *Abélard*.

11

Il avoit montré qu'il n'étoit pas **PIER**héretique formellement , & que le **RE ABE'**faint. Abbé pouvoit un peu plus **LARD.**
ménager fon adverfaire. (*a*)

Après qu'*Abélard* eut refté quelque temps à *Cluni* , & qu'il y eut donné des exemples d'une vie pleine de docilité , d'humilité , & de mortification , il tomba malade. Une efpece de lepre fe répandit fur fon corps. Cette incommodité ne dérangea rien dans fa patience. Ce **Job** nouveau fut en tout un parfait imitateur de l'ancien. *Pierre le Vénerable* touché de cet état , *(b)* l'envoya à S. *Marcel* Prieuré de l'Or-

(*a*) *Vie* p. 245. *& fuiv.* 2. *Vol.* V. P. *Alexandre* p. 771. *Hift. Ecclef. Sæc. XII Differt.* 7. *num.* 8. *Dupin* p. 484. *du XII. Siecle Auteurs Ecclef.* V. *Raynaud Erotemata de bonis & malis libris* p. 105. *partit.* 1. *Erotem.* 9. *n.* 158.
(*b*) *Plus folito fcabie & quibufdam incommoditatibus gravabatur : Cabillonem à me miffus eft.* Epift. *Petri Venerabil. ad Heloiffam* p. 337. Oper. *Abaelardi.* Cet Abbé louë l'air de Châlons comme le plus pur de la Province de Bourgogne. V. *Vie* p. 232. t. 2. V. p. 13. *Itinerar. Burg.* D. *Mabillon* t. 2. *Oeuvres pofthumes.*

B

dre de *Cluni* proche de *Châlon* pour
y changer d'air. Ce Philosophe
Chrétien y mourut la même année
le 21. d'Avril 1142. âgé de 63. ans,
dont il avoit passé 34. dans le monde, & le reste en differens Monas-
teres. Son corps fut enterré dans la
Chapelle de la Vierge sous une tombe de pierre qu'on voyoit encore
au commencement du dernier siécle, selon le témoignage du P. *Jacob*, (*a*) qui en qualité de Châlon-
nois est peu content des Moines
qui ont déplacé ce premier Monu-
ment de l'antiquité.

Pendant le mois de Novembre
suivant *Pierre le Vénerable* fit enle-
ver les os d'*Abélard* furtivement,
& les conduisit lui-même au *Paraclet*. Il ne put les refuser aux sollicitations d'*Heloïse* & de ses Religieuses.

(*a*) P. 141. *de Scriptor. Cabilon*. V.
p. 342. *Oper. Abaelardi. Epistolam Petri Vener. ad Heloïss. & Heloïss. ad Petrum* p. 343. *& seq. ibid.* V. *fol.* 81.
Chronolog. Anonymi Altissiod. attribuée
à *Robert* Moine d'*Auxerre*, mort en
1212. V. aussi les termes de l'Absolution
suivante.

On lit encore à S. *Marcel* l'Epi- PIER-
taphe que cet Abbé fit pour *Abé-* RE ABE'-
lard : elle eft fur la muraille de l'aîle LARD.
droite proche de la Sacriftie. Elle
contient ceci.

Gallorum Socrates, Plato *maximus*
   Hefperiarum ,
Nofter Ariftoteles , *Logicis* [*qui-*
   cumque fuerunt]
Aut par, aut melior, ftudiorum cogni-
   tus orbi
Princeps , ingenio varius , fubtilis &
   acer ,
Omnia vi fuperans rationis & arte
   loquendi
Abaelardus *erat. Sed nunc magis*
   omnia vincit ,
Cùm Cluniacenfem *Monachum mo-*
   remque profeffus ,
Ad Chrifti veram tranfivit Philofo-
   phiam ,
In qua longæva benè complens ulti-
   ma vitæ ,
Philofophis quandoque bonis fe com-
   memorandum
Spem dedit, undenas Maio revocan-
   te Calendas.

PIER-
RE ABE'-
LARD.

Obiit magnus ille Doctor XI. Cal.
Maii , M. C. XLII. *anno suo cli-*
materico. Heloïssa *verò* XVI. Cal.
Jun. an. M. C. LXIII. *Creditur*
enim XX. *annis & amplius marito*
supervixisse. [a]

La pieuse & constante *Heloïse*
n'épargna rien pour rendre les derniers devoirs à son cher *Abélard.*
Elle employa tout pour en assurer
le salut : elle eut même recours à
l'Abbé de *Cluni* , & lui demanda
une Absolution authentique dont
je donne la copie. On jugera de la
valeur de cette Piece : elle est con-
çûë en ces termes.

Ego Petrus Cluniacensis , *Abbas*
qui Petrum Abaelardum *in Mona-*
chum Cluniacensem *recepi* , *& cor-*
pus ejus furtim delatum Heloïssæ *Ab-*
bati & Monialibus Paracleti *con-*
cessi authoritate Omnipotentis Dei &
omnium Sanctorum , absolvo eum pro
officio ab omnibus peccatis suis.

Cette absolution étoit une dévo-
tion de ce temps-là. L'écrit étoit
signé & scellé , on l'attachoit au

(a) M. *Gervaise* veut qu'elle soit morte en 1164. à 63. ans le 17. Mai.

tombeau du défunt , & l'on regar- **P i e r-**
doit cela comme ſuffrage de conſe- **re Abe'-**
quence pour ce monde-ci & pour **lard.**
l'autre. [*a*]

M. *Gervaiſe* donne à ſon Heros
tous les éloges imaginables. Il étoit
Grammairien , Orateur , Poëte,
Muſicien , Philoſophe , Théolo-
gien , Mathematicien , Aſtrono-
me , Juriſconſulte, jouoit des Inſtrumens , ſçavoit cinq ou ſix Langues , & n'ignoroit rien de l'Hiſtoire ſacrée & profane. ,, Quel eſt
,, le ſiecle [s'écrie ce Panegyriſte]
,, qui a produit un homme qui
,, ſçût tant de choſes ? & oſeroit-
,, on ſe promettre d'en trouver un
,, dans la ſuite des temps dont la
,, ſcience ſoit d'une étenduë ſi pro-

[*a*] Olearius *p.* 154. du *Voyage de Moſ-
cove*, *édi*. 1656. donne la copie d'un
Paſſeport pour l'autre monde, que le Confeſſeur accorde à ſon Pénitent en Mofco-
vie. *Je ſouſſigné Evêque & Prêtre*. . . .
*certifie par ces Preſentes que N. Porteur
deſdites Lettres , s'eſt confeſſé & a reçu
l'abſolution &c. En témoin de quoi Nous
lui avons expedié le preſent Certificat ,
afin que S. Pierre en le voyant lui ouvre
la porte à la vie éternelle.*

» digieuse ? Ces termes paroissent
outrez & hyperboliques à beaucoup de personnes. Jamais Oraison funebre n'a poussé les choses si
loin , & n'a moins ménagé les termes. Pour moi , sans entrer dans
la discussion de tous ces titres spé-
cieux qu'on applique à *Abélard* ,
je crois qu'il n'a jamais été Juris-
consulte , quoique *François d'Amboise* & après beaucoup d'autres ,
M. *de la Monnoye* soient de ce sentiment. *Bayle* [a] détruit toutes
leurs conjectures en montrant par
l'authorité de *Pierre Crinitus* que
c'est *Jean Balard* , & non pas *Pierre Abélard* qui a parlé de la Loi
quinque pedum. [b] D'ailleurs l'étude
des loix Romaines ne faisoit que
de naître du temps d'*Abélard. Irnerius* [c] est le premier qui les pro-

[a] *Bayle Dict. Crit. art.* ABELARD ,
note Y.

[b] *Cod. lib.* 3. *tit.* 39. *Finium Re-
gundor. l.* 5.

[c] *Jean Fichard p.* 126. *vita Juris-
consult.* fait mourir *Irnerius* vers 1190.
D'autres mettent sa mort à Boulogne en
1150. *Casimir Oudin t.* 2. *Commentar.
de Scriptor. Eccles. Col.* 878. prouve par

feffa & qui tacha de donner du PIER-
goût pour elles. On ne cherchoit RE ABE-
pas encore à éclaircir en France la LARD.
loi qu'on prétend qu'*Abélard* a ex-
pliquée. De quel ufage pouvoit-
elle être ? Elle avoit été faite pour
décider un point qui regardoit une
ancienne loi des douze Tables.
Cela ne nous convenoit pas , &
l'ordre veut qu'on commence par
les loix les plus utiles , on peut enfuite s'exercer fur celles qui le font
moins.

Bien des perfonnes prétendent
que les femmes font les arbitres de
la réputation , & que c'eft à elles
à la diftribuer. Cela eft vrai dans
plufieurs circonftances , & je fuis

l'autorité de la *Chronique d'Usberg* écrite
vers 1215. qu'*Irnerius* eft mort vers l'an
1140. *Henri Brenchmanni* Jurifconfulte
& Académicien de *Florence* , a prouvé
fans replique que ce ne fut qu'en 1135.
dans le pillage d'*Amalphi* par *Lotaire*
& par les habitans de *Rife* , que ceux-ci
emporterent les *Pandectes.* V. la *Differ-*
tation Latine de cet Auteur , *de Republica*
Amalphitana p. 65. édit. in 4°. 1722.
à la fin de fon *Hiftoria Pandectarum &c.*
p. 31. de cette Hiftoire. V. *Herman Co-*
ring. De origine Juris Germani, c. 25.

PIER-
RE ABE'-
LARD.

persuadé que quelque merite qu'*A-bélard* ait eû du côté de l'esprit & du côté de la science, on parleroit moins de lui sans l'intrigue galante qu'il a eûë avec la belle & sçavante *Heloïse*. La beauté singuliere de cette fille, l'étenduë de son genie, sa connoissance de l'Hebreu, du Grec & du Latin, sa pénetration dans les secrets les plus sublimes de l'Ecriture & de la Théologie, la haute Noblesse des *Montmorenci* dont on prétend qu'elle tiroit son origine. [*a*] Tout cela donnoit avec raison du relief à un homme pour qui elle s'étoit déclarée. Est-ce là une petite ressource pour la renommée ? Il est sûr en un mot qu'on auroit moins parlé d'*Abélard* si son Histoire n'étoit pas étroitement liée avec celle d'*He-*

[*a*] V. *Præfat.Apologet. Amboesii pro Abaelardo.* Il est vrai que d'*Amboise* n'a employé aucun titre pour prouver cette Généalogie, & que *du Chesne* dans son *Histoire de la Maison de Montmorenci* n'en fait aucune mention. Ce qui suffit pour montrer que cette Noblesse d'*He-loïse* ne sert qu'à embelir l'Histoire galante d'*Abélard*.

loïse.

löïſe. J'avance même hardiment
que les Ouvrages de l'Ecoliere ont
donné le prix à ceux du Maître.
Qu'on en croïe ce qu'on voudra,
je ſuis perſuadé que ſi en réimpri-
mant les Ouvrages d'*Abélard*, on
retranchoit les Lettres de cette Hé-
röine, le Libraire pourroit bien ſe
trouver chargé du poids fâcheux
de l'édition : car on ne peut nier
que ce Philoſophe Breton n'ait
diſtillé ſur ce qu'il a écrit tout ce
que la Metaphyſique a de plus
ſubtil & de plus embaraſſé. On
ne voit pas toûjours ce qu'il veut
nous apprendre, il fatigue, il en-
nuye, ſes Livres tourmentent un
Lecteur. A péine avois-je fini cette
remarque, que j'ai découvert un
habile Anglois qui étoit entré dans
mon idée. Il a fait imprimer en
1718 in 8°. les Lettres d'*Abélard*
avec celles d'*Heloïſe* ſous ce titre :
Petri Abelardi Abbatis Rayenſis &
Heloïſſæ Abbatiſſæ Paracletenſis Epi-
ſtolæ à prioris editionis erroribus pur-
gatæ & cum Cod. MS. collatæ. Curâ
Richardi Rawlinſon A. M. L. Col-
legii Divi Joannis Baptiſtæ Oxon.
Tome IV. C

L'Edition
eſt de 279.
pages.

26 *Mem. pour servir à l'Histoire*
& R. S. S. Londini imp. E. Curil.
& W. Taylor. L'Editeur a ramaſſé
des variantes, c'eſt tout ſon travail. Je ſuis certain que cette édition n'a pas gardé long-temps la
boutique de l'Imprimeur.

M. *Gervaiſe* a fait paroître en
1723. les mêmes *Lettres d'Abélard*
& d'Heloïſe en latin & en françois
ſur le MS. de M. d'Amboiſe avec
des notes critiques &c. A Paris 2.
vol. in-12. chez Muſier. Je ne crois
pas qu'il s'aviſe de donner une traduction des Ouvrages d'*Abélard* &c.

Examinons à preſent le Recueil
entier des Ouvrages d'*Abélard :*
après cela nous donnerons un détail des Manuſcrits qu'on attribuë
au même Auteur.

Ouvrages d'Abélard.

1. *Petri Abaelardi Philoſophi &*
Theologi, Abbatis Ruyenſis, & He-
loïſſæ conjugis ejus, prima Paracle-
tenſis Abbatiſſæ opera nunc primùm
edita ex Mſſ. Codd. V. Illuſt. Fr.
Amboeſii Equitis Regis, in ſanctiore
Conſiſtorio Conſiliarii &c. cum ejuſ-
dem Præfatione Apologetica & cen-
ſura Doctorum Pariſienſium, 1137.

pag. fans les notes de *du Chefne in* P I E R-
4°. *Parifiis N. Buon. Konig. p. 2. Bi-* RE ABE'-
bliot. vet. & nov. fe trompe en LARD.
mettant cette édition *in fol. Hal-*
lervord p. 310. Bibliot. curiofa a copié cette faute.

Spizelius *fpecimen Bibliot. univer-*
falis cite des éditions de 1606. & de
1626. autres fautes. *Cafimir Oudin*
loco citato, col. 1169. *Comment. Et-*
clef. t. 2. a employé cette fauffe
date de 1626.

1. D'Amboife donne d'abord
trois Lettres d'Abélard à Heloïfe
avec les Réponfes de cette fçavan-
te Maîtreffe. C'eft-là ce qu'on appelle proprement les Lettres Ga-
lantes ; elles vont jufqu'à la p. 94.
On n'eft que trop inftruit de la paffion de cette femme ; les termes les
plus forts n'y font point épargnez,
& les bienféances s'y trouvent
fouvent bleffées. La premiere Lettre eft adreffée à un ami anonyme. Elle contient en 40. pages
l'Hiftoire de fes calamitez. *Hifto-*
ria calamitatum Abaelardi.

2. Les deux Lettres qui fuivent,
font encore d'Abélard, leur fujet

28 *Mém. pour fervir à l'Hiftoire*
eſt fort férieux. La premiere eſt :
De origine Sanctimonialium. La ſeconde p. 130. *Ejufdem Petri ad He-
loiſſam Inſtitutio ſeu Regula Sanctimonialium,* p. 198. L'Editeur met :
*huc uſque Nanneticum exemplar,
itemque Victorianum. Sed in Para-
cletenſi [quod eſt auctius ubique paf-
ſim] ſequentia reperimus, & viden-
tur eſſe Heloïſſæ.* Ce font des inſtructions ſur pluſieurs articles qui
concernent le gouvernement de
cette Abbaye. Elles font tirées des
Peres & des Conciles.

3. *Aliæ Magiſtri Petri Abaelardi
Nannet. & aliorum ejuſdem temporis
Epiſtolæ* p. 217. La premiere eſt de
Foulques, Prieur de *Diogilo. Bayle*
en a tourné en ridicule pluſieurs
endroits.

4. *P. 224. Epiſtola Abael. adver-
ſùs eos qui ex authoritate Bedæ Pref-
byteri arguere conantur Dionyſium
Areopagitam fuiſſe Dionyſium Co-
rinthiorum Epiſcopum & non magis
fuiſſe Athenienſium Epiſcopum.*

5. *Ejuſd. Epiſt. contra quemdam
Canonicum Regularem qui Monaſti-
cum Ordinem deprimebat & ſuum*

illi anteferebat, p. 228. [Il veut
parler de S. *Norbert.*]

6. *P.* 238. *Abael. invectiva in
quemdam ignarum Dialectices, qui
tamen ejus ftudium reprehendebat, &
omnia ejus dogmata putabat fophif-
mata & deceptiones.*

7. *La cinquiéme Lettre* p. 244 eft
d'*Abel.* à S. *Bernard.* Elle parle de
l'Oraifon Dominicale.

8. *P.*251. *De Studio Litterarum.*
Elle s'adreffe aux Religieufes du
Paraclet.

9. *P.*263. Aux mêmes Religieufes, *De laude S. Stephani Proto-
martyris.*

10. On voit enfuite plufieurs
Lettres de S. *Bernard* & d'autres
Perfonnages illuftres de ce temps-
là au fujet d'*Abélard.*

11. *P.* 330. *Abael. Apologia feu
confeffio* &c. *Bert. Teffier T.* 4. p.
259. *Bibliot. Patr. Cifterc.* attribue
cette Piece à *Guillaume de S.Thier-
ry,* & il la place parmi fes Oü-
vrages.

12. *Lettre du même,* p. 334. à
Guillaume Evêque de Paris. Le P.
Dubois p. 710. *Hift. Ecclef. Parif.*

30 *Mèm. pour servir à l'Histoire* rapporte cette Lettre entiere & prétend qu'elle n'est pas d'*Abélard* quoi qu'en dise *du Chesne.* Ces Lettres finissent par celles de *Pierre le Vénerable* à *Heloïse*, & par une Réponse de cette Abbesse.

13. Les Ouvrages Moraux & Dogmatiques d'Abélard commencent à la p. 359. *Expositio Orationis Dominicæ.*

14. P. 360. *Expositio Symboli quod dicitur Apostolorum.*

15. P. 381. *Expositio in Symbolum Athanasii.*

16. P. 384. *Heloïssæ Paracleti. Diaconissæ Problemata cum Abaelardi solutionibus.* Il y a 42. Problêmes.

17. P. 452. *Adversùs hæreses Liber.*

18. P. 491. *Commentariorum super S. Pauli Epistolam ad Romanos Libri V.*

19. P. 729. *Sermones per annum legendi ad Virgines Paracletenses in Oratorio ejus constitutas.* Il y a 32. Sermons.

20. P. 973. *Introductio ad Theologiam divisa in III. Libros.*

21. Les Oeuvres d'Abélard finiſ- PI E R-
ſent par uneProſe, *De Beata Virgine,* RE ABE'-
que *Joſſe Clittou* lui attribuë avec LARD.
quelques Auteurs, & qui eſt peu de
choſe. M. *Gervaiſe* prétend que
c'eſt le premier Ouvrage qu'*Abélard* fit à S. *Denys.*

Après cela on voit les Notes Latines d'*André du Cheſne* ſur l'Hiſtoire des calamitez d'*Abélard.*
Ces Notes ſont recherchées & curieuſes. *Paſquier* dans le 17ᵉ *Chap.*
du 6ᵉ *Livre de ſes recherches de la
France* a inſeré la traduction entiere de cette Hiſtoire ſur le MS.
Elle eſt p. 507. & ſuiv. Edit. 1643.
in fol.

22. & 23. *Theonologia Chriſtiana,
& Expoſitio in Hexameron.* Cela
eſt imprimé dans le Vᵉ Vol. du
Theſaurus Anecdotorum du P. *Martene* p. 1139. in fol. an. 1717. Ce
Pere a mis une longue Préface au
devant de cette Théologie Chrétienne, elle eſt priſe ſur les MSS.
de *Marmoutier.*

24. D. *Martene* p. 1390. nous
apprend qu'il a trouvé dans le
Monaſtere de *ſainte Marie de Fon-*

**PIER-
RE ABE'-
LARD.**

taine , Diocese de *Tours. Abælardi
Elucidatorium* , & il ajoûte : *quod
opus in Codice Clarevallensi Angeli
montis Leonis nomen præfert* , *editum
est inter spuria D. Anselmi Opera.* La
derniere édition de ce P. est in fol.
1675. Paris.

Ce qu'on a d'*Abélard* sous le titre d'*Introduction à la Théologie*, est
fort défectueux dans les MSS. &
dans les Imprimez où l'on n'a point
encore exactement démêlé , si cet
Ouvrage est different du *Traité de
la Trinité* brûlé au Concile de *Soif-
fons* en 1120. & des deux petits
Traitez Théologiques d'où furent
tirées les quatorze Propositions
condamnées au Concile de Sens.
Le P. *Martene* croit que c'est le
même Ouvrage qui a reçu des titres
differens selon les circonstances
& peut-être selon la fantaisie des
Copistes. On peut regarder ces
cinq Livres de la *Théologie Chrétienne* comme l'Ouvrage complet
d'Abélard sur cette matiere, & c'est
par-là qu'on peut juger sûrement
des sentimens de ce fameux Dia-
lecticien : mais , cela supposé, quel

moyen de le juſtifier ſur pluſieurs
Propoſitions qui ſont renfermées
dans cette Théologie , & quelle
explication Catholique donnera-
t'on à des paroles auſſi impies que
celles-ci : *Quia Pater plena potentia,*
Filius quædam potentia , Spiritus
ſanctus nulla potentia. Ces termes
ſont tirez du IVᵉ Livre de ſa Théologie Chrétienne. On ne ſçauroit
les juſtifier non plus que d'autres ,
dans le détail deſquelles je n'entre
pas. Je louë le zéle éloquent du
Journaliſte de Trevoux [a] qui a
fait ſentir tout le venin de cet Auteur. *Abélard* appelle cet Ouvrage
ailleurs [b] *Opuſculum de fide S.*
Trinitatis. Oudin [c] remarque néanmoins que c'étoit ſon ouvrage favori. M. *le Clerc* [d] en faiſant l'extrait du *Theſaurus* du P. *Martene*
& du traité dont il s'agit , aſſure
qu'*Abélard* n'entendoit pas les pa-

[a] *D'Avril* 1722. p. 69. & ſuiv.
[b] *Operum* p. 334.
[c] *Ibid. loco cit. col.* 1169. *t.* 2.
Comment Eccleſ.
[d] *XV. Vol. Biblioth. anc. & moderne*
1721. 2. *part. p.* 328.

roles dont nous avons rapporté le Texte, & qu'il faudroit être tout-à-fait fou pour dépoüiller le Fils & le Saint Esprit de leur puissance, pendant qu'on admet le Nouveau Testament comme la parole de Dieu. Il croit même qu'il y avoit plus de contradiction entre ses paroles qu'entre ses pensées ; *Abélard* n'avoit pas assez étudié, ni assez digeré la Théologie Chrétienne, ni ses manieres de parler pour sçavoir bien ce qu'il disoit, & pour ne pas choquer ceux qui lisoient ses Livres par des expressions impropres & hors d'usage.

Autres Ouvrages MSS.

25. *Cod.* 246. *Bibliot. Baluz. Petri Abaelardi & Heloïssæ Epistolæ. Fulconis de Diogilo Epistola ad P. Abaelardum. Epistola sancti Bernardi adversùs Abaelardum. Ejusd. P. Abael. contra calumnias objectorum Capitulorum* 7. *Epist.* V. ci-dessous n. 37.

26. *Expositio super Epistolas Pauli & super Psalterium MS. in Bibliot. Colbert. Cod.* 4334.

27. M. D'*Amboise* avoit entre ses mains & promettoit *Logica Abaelardi.*

28. *Commentaria in Ezechielem.* Abélard en parle dans l'*Histoire de ses calamitez.* Ce Commentaire fut commencé à *Laon*, & fut achevé à *Paris.*

29. A *Ratisbonne* dans le Monastere de S. *Emmerame* le P. *Mabillon* trouva ce MS. *Abaelardi* [qui à plerisque *Bajolardus dicitur*] *Sententiæ capitulis* 37. *comprehensæ. Ea est*, dit le P. *Mabillon*, *Introductio ad Theologiam.* (a) *Deinde Liber ineditus qui dicitur*, SCITO TEIPSUM, *de quo Bernardus.* Selon D'*Amboise* dans sa Preface, *Abélard* a refusé de reconnoître cet Ouvrage : *Pernegavit Petrus à se scriptum.*

30. Le P. *Martene* p. 94. de son *Voyage Litteraire*, parle d'un MS. des Lettres d'*Abélard* qui se trouve chez les Peres de l'*Oratoire de Troyes.* Il avoit appartenu à MM. *Pithou*, qui leguerent à ces Peres plusieurs MSS. & leur Bibliotheque.

31. P. 246. Le P. *Martene* nous apprend encore qu'il a vû à Ta-

PIERRE ABELARD.

____

[a] V. p. 59. *Iter Germanicum*, *Mabillon* dans le IV. Vol. de ses *Analecta vetera.*

P. ABE'-
LARD.

mied Diocèfe de Tarantaife celui-
ci, *P. Abaelardi de univerfalibus &*
fingularibus ad Olivarium filium
fuum Tractatus. Cet *Olivarius* eft-
il le même qu'*Aftralabius* ou plûtôt ce titre de fils eft-ce un titre
d'Ami ? Le P. *Martene* devoit,
ce me femble, examiner les termes
du MS. & les éclaircir.

32. *Theologiæ Libri III. Ethicæ*
lib. I. Commentar. in Epiftolam ad
Romanos. 1. *Collatio Philofophi cum*
Judæo. 2. *Collatio Philofophi cum*
Chriftiano. Cod. *MSS. Collegii Bal-*
liolenfis in Oxonia Cod. 458. *Catal.*
MSS. Angliæ in fol. 1697. Ces
deux Conferences font encore *Cod.*
2392. *Ibid.* 2. *Part.*

33. *De vera Effentia Dei & de*
Fide Catholica, Cod. *MS.* 42. *apud*
Eboracum, ibid.

34. *Collationes* Cod. 252. *MSS.*
Th. Gale. Ethicæ Cod. 253. *ibid. p.*
191. *T. II.* A côté on met : *Rara*
fcripta & nunquam impreffa.

35. *Ibid. inter MSS. Car. They-*
ni, Cod. 64. *Capitula P. Abael. &*
Epift. ejus p. 199. *ejufd. Tomi & p.*
216. *Petri Abael. Doctrina in fol.*

Ejufdem SIC ET NON *deeft initium.* P. ABE'-
Dialogus inter Chriftianum & Phi- LARD.
lofophum, deeft initium Cod. 484.
Bibliot. Jacobæa, p. 243. *ibid. t.* 2.
Il y a de l'apparence que ce dernier
Ouvrage eft la même chofe que ce-
lui qui a pour titre, *Collatio &c.*
P. Abael. Scholarius Cod. 948. *mff.*
Bibliot. Jacob. p. 248. *t.* 2.

36. *Introductio ad Theologiam*
Libri III. Supplementum Cod. 8615.
p. 372. *ejufd. Catalogi.*

37. *Epiftola contra calumnias ob-*
jectorum articulorum p. 73. *Catalog.*
mff. Bibliot. Cotton. 1696. *in fol. &*
p. 86. *n.ff. Verfus Elegiaci Abael. ad*
Aftralabium filium fuum de moribus
& vita pia & proba. Et in fecunda
parte Catal. mff. Angliæ Cod. 8622.
p. 373. *Catalogi.* V. n. 25. ci-
deffus.

38. *Fragmentum Lib. II. Ethicæ*
ibid. p. 372. *ex ejufd. collationibus.*

39. *Ex quibufdam mff. P. Abael.*
in Bibliot. Balliol. Ibidem Cod. 239.
mff. Bibliot. Regiæ p. 273. *Bibliot.*
mff. Labbe in 4. *Abaillardi Con-*
feffio & ejus Apologia per Berenga-
rium adversus S. Bernardum.

40. *Dispositio rei familiaris facta à D. Petro Abael mf. in folio à Cluni.*

41. *Logica Petri* [a] *Abaelardi Palatini Peripatetici super Prædicamentis Aristotelis, fol.* 127. *de modis significandi fol.* 127. *Analyticorum priorum fol.* 132. *Liber I. Categoriarum fol.* 13. *Lib. II. fol.* 143. *Topicorum primus fol.* 149. *Analyticorum posteriorum I. fol.* 183. *Hypotheticorum secundus fol.* 187. *De Divisionibus seu Analytic. posterior. lib.* 2. *fol.* 191. *De Definitionibus* 199.

42. *Super Topica Glossæ & Cod. mff. Regiorum* 5492. *fol.* 168.

43. *Logica ejusd. in Bibliot. Floriac. Litt.* A 4.

44. *Dialectica ejusd. cod.* 635. *Bibliot. S. Germani à Pratis.*

45. *Tractatus de Intellectibus mf.* dans la Bibliotheque du *Mont S. Michel*, *Lit.* P. H. 12.

Jean de Meun avoit traduit en

(a) Les MSS. suivans *n.* 41. sont dans l'Abbaye de S. *Victor de Paris*, suivant le témoignage de *Casimir Oudin*, *col.* 1171. & suiv. du 2 *Vol.* de son *Commentaire de Scriptor. Ecclesiast.*

François les Lettres d'*Abélard* & d'*Heloïſe*. *Fauchet* en a parlé chap. cxxv. *des anciens Poëtes François fol.* 589. *Jean de Meun* rappelle lui-même cette Traduction en ces termes dans ſa Préface de la *Conſolation de Boëce*. J'ai tranſlaté le Livre des Epîtres de *Pierre Abeillard* à *Heloïſe* ſa femme. Je ne m'arrête pas à prouver qu'*Abélard* n'eſt pas auteur du *Roman de la Roſe* ; ce fait eſt à preſent aſſez développé , & on ſçait que *Guillaume de Loris* & *Jean de Meun* ſont les veritables Auteurs de ce *Roman fameux.* D'*Amboiſe* a prétendu dans ſa Préface ſur *Abélard* que *Guill. de Loris* avoit renfermé dans ſon Roman toute l'Hiſtoire d'*Abélard :* cela n'eſt pas vrai-ſemblable

Buſſy t. 4. de ſes *Lettres p.* 369. *édit. de* 1714. a traduit deux Lettres d'*Heloïſe* & une d'*Abélard.* Ce n'eſt qu'une Paraphraſe de l'Original. M. *le Clerc p.* 439. *Bibliot. ancienne & moderne , t.* 8. parle de cette traduction de *Buſſy* , & il dit que *Bayle* la donnoit à une Dame qu'il croyoit plus propre

**PIER-
RE ABE'-
LARD.**

qu'un homme à exprimer vivement les passions d'une personne de son sexe.

Dès 1675. il parut un petit in-12. sans nom de Libraire ni de Ville, sous ce titre , *Les Amours d'Abé-lard & d'Heloïse. Allard p. 9.* de sa *Bibliotheque de Dauphiné* donne cet Ouvrage à *Jacques Alluis*, Avo-cat de *Grenoble*. Depuis ce tems-là on a fait quantité d'Editions de cette Histoire. On l'a augmentée sous le titre de *Philosophe amoureux en 1697. in 12.* On y joignit des *Lettres d'Abélard & d'Heloïse :* mais elles sont faites à plaisir , & l'Auteur a eu la satisfaction de sui-vre son imagination presque par tout. Ces Lettres ont paru sepa-rément in 8°. La premiere en 1691. la deuxiéme en 1693. sans nom de Ville ni d'Imprimeur. En 1693. il parut à la *Haye* , chez J. *Alberto* , *Histoire d'Heloïse & d'Abélard avec la Lettre Passionnée qu'elle lui écrivit, traduite du Latin in-12.* On a quelquefois changé le titre pour prendre ceux-ci. *Les Amours d'A-bélard & d'Heloïse , Histoire veri-table*

table. Utrech 1696. *in* 12. *& 1697.* P**IER**-
1703. *à Leyde, & en* 1720. *à An*-RE ABE'-
vers, chez le Noir à la ſuite des LARD.
Amours de Beliſe & de Cleanthe, &
des *Lettres Portugaiſes* en deux volumes. *Amours & infortunes d'Abélard & d'Heloïſe avec leurs Lettres
par M. Dubois* 1711. *La Haye in* 12.

    L'Edition là plus ample de ces
Lettres eſt celle-ci, *Amours d'Abélard & d'Héloïſe en* 1695. *in* 12. *Chez
P. Chayer.* Cette Edition contient
Lettre d'*Heloïſe* à *Abélard.* La Réponſe d'*Abélard.* Lettre 2. d'*Heloïſe*
avec la Réponſe & l'Hiſtoire des infortunes d'*Abélard.* Lettre d'*Abélard à Philinte.* C'eſt la premiere de
ſes Lettres de tendreſſe, mais l'Original a toûjours très-peu de part à
ces prétenduës traductions. Toutes
ces Pieces ont été contrefaites pluſieurs fois. J'en ai vû une Edition
faite en 1712. au *Paraclet,* c'eſt-
à-dire, à *Lyon* in 12. ſous le titre
encore du *Philoſophe amoureux.*

    *Paul François Godard de Beau-
champ,* originaire d'*Autun,* Secretaire de M. de Villeroy, a eu
plus de bonne foi que les autres.
            D

Il a mis en vers François *les Lettres d'Abélard & d'Heloïse. Paris ,
Jacq Etienne 1714. in 8°.* Il y a
deux Lettres. La deuxiéme fut pla-
cée p. 168. du Mercure de Decembre
1717. M. de *Beauchamp* dans sa Préface tombe d'accord qu'il n'a fait
que paraphraser l'Auteur , & il se
justifie par l'exemple de *Bussy* & des
autres qui ont donné ces Lettres. Il
y en a une seconde édition *de* 1721.
chez Colombat à Paris , p. 152. Il
promet même une Histoire d'*Abélard & d'Heloïse* plus exacte que
celles qui avoient paru. V. *Nov.*
1714: *Mém. de Trevoux* p. 2036. *&*
Oct. 1722. *p.* 1701. *Masson p.* 366.
*T. VI. de l'Hist. Crit. de la Republ.
des Lettres* 1714. nous a appris que
Beauchamp étoit un jeune homme
de beaucoup d'esprit , attaché à
M. de *Bercy* , & qu'il avoit traduit en Vers François les Lettres
d'*Heloïse* & d'*Abélard* , ou plûtôt
les Lettres que le Comte de *Bussy* a
fabriquées sous leurs noms , en se
servant pourtant des Lettres qui
nous restent de ce Sçavant & de
cette Abbesse ; & p. 15. de la mê-

Crit. de la Republ. des Lettres 1718. P I E R-
il badine quand il dit que M. *le* RE ABE´-
Clerc p. 348. *de fa Bibliot. anc. &* LARD.
mod. a donné un Extrait des Lettres
d'*Abélard* & d'*Heloïfe* plein d'onction.

Plufieurs Hiftoriens ont parlé
amplement d'*Abélard.* On peut
voir entre autres

Henri de Gand ou *Goethals de
Scriptor. Ecclef. c.* 16. avec les notes de *le Mire* ou *Miræus ,* qui par
une faute groffiere *p.* 165. *&* 174.
Script. Ecclef. fait mourir *Abélard*
à *Cluni.*

Tritheme de Scriptor. Ecclef. parle
peu exactement de nôtre Auteur
& de fes Ouvrages. Il le nomme
Petrus Dialecticus Parifienfis.

Abaelardi vita p. 8. du Recueil
imprimé à *Hal. in* 8°. 1693. & intitulé, *Hift. fapientia & ftultitiæ
per Jac. Thomafium , & p.* 516. &
feqq. Ejufd. *Thomafii de Doctoribus Scholafticis Latinis fafciculo
III. Nova Librorum collectio Halæ
Magdeburg.* 1710.

Hift. de Bretagne du P. Lobineau
t. 1. *p.* 139. amplement & *p.* 147.

PIER-
RE ABE'-
LARD.

Le P. *Jacob.* p. 143. *Scriptor.* *Cabilon.* cite une Vie d'*Abélard* mf. qui étoit dans la Bibliotheque de M. *Montel*, & une autre que *Colletet* avoit faite. V. P. *Romuald Feuillant* p. 333. *du tome I.* de *son Journal Chronologique.*

V. *Dupin* p. 360. *du XII. siecle de ses Aut. Ecclesiast.* Toute l'Histoire d'*Abélard* y est racontée en détail, aussi bien que dans l'*Hist. Ecclesiast. Parisiensis* P. *Dubois* p. 710. *& seq.* V. aussi l'Ouvrage de J. *Caramuel Lobkovitz* impr. à Louvain in 4°. 1644. *S. Bernardus Petrum Abailardum triumphans.*

Et enfin le *Dict. Critique de Bayle* art. d'*Abélard* p. 18. *& suiv.* & p. 1416. *édit.* 1720. *art.* d'*Heloïse*, & p. 174. *art. Amboise*, & *art. Foulques.*

Le P. *Mabillon* p. 225. *du 2. Vol. de ses Réflexions sur les études monastiques* traite *Abélard* de fameux avanturier.

Le P. *Garasse* p. 266. *de sa Doctrine curieuse* attribuë à notre Auteur un Paradoxe étrange : c'est d'admettre autant de cieux que de

jours dans l'année ; & il lui repro- P I E
che plaifamment qu'il n'en met- RE ABE-
toit un fi grand nombre , qu'a- LARD.
fin de ne faillir d'en trouver quelqu'un à fa difpofition.

Cafimir Oudin a fait une longue
Hiftoire d'*Abélard* & des fes Ouvrages , *tom.* 2. *Commentar. de
Scriptor. Ecclefiaft. col.* 1160. &
feqq.

*Cet article eft tiré de la Bibliothe-
que mf. des Auteurs de Bourgogne
de M. Papillon.*

JACQUES AMYOT.

JACQUES [AMYOT] Evê- JACQUES
que d'*Auxerre.* AMYOT.

Je m'étonne que *Bayle Dict. Crit.*
édit. 1720. *p.* 178. *t.* 1. *Ste Marthe
Elogia edit. in* 4°. & *Teiffier Eloges
des Sçavans,* en faifant l'éloge d'*A-
myot* n'ayent pas confulté ce que
cet Evêque avoit dit de lui-même
dans *fa Vie* Latine ; le P. *Labbe* l'a
donnée au Public *p.* 521. *Bibliot.
nov. mff.* & avant cela les Manufcrits n'en étoient pas fort rares. Ces

JACQUES Messieurs auroient été plus exacts,
AMYOT. s'ils y avoient eu quelque égard.

Amyot vint au monde le 30.
d'Octobre 1513. [a] à *Melun.* Sa
famille étoit honnête, mais peu fa-
vorisée de la fortune. Une note
mise à la marge de la Vie de ce
Prélat, dont *Rouillard* marque avoir
vû l'Original, nous apprend que
le Pere d'*Amyot* avoit nom *Nicolas,*
faisoit & vendoit des bourses & des
éguillettes. Sa Mere s'appelloit *Mar-*
guerite des Amours. Lorsqu'*Amyot*
eut pris dans sa Patrie les premieres teintures de la Langue Latine,
son Pere avec l'assistance de ses amis
trouva le moyen de l'envoyer à *Pa-*
ris. Ce ne fut qu'à force de travail
qu'*Amyot* acquit la connoissance du
Latin dans le College du Cardinal
le Moine. Pour le Grec, comme
les Professeurs de cette Langue ne

(a) Le P. *Romuald.* p. 187. du premier
Vol. de son *Journal Chronolog.* avance
qu'*Amyot* est né le 26. Fév. 1513. *Bayle*
met 1514. Il cite trois Auteurs pour prouver cette date , & qu'*Amyot* étoit fils de
Boucher M. *de Thou* l. 100. *Hist. ad an.*
1591. p. 405. *Pap. Masson Vita Caroli*
IX. & *Brantôme Vie de Charles* IX.

furent fondez qu'en 1529. Il fallut JACQUES
en prendre des leçons ſous *Jean* AMYOT.
Evagrias ou *Bonchamp*, natif de
Rheims, qui tenoit alors ce qu'on
nommoit l'Ecole des Grecs.

A 19 ans *Amyot* reçut le degré
de Maître ès-Arts ; & lorſque les
Profeſſeurs en Langue Gréque furent inſtituez, il acheva de s'inſtruire de toutes les beautez de cette
Langue ſous *Jacques Tuſan* & *Pierre Danés. Oronce Finé* lui donna les
premieres leçons de Mathematique.
Sous des Maîtres ſi célebres & avec
une forte inclination pour les Sciences pouvoit-il manquer de faire de
grands progrez? Le ſuccès qu'il eut
dans ſes études lui procura de la réputation & des Protecteurs. *Guillaume de Sacy-Boucherel*, Secretaire
d'Etat lui confia la conduite de ſes
enfans. *Marguerite de Berry*, ſœur
unique de *François I.* lui fit tomber
une Chaire de Profeſſeur en Grec &
en Latin à *Bourges*; cet emploi dura
dix années. *Amyot* les comptoit parmi les plus précieuſes de ſa vie. Le
loiſir dont il joüiſſoit l'engagea à
traduire de Grec en François l'*Hiſ-*

48 *Mém. pour servir à l'His-*
toire Ethiopique de Theagéne & d'
Chariclée. Amyot n'en connut l'Au
teur que long-temps après la traduction. Ce fut pendant son séjour
à Rome que *Romule Amasée*, Garde de la Bibliotheque du Vatican,
lui communiqua le nom de cet Auteur Grec. Cette traduction fut dé-
diée à *François* I. qui donna l'Abbaye de *Bellosane* à notre Traducteur. *Amyot* fut en *Italie* avec le
sieur *de Morvilliers.* On sçait ce que
notre nouvel Abbé fit au Concile
de *Trente,* & là fermeté avec laquelle
il défendit nos libertez. Le Cardinal de *Tournon* le fit connoître à
Henri II. qui en 1558. le choisit
pour être Précepteur des Ducs d'*Orleans* & d'*Angoulême,* (*a*) qui étoient
encore dans la premiere tendresse
de l'âge. *Amyot* profita des momens
libres que son emploi lui laissoit
pour achever la Traduction des
*Vies Paralelles de Plutarque. Char-
les* IX. ne fut pas plutôt monté
sur le Trône, qu'il recompensa

(*a*) Ce sont les Rois qui sont connus
sous les noms de *Charles* IX. & d'*Henri* III.

royalement.

royalement ſon Précepteur, il le fit JACQUES
en 1578. Abbé de S. *Corneille* de AMYOT.
Compiegne, Grand Aumonier de
France & Evêque d'*Auxerre*. *Henri*
III. enfin l'honora du titre de
Commandeur de l'Ordre du S. Eſprit, & voulut, ſelon *Rouillard*,
(Hiſt. de *Melun*) « en mémoire
» perpetuelle de ſon Maître que
» les Grands Aumôniers qui vien-
» droient après lui euſſent l'obli-
» gation d'être Commandeurs nez
» du même Ordre. Les differentes
fatigues qu'*Amyot* avoit eſſuyées
épuiſerent ſa ſanté & ſa fortune.
Comme en 1589. il revenoit des
Etats de *Blois*, une troupe de voleurs lui enleva tout ſon bagage.
Ce malheur fut ſuivi de pluſieurs
autres qui lui ôterent les commo-
ditez de la vie, plus neceſſaires dans
un âge avancé que dans tout autre
temps. Les douleurs vives d'une
maladie néphretique acheverent de
l'accabler. *Amyot* en mourut un
Samedi 6. de Février 1593. à 79
ans. *Konig p.* 33. *Bibliot. vet. &
nov.* le fait mourir en 159¹. & ne
parle que de la verſion de *Plu-*

JACQUES AMYOT. *tarque*. Parmi les circonstances remarquables que nous lisons dans *la Vie* de ce grand homme écrite par lui-même, nous y voyons celle-ci : qu'il aimoit la musique, (a) & qu'il la sçavoit assez pour chanter sa Partie, sans préjudice des bienséances, c'est-à-dire, qu'il ne prenoit ce plaisir qu'avec ses amis. Les Instrumens avoient leur tour : il en faisoit les intermedes de ses occupations les plus graves, & il en jouoit encore avant le repas pour préparer son appetit. Vers les dernieres années de sa vie, *Amyot* revit ses Ouvrages, & les corrigea. Il en voulut faire un troisiéme Volume à son Plutarque. On a aussi selon *Rouillard*, quelques Sermons latins qu'*Amyot* avoit prêchez en François dans sa Cathedrale aux

(a) *Vita Amioti* p. 524. 1. t. *Bibliot. ms. Labbe. Inter privatos parietes partes suas agebat, ut hilarior post gravissima studia mensæ accumberet, ibid. Amyot* n'a pas écrit cette vie entiere : *Raynaud Martin*, Chanoine d'*Auxerre* & Secretaire de ce Prélat avoit achevé l'Ouvrage en François, mais sans suite, dit *Rouillard*, & par forme de simple Mémorial.

Fêtes Solemnelles. Sa coûtume étoit
» lorsqu'il prêchoit d'avoir l'ouver-
» ture de sa tribune, dit-il, tour-
» née vers le peuple, & lui assis
» au milieu dans une Chaire pour
» plus de gravité. » Ecoutons encore *Amyot* lui-même. *Concionum
verò* περδιοεχας *summa Capita & au-
thoritates latinis verbis ad formam
homiliarum contextas & manu suâ
exaratas reliquit.* Rouillard [*Hist.
de Melun p.* 602.] a fait mention
des traductions Françoises de quelques Tragedies de Sophocles &
d'Euripides, & il avertit que *Charles* IX. les trouvoit dures. Ailleurs
il annonce un Poëme latin d'*A-
myot* sur le Sacre de *Charles* IX. Selon *Bullard* [*Academie des Sciences p.* 168.] *Amyot* avoit recueilli
les Vies d'*Epaminondas* & de *Scipion* pour satisfaire au desir de *Marguerite de Valois*, fille de *François I.*
Ces mss. sont perdus, & ils seroient
inconnus, poursuit *Bullard*, si le
hazard n'en avoit fait tomber la
Préface entre les mains de *Pierre
Matthieu* qui la cite en son Histoire. Voici les autres Ouvrages imprimez d'*Amyot*.   E ij

JACQUES AMYOT.

1. *Amours Paſtorales de Daphnis & de Cloë*, écrites 1°. en *Grec* par *Longus*, ancien *Auteur. Paris in* 8o. *Vincent Sertenas. Fabricius p.* 813. *tom. V. Bibliot. Gr.* met une édition en 1559. Depuis peu les Héritiers de *Cramoiſy* on réimprimé ce Roman à *Paris in* 12. 1726. V. *Journaux des Sçavans Fév.* 1717. p.191. Le même Roman, *Amſterdam* avec figures, chez *Duvillard in* 12.1716. & en 1718. chez la Veuve *Maret*, & *Paris*, figures 1718. *in* 8o. ſur les Peintures de M. le Duc d'Orleans.

2. *Hiſtoire Etyopique d'Heliodorus*, contenant dix livres traitans des loyales & pudiques amours de *Théagenes Theſſalien* & *Charicles Etyopienne*, traduit du *Grec* en *François. Paris, Et. Groulleau* 1549. *Paris, Languelier in* 16. 1554. *ibid.* 1559. *in fol. J. Longis* & *Vincent Sertenas* 1575. & 1583. *in* 12. *Ibid. Lyon*, 1575. par *Louis Cloquemin*, *Rouen in* 16. *Maillard* 1588. à *Paris, de Bray* 1614. *in* 8o. *Paris, Thibouſt* 1628. *in* 8o. *Amſterdam in* 8o. 1716. *in* 12. V. *Fabric. Bibliot. Gr.*

T. 5. *p.* 787. *M. de la Monnoye p.* JACQUES
116. du 3. Vol. des *Jugemens des* AMYOT.
Sçavans par Baillet Art. Amyot
935. refute *Baillet*, & dit que cette
Traduction d'*Heliodore* n'ayant paru en Public qu'en 1549. & *Fran-*
çois I. étant mort le 31. de Mai
1547. ce Prince n'a pû donner à ce
Traducteur pour recompenfe l'Abbaye de *Bellofane* vacante par la
mort de *Vatable*, qui arriva le 26.
de Mars 1547 Ne pourroit-on pas
répondre que *François* I. avoit vû
le manufcrit d'*Amyot*, & que la
récompenfe étoit fondée fur le merite du mf. ?

3. *VII. Livres des Hiftoires de*
Diodore Sicilien traduits du Grec,
Imp. à *Paris* 1554. *Vafcofan in fol.*
& 1587. *in fol. Paris Gilles Beys.*

4. *Lettre à M.* de Morviliers,
Maître des Requêtes du 8. *Sept.* 1551.
elle eft p. 84. des *Mémoires du Con-*
cile de Trente par Vargas. P. 26. des
Mémoires pour le même Concile in 4°.
1654. *par M. Dupuy. P.* 181. du
Livre de *Pithou*, intitulé : *Eccle-*
fia Gallicanæ in Schifmate ftatus,
1594. La Lettre eft fort longue,

JACQUES elle contient une relation du Voya-
AMYOT. ge d'*Amyot* à *Trente. Bayle* s'en est
servi pour relever les fautes de
Rouillard, de *S. Real*, de *du Sauf-*
fay &c. sur l'article d'*Amyot.*

4. *Plutarque traduit du Grec* &c.
La Caille p. 102. de son *Histoire de*
l'Imprimerie de Paris en marque une
Edition en 4. vol. *in fol. chez Vas-*
cosan en 1564. je crois que c'est la
premiere. Elle a été suivie d'une
infinité d'autres. Je connois celle-
ci, & je les ai vûës presque toutes.
A *Geneve* 1565. *in fol. chez Perrin,*
& 1567. *Paris,* 1565. *Vascosan,*
1572. 4. vol. *in fol.* très-belle &
très-rare *Jean le Preux* 1572. *in* 8°.
1575. 4. vol. *in fol. Jacques Du-*
puys & *Vascosan. Vies de Plutarque.*
Vascosan 6. vol. *in* 8°. 1567. *Oeuvres*
morales, ibid. 1574. 7. vol. *in* 8°. &
1579. *in fol. Macée, Paris. Ibid.*
in 80. *Gaduilleau* 1578. *Paris, Pier-*
re Chevillot 1579. *in fol. Les Vies*
2. vol. *in* 80. *Buon. Paris,* 1579.
Bâle 1574. *in fol. Oeuvres morales*
V. Drandii Bibliot. Exoticæ p. 104.
Paris 1578. *in* 8°. *Les Vies* &c. *in*
fol. Paris, Beys 1584. *Oeuvres* 2.

vol. *Paris* 1583. *Oeuvres morales*, JACQUES
Macé 1587. *Paris Berteau in fol.* AMYOT.
1594. *Paris, Guille de Linacrie. Lyon
Bart. Honorati* 1587. 4. vol. *in* 8°.
& 1594. *Lyon* 4. vol. *in* 8°. *Geneve* 1604. & à *Lyon* 1607. *Frellon*
4. vol. *in* 8°. *Lyon Symph. Beraud* 1607. *in fol. Geneve, Staër*
1604. 2. vol. *Vies &c. Rouvieres*
1604. 4. vol. *in* 8°. & 1613. *in*
8°. 4. vol. *ibid.* & vol. *in fol.*
1614. *Paris* 1616. *in fol.* 4. vol. *in*
4°. *Jean Giſſelin.* Il donna auſſi les
Vies in 8°. 2. voll. en 1606. & *in*
4°. 4. vol. le tout, & en 1609. *Morales* 1607. 2. vol. *Languelier*, &
chez *Huby, Paris* 1615. *in* 8°. &
chez *Guillemot à Geneve. Staër, Vies.*
1616. *Oeuvres morales, Paris* 1621.
in 8°. *Gueffier. Paris Cl. Morel* 1619.
4. vol. *in fol.* & chez la *Vigne* 1622.
in 8°. *Geneve Staër* 1621. *in* 8°.
4. vol. *ibid.* en 1625. 2. vol. *Staër*
1635. *Geneve. Paris in fol.* 4. vol.
1635. *Leonard.* M. *le Gouz n°.* 80.
du Supplement mſ. au Menagiana,
nous apprend que *Menage* avoit
obſervé que les endroits faciles de
Plutarque ſont ceux qui ont été

plus mal traduits par *Amyot*, parce que apparemment il ne consultoit *Turnebe* qui est très-facile en Grec, que dans les endroits difficiles. *Guy Patin Lettre* 74 *à Charles Spon t.* 1. *p.* 390. soûtient qu'il y a plus de 8000 fautes dans le *Plutarque d'Amyot*. Dans une autre Lettre il avoit augmenté le nombre, & il trouvoit plus de dix mille fautes. V. le *Discours de Mezeriac* sur cette matiere *p.* 44. & suiv. du 3e. vol. du *Menagiana*, & *p.* 181. *ibid.* & suiv.

5. On trouve à l'*Oratoire de Paris* un *Plutarque* Grec, noté de la main d'*Amyot*, qu'il avoit conferé avec les mss. grecs.

6. Les Oeuvres mêlées d'*Amyot* impr. par *Frellon* 1611. *in* 8°. à *Lyon*.

7. *Ordinationes factæ & publicatæ in Synodo celebrata anno* 1552. 1. *Martii in fol.* cod. ms. *Baluze n.* 207.

8. M. *le Boeuf*, Chanoine d'Auxerre a un ms. original d'*Amyot*. C'est son Apologie au sujet du bruit qui couroit contre lui après

le maſſacre de Meſſieurs de *Guiſe* JACQUES
à *Blois*. AMYOT.

V. *Baillet , Jugemens des Sça-*
vans. T. IV. n. 935. p. 591. édit.
in 12. Eloges de Teiſſier 4. vol. p.
122. édit. 1715. Gallia Purpur. de
Friſon p. 719 Thuani Hiſtor. L. X,
& LIX.

Cet article eſt tiré de la *Biblia-*
théque des Auteurs de Bourgogne de
M. Papillon.

MARCEL MALPIGHI.

MARCEL *Malpighi* nâquit
le 10. Mars 1628. d'une fa- MARCEL
mille honnête à *Crevalcuore* , dans MALPI-
le voiſinage de *Boulogne* en Italie. GHI.
Il apprit dans cette Ville les premiers élemens de la LangueLatine,
& y étudia enſuite en Philoſophie
fous *François Natali* , qui étoit un
des meilleurs Profeſſeurs de ce
temps.

Son Pere & ſa mere étant morts
en 1649. *Malpighi* obligé à faire
lui-même le choix d'un état de
vie , reſolut de s'attacher à la Medecine.

L'Univerſité de *Boulogne* avoit
alors d'habiles Profeſſeurs en cette
ſcience, dont les Principaux étoient
Barthelemi Maſſari, & *André Mariano*. *Malpighi* ſe mit ſous la conduite de ceux-ci, & fit en peu de
temps par leurs inſtructions des
grands progrès dans l'Anatomie
& dans la Medecine. Leurs principes par rapport à ces deux ſciences étoient fort differens de ceux
des Profeſſeurs, qui les avoient précedez : *Maſſari* profitant des nouvelles découvertes qu'on avoit faites dans l'Anatomie, tâchoit d'en
faire de nouvelles, & avoit formé
chez lui une eſpece d'Academie,
compoſée de neuf de ſes Diſciples,
du nombre deſquels étoit *Malpighi*, où l'on faiſoit des diſſections
de cadavres ou d'animaux vivans,
& des démonſtrations Anatomiques. D'un autre côté *Mariano*,
peu content des principes des Arabes, qu'on ſuivoit depuis longtemps dans la pratique de la Medecine, s'étoit formé une nouvelle
methode conforme à celle d'*Hippocrate*.

Tels étoient les Maîtres fous M. MAL-
lefquels *Malpighi* eut le bonheur PIGHI.
de tomber. Après qu'il eut fini fous
eux le cours ordinaire, il fut reçu
Docteur en Medecine le 26. Avril
1653. Il ne les quitta pas pour cela,
il avoit encore befoin de la pratique & de l'ufage, & il voulut les
apprendre d'eux, en les accom-
pagnant dans leurs vifites. Il eut
en 1655. le chagrin de perdre *Maf-
fari*, que la reconnoiffance & l'alliance qu'il avoit contractée avec
lui en époufant fa fœur lui rendoit
cher.

L'année fuivante 1656. le Senat
de *Boulogne* lui donna la Chaire de
Profeffeur, qu'il avoit demandée
dès qu'il avoit été Docteur, mais
qui lui avoit été refufée. Il ne la
garda pas long-temps ; car la même année le Grand Duc le fit venir à *Pife* pour y profeffer la Medecine théorique. Ce fut dans cette
Ville qu'il contracta une étroite
amitié avec *Jean Alfonfe Borelli*,
qu'il a depuis reconnu pour fon
Maître en Philofophie, & à qui il
a attribué toutes les découvertes

M. MAL-
PIGHI.

qu'il y a faites. Ils diſſequoient enſemble des animaux, & ce fut dans cette occupation qu'il découvrit que le cœur eſt compoſé de Fibres ſpirales ; découverte dont on a fait honneur à *Borelli* dans ſes Oeuvres poſthumes.

Quelque eſtime qu'on eut à *Piſe* pour *Malpighi*, & quelque agrément qu'il y eût, l'air lui étoit trop contraire pour qu'il y voulût fixer ſon ſéjour. Il n'y profeſſa que trois ans, après leſquels il retourna (en 1659.) à *Boulogne* reprendre ſon premier poſte, malgré toutes les offres avantageuſes qu'on lui fit pour l'engager à demeurer à *Piſe*.

Mariano étant mort en 1661. *Malpighi* qui lui étoit toûjours attaché, le pleura ; & ſe voyant privé du ſeul guide qu'il avoit dans les études, reſolut de n'en prendre plus d'autre que ſon propre genie.

En 1662. il fut appellé à *Meſſine* pour remplir la place de *Pierre Caſtello*, premier Profeſſeur en Medecine, qui venoit de mourir. Quoique ce Poſte fût conſiderable

par fon revenu qui étoit de mille
écus, il eut de la peine à l'accepter à caufe de la foibleffe de fon
temperamment, qui le rendoit peu
propre à foûtenir la fatigue des
voyages ; il s'y determina cependant par le confeil de *Borelli*, &
prit poffeffion de fa Chaire le 14.
Novembre de cette année.

Cet emploi n'eft donné ordinairement que pour quatre ans; quand
ils furent finis, *Malpighi* fe prépara à retourner en fa Patrie; mais
on l'eftimoit trop, pour lui permettre de fe retirer, ainfi on le
confirma pour quatre nouvelles
années. Il fut cependant bien aife
de faire un tour de *Boulogne*, &
partit de *Meffine* dans le deffein
d'y revenir, dès que les affaires qui
l'engageoient à ce voyage feroient
terminées. Mais le Senat de *Boulogne* qui connoiffoit fon merite,
réfolut de le retenir à quelque prix
que ce fût, & augmenta tellement
les gages, qu'il fe détermina à y
refter.

En 1669. il fut aggregé à la Societé Royale de *Londres*, avec la-

M. MAL-
PIGHI.

quelle il entretint depuis un commerce de Lettres, & à qui il eut soin de faire part de ses découvertes dans l'Anatomie.

Le Cardinal *Antoine Pignatelli*, qui l'avoit connu pendant qu'il étoit Légat à *Boulogne*, & qui avoit pour lui une amitié singuliere, ayant été fait Pape en 1691. sous le nom d'Innocent XII. le fit aussi-tôt venir à Rome, & le fit son Medecin. Cette nouvelle dignité ne le détourna pas de ses études favorites, & ne l'empêcha de s'appliquer à faire de nouvelles observations, & d'entretenir le commerce de Lettres qu'il avoit avec plusieurs Sçavans de l'Europe.

En 1694. il fut reçu dans l'Academie des Arcadiens de *Rome*.

Le 25. Juillet 1694. il eut une attaque d'Apoplexie, qui le rendit paralitique de la moitié du corps, il ne laissa pas depuis d'achever quelques Ouvrages qui lui restoient imparfaits; mais il eut le 29. Novembre de la même année une nouvelle attaque, qui l'emporta le même jour dans la 67e année de son âge.

Sa femme étoit morte à Rome **M. MAL-**
peu de temps avant lui ſans avoir **PIGHI.**
eû d'enfans.

Malpighi étoit d'un naturel ſerieux & mélancolique , il étoit
conſtant dans le travail, & ſe donnoit avec plaiſir toutes les peines
neceſſaires pour parvenir à la connoiſſance des choſes qu'il ſe pro-
poſoit. Quoiqu'il aimât la gloire,
il témoïgnoit cependant beaucoup
de modeſtie au milieu des applau-
diſſemens & des louanges que ſon
merite lui attiroit. Son temperamment étoit délicat , & il fut ſur
tout ſur la fin de ſa vie ſujet à pluſieurs infirmitez.

Catalogue de ſes Ouvrages.

1. *De Pulmonibus Epiſtolæ duæ.*
Bononiæ. 1661. *fol.* Et réimprimées
avec un Ouvrage de *Thomas Bar-*
tholin , De Pulmonum Subſtantia &
Motu. Hafniæ. 1663. *in* 8°. *Mal-*
pighi démontre dans ces deux Lettres que les Poumons ne ſont qu'un
compoſé de membranes fort dé-
liées , qui ſe repliant en diverſe fa-
çons, forment une infinité de veſ-
ſicules rondes & longues , autour

M. MAL-
PIGHI.

desquelles les extrémitez capillaires de l'artere & de la veine des poumons rampent & s'entortillent, & qui sont disposées de maniere que les rameaux de la trachée artere communiquent avec elles, & qu'elles ont communication les unes avec les autres. Ce sentiment étoit trop nouveau pour ne point surprendre les Anatomistes de son temps, plusieurs se revolterent d'abord ; mais l'ayant examiné avec soin, le trouverent plus raisonnable que ceux qu'on avoit eûs jusques là : d'autres tâcherent de le combattre, ou du moins d'en ôter la gloire à *Malpighi*, en prétendant qu'il n'en étoit pas l'auteur, & que d'autres l'avoient eû avant lui.

2. *Tetras Anatomicarum Epistolarum M. Malpighii & Caroli Fracassati de lingua & cerebro. Accessit Exercitatio de Omento, Pinguedine & adiposis Ductibus. Bononiæ. 1665. in* 12. Et réimprimées en Hollande *in* 12. Des quatre Lettres qui se trouvent dans ce Recueil, les deux premieres sont de *Malpighi*, les deux

deux autres font de *C. Fracaffati* M. MAL-
Profeffeur d'Anatomie à *Pife*, fon PIGHI.
ami. Elles renferment plufieurs
nouvelles découvertes curieufes. Le
Traité qui y eft ajoûté eft auffi de
Malpighi, quoi qu'il ne porte pas
fon nom.

3. *De Vifcerum ftructura Exercitatio Anatomica. Accedit Differtatio de Polypo cordis. Bononiæ.* 1666.
in 4°. It. *Amftelod.* 1669. *in* 12.
It. *Jenæ* 1677. *in* 12. It. dans la
Bibliotheque Anatomique de *Man-
get*. Cet Ouvrage a été traduit en
François, & imprimé en cette Langue à *Paris* 1682. *in* 12.

4. *Differtatio epiftolica de Bomby-
ce. Londini* 1669. *in* 4°. Cet Ouvrage eft magnifiquement imprimé & orné de plus de cinquante figures en 12. Planches.

5. *Differtatio epiftolica de forma-
tione Pulli in Ovo. Londini* 1673.
in 4°. Cet Ouvrage eft auffi magnifiquement imprimé & orné de figures. Ces deux Ouvrages ont été
traduits en François & imprimez
fous ce titre : *La Structure du Vers
à foye, & la Formation du Poulet*

E

Mém. pour servir à l'Histoire

M. MAL- *dans l'œuf. Paris* 1686. *in* 12.

PIGHI.   6. *Anatome Plantarum, Pars I*ᵃ. *Londini* 1675. *fol. Pars II*ᵃ. *Londini* 1679. *fol.* Cet Ouvrage est rempli d'une infinité d'Observations curieuses.

7. *Opera omnia cum figuris. Londini* 1686. *fol.* 2. tom. C'est un recueil de tous les Ouvrages précedens.

8. *Opera posthuma figuris illustrata, quibus præfixa est Autoris Vita ab ipsomet scripta. Londini fol.* 1697. *Secunda Editio priori longè præferenda. Supplementa necessaria & Præfationem addidit Petrus Regis Monspeliensis M..D. Amstelodami* 1698. *in* 4°. Cette derniere Edition est préferable à la premiere, qui est pleine de fautes grossieres.

V. son Eloge par *Eustache Manfredi* dans les *Vite degli Arcadi.* tom. I.

THOMAS HOBBES.

THOMAS   **T**HOMAS *Hobbes* nâquit à
HOBBES.   *Malmesbury*, Bourg d'An-

gleterre dans le Comté de Wilt, T. Hob-
le 5. Avril 1588. Sa mere épou- BES.
vantée par les bruits qu'on faisoit
courir de l'approche de la Flotte
Espagnolle, accoucha de lui avant
terme; & cependant il n'a pas laissé
de vivre long-temps. Son pere, qui
étoit Ministre, prit un grand soin
de le faire bien élever. Il commença à apprendre le Latin & le Grec
sous *Robert Latimer* qui enseignoit
à *Malmesbury*, & il y fit en peu
de temps de si grands progrès,
qu'avant l'âge de quatorze ans il
avoit traduit en Vers latins la *Me-
dée* d'*Euripide.*

On l'envoya en 1603 à *Oxford*,
où il étudia pendant cinq ans la
Philosophie d'*Aristote.* Son cours
fini, il quitta *Oxford* & entra chez
Guillaume Cavendish, Baron de
Hardwick, & depuis Comte de
Devonshire, pour être Gouverneur
de son fils aîné. Il n'avoit alors
que vingt ans, & n'étoit gueres
plus âgé que son Disciple. Mais il
se rendit si agréable au Pere & au
Fils par sa bonne conduite & par
ses soins, qu'ils avoient en lui une

confiance entiere. Il fit en 1610
avec le Fils le voyage de France &
d'Italie. Il eut dans ce voyage occafion de remarquer plusieurs fois
qu'on se mocquoit de lui parmi les
gens d'esprit, lorsqu'il vouloit faire parade de la Philosophie qu'il
avoit apprise, & dans laquelle il
croyoit briller. Fâché d'avoir si
mal employé son temps, il y re-
nonça pour toûjours pour s'appliquer de nouveau aux Langues Latine & Greque, qu'il avoit presque oubliées, & à l'étude des belles Lettres.

C'est ce qu'il commença à faire
dès qu'il fut de retour en Angleterre. Les biens dont la Famille de
son Disciple le comblerent, lui donnerent le moyen & le loisir neces-
faire pour cela. Il se mit donc à lire
les Historiens & les Poëtes avec leurs
Commentaires. *Thucidide* lui plût
préferablement à tous les autres
Historiens Grecs, & il employa ses
heures perduës à le traduire en Anglois. Il se fit alors un grand nombre d'amis parmi les Sçavans : tels
étoient le Chancelier *Bacon*, E-

douard *Herbert* Baron de *Cherbury*, T. Hob-
Johnfon Poëte fameux, *Robert Ay-* bes.
ton &c. Il eut en 1628. le chagrin
de perdre fon Difciple, dont la
mort avoit été précedée en 1626.
de celle du Comte de *Devonshire*
fon Pere. Il fe voyoit par-là privé
de fes Protecteurs & de fes Bien-
facteurs ; mais pour adoucir le
chagrin de cette perte, il s'engagea en 1629. à faire le voyage de
France avec un jeune Seigneur Anglois, nommé *Gervais Cliftton*.

Les Elemens d'*Euclide* lui tom-
berent entre les mains pendant ce
voyage ; il les lût, & il en fut charmé, non pas tant pour ce qu'ils
contiennent, que pour la méthode
qui y regne. Il s'appliqua depuis
ce temps-là avec ardeur aux Mathematiques, mais c'étoit bien tard
pour lui, il avoit déja quarante
ans, & il n'a pû à caufe de cela
s'y perfectionner autant qu'il auroit fallu pour ne pas donner de
prife à fes Critiques. Au refte, l'u-
tilité qu'il fe propofoit de retirer
de cette étude étoit d'accoûtumer
fon efprit à raifonner jufte, & à ne

rien avancer fans preuve.

En 1631. La Comteffe de *Devonshire* qui avoit un fils âgé de 13 ans, lui en confia la conduite; & la tendreffe qu'il avoit euë pour fon Pere, la lui fit accepter avec plaifir. Trois ans après il fit avec ce nouveau Difciple le voyage de France & d'Italie.

Pendant le féjour qu'il fit à *Paris* en 1634. il s'appliqua beaucoup à la Phyfique, & fur tout à examiner les caufes des operations fenfitives des animaux, & il eut fur ce fujet de frequens entretiens avec le P. *Merfenne* Minime. En Italie il vit *Galilée*, & contracta avec lui une étroite amitié.

Il retourna en Angleterre en 1637. mais ayant prévû la guerre civile par les chofes qui fe pafferent dans les premieres Séances du Parlement de 1640. il paffa en France, & vint chercher à *Paris* une retraite où il pût philofopher tranquillement. Il y enfeigna les Mathematiques au Prince de Galles, qui avoit été contraint de fe retirer en France, & donna tout le refte

de ſon temps à ſon Livre *De Cive*, T. Hob-
& à ſon *Leviathan*. BES.

Quoiqu'il eût donné des preuves de ſon attachement à la Religion Anglicane, lorſque le Docteur
Coſin l'étant venu voir pendant
une maladie dangereuſe, & lui
ayant offert de prier Dieu avec lui,
il y conſentit, pourvû qu'il ſe ſervit des Prieres de l'Egliſe Anglicane, on ne laiſſa pas de le décrier
auprès des Epiſcopaux, & avec
tant de ſuccès, qu'il eut ordre de
ne point aller à la Cour du Roi
d'Angleterre. Il avoit ſi fort maltraité le Clergé Catholique dans
ſon *Leviathan*, que ſe voyant privé par cet Ordre de la protection
de ſon Prince, il crut qu'il n'étoit
pas en ſûreté en France, & prit le
parti de retourner en Angleterre,
où il vêcut d'une maniere fort ob-
ſcure chez le Comte de *Devonſhire*.
Il avoit à la verité de puiſſans amis,
mais comme il avoit auſſi de puiſſans ennemis, tout ce que l'on
pouvoit faire pour lui étoit de
l'empêcher d'être opprimé. L'ob-
ſcurité où il vêcut lui procura du

moins cet avantage de pouvoir s'appliquer plus tranquillement à la composition de ses Ouvrages, & à l'étude des Mathematiques & de la Physique.

Lorsque *Charles* II. fut rétabli en 1660. *Hobbes* quitta la campagne où il demeuroit pour venir le saluer. Ce Prince le reçut fort obligeamment, l'assura de son affection & le gratifia d'une pension de cent *Jacobus*.

Depuis ce temps-là jusqu'à sa mort, il ne songea qu'à travailler & à repousser les attaques de ses adversaires. Il conserva toute la force de son esprit jusqu'à la fin de sa vie; qui a été fort longue. Il mourut à *Hardwick*, chez le Comte de *Devonshire* le 4. Decembre 1679. après une maladie de six semaines, dans sa 92e année.

Il étoit d'un temperamment mélancolique : dans sa jeunesse il avoit été fort valetudinaire, mais depuis l'âge de quarante ans il joüit toûjours d'une bonne santé. Sa vie a été celle d'un honnête homme selon le monde, bon ami, bon parent, bon
sujet „

charitable envers les pauvres, dé-
taché des richeffes, grand obfer-
vateur de l'équité, officieux ; en
un mot de toutes les vertus morales, il n'y avoit que la Religion
qui fût en lui une matiere problé-
matique: il a paffé pour Athée,
mais l'Auteur de fa Vie tâche de
le juftifier fur ce point, il traite
auffi de fable ce qu'on a dit de lui
qu'il avoit peur des fpectres &
des fantômes, quoiqu'il avoüe
qu'il n'ofoit demeurer feul. Sa jeuneffe n'a pas été exempte des défordres trop ordinaires à cet âge,
& il aima un peu le vin & les femmes ; mais il vécut dans la fuite
d'une maniere plus rangée. Il ne
voulut jamais fe marier, regardant
le mariage & les foins qu'il entraî-
ne après lui, comme des obftacles
aux méditations Philofophiques.

Catalogue de fes Ouvrages.

1. *Thucydide traduit en Anglois.*
Londres 1634. & 1676. *fol.* Il tra-
duifit & publia cet Ouvrage dans
le deffein de faire voir à fes Com-
patriotes par l'exemple des Athe-
niens les défordres & la confufion

Tome IV. G

que produit le Gouvernement Démocratique.

2. *De Mirabilibus Pecci.* Londini 1634. in 8°. It. *Secunda edit.* Londini 1666. It. 1678. *Anglicè &* *Latinè.* Cet Ouvrage est un Poëme Latin sur les choses extraordinaires qui se trouvent dans le voisinage de *Derby* en Angleterre, & dans le lieu appellé en Latin, *Pecci-Castrum.*

3. *Elementa Philosophica seu Politica de Cive, id est, de Vita civili & politica prudenter instituenda.* Paris. 1642. in 4°. *Hobbes* ne fit tirer que peu d'exemplaires de cet Ouvrage, qu'il fit imprimer lui-même. Il le revit peu de temps après, & y fit des augmentations, & c'est dans ce dernier état qu'il a été imprimé à *Amsterdam. Elzevir.* 1647. in 12. par les soins de M. *de Sorbiere,* qui a pris aussi la peine de le traduire en François, & de le donner au Public sous ce titre; *Elemens Philosophiques du Citoyen. Traité de Politique, ou les fondemens de la Société civile découverts par Thomas Hobbes, & traduits*

en François par un de ſes Amis. Am- T. Hob-
ſterdam , Blaeu 1649. *in* 8°. Il y a BES.
eu depuis pluſieurs autres éditions
du Texte Latin. On prétend que
l'amour de la Patrie inſpira à Hobbes le deſſein de cet Ouvrage, &
qu'il y eut en vûë de deſabuſer ſa
Nation des faux Principes, qui y
produiſoient un mépris horrible
de l'Authorité Royale. Quoi qu'il
en ſoit, il renferme des principes
pernicieux & contraires aux ſai-
nes maximes de la morale ; comme
lorſqu'il prétend que les hommes
ne ſont point naturellement por-
tez à la ſocieté, mais plûtôt à la
diſcorde. Auſſi pluſieurs Auteurs
ſe ſont appliquez à le refuter.

4°. *Leviathan , ſive De Repu-*
blica. Cet Ouvrage parut d'abord
en Anglois à *Londres* 1651. *fol.*
L'Auteur le traduiſit enſuite en
Latin, & le fit imprimer avec
un *Appendix* à *Amſterdam* 1668.
in 4°. Il a été auſſi traduit en Flamand, & imprimé en cette Lan-
gue à *Amſterdam* 1678. *in* 4°. Le
précis de cet Ouvrage eſt, que
ſans la paix il n'y a point de ſûreté

G ij

dans un Etat ; que la paix ne peut
subsister sans le commandement ,
ni le commandement sans les armes ; que les armes ne valent rien,
si elles ne sont mises entre les mains
d'un homme, & que la crainte des
armes ne peut porter à la paix ceux
qui sont poussez à se battre par
un mal plus terrible que la mort,
c'est-à-dire, par les dissentions sur
les choses necessaires au salut.
L'Auteur par le titre de *Leviathan*
qu'il donne à son Ouvrage a voulu désigner le corps politique. On
a beaucoup écrit contre les principes dangereux qu'il renferme.

5. *De la nature de l'homme,* (en
Anglois) *Londres* 1650. *in* 12.

6. *Du Corps politique , ou Elemens du Droit* (en Anglois) *Londres* 1650. *in* 12. It. *Traduit en
François. Amsterdam* 1653. *in* 12.

7. *Elementorum Philosophiæ Sectio I. de Corpore. Londini* 1655. *in*
8°. *Sectio II. Londini* 1658. It.
traduit en Anglois. Londres 1656,
& 1658. *in* 4°.

8. *De la Liberté & de la nécessité*
(en Anglois) *Londres* 1654. *in* 12,

L'Auteur donne dans cet Ouvrage trop d'atteinte à la liberté, pour
qu'on ne fongeât pas à le refuter.
Jean Bramhall Evêque de *London-*
dery, prit auffitôt la plume & l'attaqua fortement. *Hobbes* pour lui
répondre, fit paroître l'Ouvrage
fuivant.

9. *Queftions fur la liberté, la ne-*
ceffité & le hazard contre le Docteur
Bramhall, *Evêque de* Londondery.
[en Anglois] *Londres* 1656.*in* 4°.
Il y a dans cet Ouvrage & la plûpart des précedens quelque chofe
d'attachant, & qui peut feduire
une imagination foible ; un tour
un peu obfcur , mais vif & ferré ;
des Metaphores hardies ; des raifons recherchées & qui furpre-
nent , avec lefquelles l'Auteur attaque les opinions communes d'un
air fier & infultant. Mais quand
on l'examine de près , on voit un
Auteur qui s'embarraffe & qui quit-
te à tout moment fon fujet principal , pour débiter des maximes
pernicieufes.

10. *Littera ad Guillelmum Novi-*
Caftri Ducem, de controverfia circa

T. HOB-
BES.

libertatem & necessitatem habita cum Benj. Laney Episcopo Eliensi. Londini 1676. *in* 12.

11. *Prælectiones sex ad Professores Savilianos. Londini* 1656. *in* 4°. [en Anglois.]

12. *Opera Philosophica quæ latinè scripsit omnia. Amstelodami, Blaëu* 1668. *in* 4°. 2. tom. C'est un Recueil des Ouvrages précedens & de quelques-uns des suivans.

13. *Lux Mathematica. Londini* 1672. *in* 12.

14. *Les Voyages d'Ulisse*, ou traduction *des livres* 9, 10, 11 & 12. *de l'Odissée d'Homere en Vers Anglois. Londres* 1674. *in* 8°. Cet Essai a eu l'approbation des Sçavans, c'est ce qui l'engagea à traduire tout Homere.

15. *L'Iliade & l'Odissée d'Homere traduites en Vers Anglois, avec une Préface sur les qualitez du Poëme Epique. Londres* 1675. & 1677. *in* 8°.

16. *Epistola ad Antonium à Wood.* 1674. *fol. Hobbes* écrivit cette Lettre pour se plaindre à ce sçavant Homme des changemens que ceux

qui avoient traduit en Latin fon Hiftoire de l'Univerfité d'Oxford, avoient faits dans fon Ouvrage, principalement dans l'article qui le regardoit, où l'on avoit ôté ce qui étoit à fa louange, & on avoit ajoûté des chofes qui lui étoient injurieufes. Il attribuë ces changemens à *Jean Fell*, qui étoit alors Doyen du College de *Chrift*, & a été depuis Evêque d'*Oxford*. Cette Lettre qui eft fort courte a été inferée dans la Vie de *Hobbes*.

17. *Dialogus Phyficus*, *five de Natura aëris*. *Londini* 1661. *in* 4°. It. *Amftelodami* 1668. *in* 40. *Hobbes* fuivoit les principes d'Epicure dans la Phyfique.

18. *Characteres & indicia abfurdæ Geometriæ Doctoris Wallis*. *Londini* 1657. *in* 8°. (en Anglois) Le Docteur *Wallis*, Profeffeur en Mathematique à *Oxford*, ayant publié en 1655. fon *Elenchus Geometriæ Hobbianæ*, fit naître une guerre qui a duré jufqu'à la mort de *Hobbes*, & pendant laquelle il s'eft dit bien des injures. La plûpart des Ouvrages qui fuivent y ont rapport.

T. HOBBES.

G iiij

T. HOB-
BES.

19. *De Principiis & Ratiocinatio-*
ne Geometrarum. Londini 1666. *in*
4°. It. *Amstelodami* 1668. *in* 4°.

20. *De Duplicatione Cubi. Lon-*
dini 1661. *in* 4°. It. *Amstelodami*
1668. *in* 4°.

21. *Problemata Physica unà cum*
magnitudine circuli. Londini 1662.
in 4°. It. *Amstelod.* 1668. *in* 4°.

22. *Examinatio & emendatio*
Mathematicæ hodiernæ, sex Dialo-
gis comprehensa. Londini 1660. *in*
4°. It. *Amstelod.* 1668. *in* 4°.

23. *Quadratura Circuli, Cubatio*
Sphæræ, Duplicatio Cubi; unà cum
Responsione ad objectiones Geometriæ
Professoris Saviliani Oxoniæ editas
anno 1669. *Londini* 1669. *in* 4°.

24. *Rosetum Geometricum, sive Pro-*
positiones aliquot frustra antehac ten-
tatæ, cum censura brevi Doctrinæ
Wallinianæ de Motu. Londini 1671.
in 4°.

25. *Rescripta tria ad Societatem*
Regiam contra Doctorem Wallis. Lon-
dini 1671. *in* 4°.

26. *Principia & Problemata ali-*
quot Geometrica ante desperata, nunc
breviter explicata & demonstrata.
Londini 1674. *in* 4°.

27. *Decameron phyſiologique , ou* T. Hob-
dix Dialogues ſur la Philoſophie na- bes.
*turelle. (*en Anglois*) Londres* 1678.
in 8°.

*De Bello Civili Anglicano ab an-
no* 1640. *ad* 1660. *Dialogus.* 1679.
in 8°.

29. *Vita Carmine latino expreſſa
ſeipſo Auctore. Londini* 1680. *in* 4°.
It. *La fin de ſa Vie.* 1681. *in* 12. It.
en Anglois. *Londres.* 1680. *fol.*

30. *Hiſtoire de l'Hereſie & de ſa
peine.* (en Anglois) 1680. *fol.*

31.*Tractatus opticus,* inſeré dans
le Livre du P. Merſenne intitulé :
*Cogitata Phyſico-Mathematica. Pa-
riſ.* 1644. *in* 4°.

32. *Objectiones in Carteſii de prima Philoſophia Meditationes.* Ces
objections qui ſont appellées les
troiſiémes , ſe trouvent dans toutes les éditions des Méditations de
Deſcartes. Ce Philoſophe n'en faiſoit pas grand cas , il rompit même le commerce qu'il avoit eu
quelque temps avec Hobbes, lorſqu'il fut inſtruit de ſes ſentimens
dangereux.

33. Quelques-uns ajoûtent à cet-

T. HOB-
BES.

te liste de ses Ouvrages, un *Abregé de la Rhetorique d'Aristote*, & de
la Logique de Ramus, qui parut
vers l'an 1652.

V. sa Vie imprimée en 1681. &
W*ood Historia & Antiquit. Uni-
vers. Oxoniensis.*

SAMUEL SORBIERE.

SAMUEL
SORBIE-
RE.

SAMUEL *Sorbiere* nâquit au
commencement du 17e siecle,
de parens Protestans & d'une famille honnête dans la Ville de
Saint Ambroix, Diocese d'*Usez*.
M. *de Graverol* dit avoir appris de
son fils unique, qui étoit marié
dans un mechant endroit du même Diocese, nommé *Gravieres*,
qu'il étoit né le 17. Septembre
1615. cependant suivant la legende
de son Estampe, qui fut gravée
après sa mort sur celle que M. *Au-
dran* avoit gravée à *Rome* en 1667.
Il devoit être né cinq ans plûtôt,
c'est-à-dire, en 1610. *Etienne Sorbiere* son Pere étoit bourgeois de
la Ville où il demeuroit, & *Louise*

Petit sa Mere étoit sœur de *Samuel Petit*, fameux Ministre de Nismes, & célebre par ses Ouvrages.

Sorbiere ayant perdu l'un & l'autre dès sa premiere jeunesse, *Samuel Petit*, qui étoit son Parrain de même que son oncle, le prit chez lui, & eut autant de soin de son éducation, que s'il eût été son propre fils.

Après qu'il eut pris auprès de cet oncle les premieres teintures des belles Lettres, il vint en 1639. à *Paris*, où ayant conçu du dégoût pour l'étude de la Théologie, à laquelle on l'avoit appliqué, mais qui ne convenoit point à son inclination, il se donna à l'étude de la Medecine : il y fit même de si grands progrès, qu'il forma peu de temps après un sistême abregé pour son usage particulier.

Il passa en Hollande en 1642. & commença à y faire quelques Ouvrages. Il revint en France en 1645. mais il retourna l'année suivante en Hollande, où il épousa peu de temps après (en 1646.) *Judith Renau*, fille de *Daniel Re-*

nau, natif comme lui de *Saint
Ambroix*.

Ce fut alors qu'ayant formé le
dessein de se fixer en quelque endroit pour y exercer la Medecine,
il alla demeurer à *Leyde*. Mais il
étoit trop inconstant pour demeurer toûjours dans le même endroit.
A peine eut-il été quelque temps
à *Leyde*, qu'il revint en France,
où il fut fait Principal du College
d'*Orange* en 1659.

Sur la fin de l'an 1653. il alla à
Vaison, où il abjura le Calvinif-
me & embrassa la Religion Catholique, à la persuasion de *Joseph Marie Suarés*, Evêque de
cette Ville, dont il prit le nom,
lorsqu'il se fit confirmer.

Il vint ensuite à *Paris* au commencement de l'année 1654. & y
publia selon la coûtume un discours touchant sa conversion,
qu'il dédia au Cardinal *Mazarin*.
Le Clergé lui accorda une pension
de 400 liv. & il prit le petit Collet
dans l'esperance d'avoir quelque
bon Benefice, suivant la promesse
de ce Cardinal, qui lui donna en

S. SOR-

BIERE.

attendant une penſion de 300 liv.

Il alla enſuite faire un voyage à Rome, où il ſe fit connoître au Pape *Alexandre* VII. par une Lettre latine qu'il lui adreſſa, & qui étoit écrite contre ſes envieux Proteſtans.

De retour en France il fut reçû dans l'Académie de Phyſique, qui ſe tenoit chez M. de *Montmor*, Doyen des Maîtres des Requeſtes.

Il paſſa enſuite en Angleterre, & fit imprimer la Relation de ce voyage, qui fut cauſe qu'il fut exilé par une Lettre de Cachet à *Nantes*, d'où il fut rappellé peu de temps après. On a parlé diverſement du ſujet de ſon exil, que la plûpart ont attribué à quelque plainte que le Roi avoit reçûë de lui, au ſujet de la liberté qu'il s'étoit donnée en parlant du Comte d'*Ufeld*, qui avoit épouſé une fille naturelle du Roi de Danemarc

Le Cardinal *Roſpiglioſi* étant ſur les rangs pour être Pape après la mort d'*Alexandre* VII. *Sorbiere* qui l'avoit connu à ſon premier

voyage de *Rome*, & qui avoit publié
un Recueil de Poësies à sa louange,
se pressa de retourner en Italie en
1667. pour se trouver à son exal-
tation. Ce Cardinal fut élu en effet, & prit le nom de *Clement* IX.
Mais *Sorbiere* qui esperoit beaucoup de lui fut trompé dans son
esperance. Ce Pape le reçut fort
bien, mais il fit peu de choses pour
lui. Ainsi il fut obligé de revenir
en France après avoir reçu une
bourse de cent pistoles pour les
frais de son voyage, mais dont le
porteur lui excroqua vingt. On lui
donna à la verité quelques Benefices en Bretagne; mais comme ils
étoient litigieux, il n'en profita pas
beaucoup.

Si *Sorbiere* n'eût pas été si fort
adonné à ses plaisirs, il auroit été
plus content de sa destinée qu'il ne
l'étoit, & il ne se seroit pas plaint
continuellement, comme il faisoit,
de l'injustice de la fortune à son
égard. Car outre que le Roi Louis
XIV. l'avoit honoré en 1660. de
la Charge de son Historiographe,
il lui avoit donné quelques mois

après une pension de mille livres S. Sor-
fur l'Abbaye d'*Hombliéres* de l'Or- BIERE.
dre de S. Benoît au Diocese de
Noyon, & deux ans après une autre de pareille somme en qualité de
Sçavant. D'ailleurs le Pape *Alexan-*
dre VII. lui donna en 1656. deux
pétites pensions fur des Benefices
du Comtat Venaiffin, & en 1664.
le Prieuré de *S. Nicolas de la Guier-*
che au Diocese de *Rennes*, qui lui
rapportoit 50c. liv. Le Cardinal
Mazarin lui avoit fait auffi donner une Chapelle de même valeur, & lui avoit procuré en 1660.
une pension de 800. liv. du Clergé.

On peut même affurer que s'il
eût eu l'efprit un peu tourné à la
pieté, & s'il n'eût pas préferé à la
vie d'un veritable Ecclefiaftique cel·
le d'un Philofophe qui aime un peu
trop les plaifirs, il auroit été in-
failliblement pourvû d'autres Benefices plus confiderables. Car au
fond il étoit honnête homme, il
fçavoit l'art de plaire à tout le
monde, il avoit du merite & ne
manquoit pas de Patron.

Il mourut le 9. Avril 1670. après

une maladie d'environ trois mois, caufée par une hydropifie redou-blée. M. *Graverol* dit avoir appris d'un de fes plus proches parens, que connoiffant qu'il n'en pou-voit revenir, il prit quatre grains de Laudanum pour s'étourdir & s'épargner les horreurs de l'agonie & de la mort.

Il étoit fort connu des Grands & des Sçavans de France, d'Ita-lie, d'Angleterre & d'Allemagne. *Clement* IX. avant fon élevation au Pontificat étoit en grand commer-ce de Lettres avec lui ; mais il ne le traita jamais que comme fon ami, fans avoir foin de fa fortune. *Sorbiere* s'en plaignoit auffi plai-famment, en difant qu'il avoit plus de befoin d'une charetée de pain, que d'un baffin de confiture. *On envoye*, ajoûtoit-il, *des manchettes à un homme qui n'a point de chemife*.

Sa fcience au refte étoit medio-cre & affez bornée, & l'on peut dire que fa qualité de neveu de *Samuel Petit* le fit autant confi-derer que fa doctrine. Peu de gens cependant ont fçu comme lui

la

la Philofophie de *Gaffendi* , aux
fentimens duquel il s'étoit attaché
auffi-tôt qu'il avoit commencé à le
connoître. Il n'eftimoit des anciens Medecins que *Galien*, dont il
approuvoit fort la methode, quoiqu'il y trouvât plufieurs défauts.

Jamais homme n'a mieux fçu.
fon *Rabelais* , dont il réveroit la
mémoire ; *Charron* & *Montagne*
étoient fes Heros , & il ne pouvoit
fouffrir qu'on en parlât mal.

Catalogue de fes Ouvrages.

1. *Syfteme de la Medecine Gale-
nique pour le foulagement de la mémoire.* Il a fait ce fyfteme pour fon
ufage particulier , & l'a fait imprimer fur une fimple feuille de papier.

2. Etant en Hollande il fit imprimer fous le nom de *Guthberi-
tu Higlandus* une lettre qu'il ad-
drefla à *André Rivet* contre le
Crurifragium Prodromi Rivetiani de
M. de *la Milletiere.* Cette Lettre fe
trouve à la fin de l'Apologetique
de *Rivet* contre *Grotius.* 1643.

3. Pendant le fejour qu'il fit
alors en Hollande , il aida à faire

H.

la version de la Description de la
Grande Bretagne par *Cambden*,
qui devoit entrer dans un des tomes du grand Atlas, & qu'un
Prêtre nommé *Salabert*, qui l'a-
voit commencée, n'avoit pû continuer, ayant été obligé de retourner en France.

4. Il traduisit aussi peu de temps
après l'*Utopie de Thomas Morus* en
François, à la priere du Comte
de *Rhingrave*, Gouverneur de l'*E-
cluse*, qui ne pouvoit se resoudre
à la lire dans les traductions suran-
nées faites par *Barthelemi Anneau*,
Auteur de l'*Alector*, & par le Seigneur de *Branville*. Cette traduction a été imprimée à *Amsterdam*
1643. *in* 12.

5. *Discours sceptique sur le passage du chyle & sur le mouvement
du cœur. Leyde* 1648. *in* 12. Parin
dit dans ses Lettres sur le rapport
de M. *Riolan*, que ce Livre est
plein de fautes, & que l'Auteur
n'entend rien au sujet qu'il traite.

6. *Elemens Philosophiques du Citoyen*; Traité de *Politique*, où les
fondemens de la société civile font

découverts par Thomas Hobbes, & S. Sor-
traduits en François par un de ses biere.
amis. Amsterdam 1649. *in* 8o. Cette
Traduction est accompagnée d'un
Discours Apologetique, où l'Auteur tâche de se justifier du crime
qu'on pourroit lui faire d'avoir
traduit un Livre que certaines
maximes, qui y sont répanduës,
rendent dangereux. Il avoit fait
imprimer deux ans auparavant
le Texte latin à la priere de *Gas-
sendi* & du P. *Mersenne*, sous ce
titre : *Th. Hobbes Elementa Philosophica seu Politica de Cive, id
est, de vita civili & politica prudenter instituenda. Amstelod. Elzevir.* 1647. *in* 12.

7. *Lettre d'un Marchand du Bre-
sil à un de ses amis d'Amsterdam.* Il
publia sans nom cette Lettre pour
faire plaisir à son Beau-pere, qui
avoit quelque interêt dans la Compagnie des Indes Orientales. Il se
mêle d'y donner quelques avis aux
Etats Generaux, pour leur faire
voir la necessité qu'il y avoit d'entretenir cette Compagnie, dont
le fond étoit pour lors de trente-
sept millions. H ij

8. *Lettre d'un Gentilhomme François à un de ses amis d'Amsterdam
sur les desseins de Cromvel.* Il écrivit cette Lettre de même que le
discours suivant pendant qu'il
étoit Principal du College d'O-
range, à la priere du Comte de
Dona, qui en étoit Gouverneur.

9. *Discours contenant les vrayes
causes des derniers troubles d'Angleterre.*

10. *Discours fait à l'ouverture du
College d'Orange* 1653. C'est un
Eloge de M. *Saumaise*, mort l'année précedente. *Sorbiere* avoit lié
amitié avec lui pendant son séjour
à *Leyde*, où il étoit son voisin; il
le visitoit deux fois la semaine, &
il profita beaucoup des entretiens
qu'il eut avec ce grand Homme,
dont il voulut aussi par reconnoissance honorer la mémoire
dans un Discours public.

11. *Lettre latine au Pape Alexandre VII. contre ses envieux Protestans.*

12. *Lettre latine écrite sous le
nom de Sebastianus Aletophilus contre Riolan*, sur l'opinion des vei-

nes lactées, que *Gaſpar Aſelius* de   S. Sor-
Cremone, & celebre Anatomiſte de B I B R E.
Padoüe avoit découvertes. Elle eſt
inſerée dans un Ouvrage de *Jean*
Pecquet à qui elle eſt adreſſée, lequel
eſt intitulé : *Experimenta Anato-*
mica J. *Pecqueti. Pariſ.* 16 5 4. *in* 4°.

13. *De vitanda in ſcribendo acer-*
bitate, Epiſtola. 1 6 5 7. *Sorbiere* a publié cette Lettre ſous le même nom
Sebaſtianus Aletophilus.

14. *Diſſertatio de Vita & Mori-*
bus Petri Gaſſendi. A la tête de l'é-
dition de toutes les Oeuvres de ce
Philoſophe, faite à *Lyon* en 16 5 8.
en 6. vol. *in fol.* & de la deuxiéme
édition du livre du même Auteur
intitulé: *Syntagma Philoſophiæ Epi-*
curi, faite en 1 6 5 9. & dans les *Memo-*
ria Philoſophorum Vvitteni Decade 6.
It. ſeparement *Londini* 1 6 6 2. *in* 1 2.

15. *Lettres & Diſcours ſur di-*
verſes matieres curieuſes. Paris 1 6 6 0.
in 4°. On trouve dans ce Recueil
quelques diſcours que M. de *Sor-*
biere avoit prononcez dans l'Academie de M. *de Monmort.* Ils
ſont aſſez curieux, & roulent ſur
la nature du Mouvement, ſur la

Rarefaction, sur le peu de connoissance que nous avons des choses naturelles, sur les sources des differentes opinions que l'on a sur une même matiere.

16. *Relations, Lettres & discours sur diverses matieres curieuses. Paris 1660. in 8°.* Ce Livre que la ressemblance du titre ne doit pas faire confondre avec le précedent, est fort peu de chose. La Relation de son voyage d'Hollande & les Lettres ne contiennent de remarquable que les plaintes continuelles de l'Auteur sur son indigence. Le discours sur l'amitié qui termine le volume est très-superficiel.

17. *Sorbiere* fit imprimer en 1664. une Lettre sur la difficulté que faisoient plusieurs Ecclesiastiques de signer le Formulaire touchant les cinq Propositions de Jansenius. C'étoit une matiere qui n'étoit gueres de sa competance, & on pouvoit lui dire:

Non tali auxilio nec defensoribus
istis
Tempus eget.

mais il étoit de ces gens qui ſe font — S. Sor-
toûjours de fête, & ſe fourent où Biere.
on ne les demande point.

18. *Diſcours ſur le Cométe. Paris*
1655. Sorbiere publia ce Diſcours
pour prouver que la terreur qui
s'étoit emparée des eſprits à l'occaſion de la Cométe, qui parut dans
ce temps-là, étoit purement pani-
que & ſans raiſon ; & que ce Phe-
noméne, que l'on regardoit comme une menace du Ciel, n'étoit
qu'un ſigne incertain & douteux.
Il s'attacha principalement à y rapporter ce que *Gaſſendi*, qui étoit
de ce ſentiment, avoit écrit ſur ce
ſujet.

19. *Relation d'un voyage fait en*
Angleterre. Paris 1664. *in* 12. Cette
Relation, quoique fort jolie, a
déplu à ceux dont il y eſt parlé.
L'Auteur fut exilé à ce ſujet, & ſon
Livre ſupprimé par Arrêt du Conſeil. Il y en a une Traduction Italienne, qui a été imprimée à *Bou-*
logne in 12. On a publié pour dé-
crediter cette Relation deux Ouvrages intitulez. *Obſervation d'un*
Gentilhomme Anglois ſur le voyage

96 *Mém. pour servir à l'Histoire
d'Angleterre du sieur Sorbiere. Paris
1664. in 12. Réponse aux fausetez
& invectives de la Relation d'un
voyage d'Angleterre. Amsterdam.
1675. in 12.*

20. Après la mort du Pape *Alexandre* VII. *Sorbiere* publia un gros
Recueil de Poësies en diverses Langues, à la louange du Cardinal *Ros-
pigliosi*, qu'il avoit connu à Rome,
& qu'il jugeoit devoir être Pape.

21. *Clementis IX. Icon.* 1667.
C'est le portrait & le Panegyrique
de ce Pape contenu dans une Lettre à M. *de Montmor.*

22. *Discours sur la transfusion de
sang d'un animal dans le corps d'un
homme.* Il le fit encore à *Rome.*

23. *Epistolæ Illustrium & eruditorum Virorum. Paris.* 1669. Il af-
fecta par vanité de fourer dans ce
Recueil qu'il fit imprimer après
son retour de *Rome*, toutes les Lettres qu'il avoit reçûës du Pape
Clement IX. lorsqu'il n'étoit que
Cardinal. Il voulut même insinuer
dans le petit avertissement qui est
sur la fin de ce Recueil, que c'étoit
son fils qui l'avoit publié, pour satisfaire

tisfaire la curioſité de pluſieurs perſonnes qui l'en avoient ſollicité ;
mais il eſt ſûr qu'il le publia lui-
même, pour juſtifier ſon voyage
& pour faire voir qu'il ne l'avoit
pas entrepris ſur des prétentions
chimeriques, mais ſur des eſperances bien fondées. Eſperances cependant qui ne furent point remplies.

24. Son fils fit imprimer quelques Ouvrages de ſa façon, mais
de peu d'importance, entre autres:
Avis à un jeune Medecin ſur la ma-
niere dont il doit ſe comporter en la
pratique de la Medecine, vû la né-
gligence que le Public a pour elle, &
les plaintes qu'on fait des Medecins.
Et quatre Diſcours, le premier de
l'excès des complimens & de la
civilité ; le ſecond, de la critique;
le troiſiéme, ſur ce que l'on dit
communément, que les hommes
ne changent point ; & le quatriéme, ſur la ſolitude.

25. *Sorberiana, ſive excerpta ex*
ore Samuëlis Sorbiere. Ex Muſæo Fr.
Graverol. Accedunt ejuſdem tum
Epiſtola de Vita & Scriptis Samuë-

lis Sorbiere , & Joan. B. Cotelier,
tum Epulæ ferales , sive fragmenti
marmoris Nemausini explicatio. To-
losæ 1691. in 12.

Le Public est aussi redevable à
M. de Sorbiere de l'impression des
Ouvrages suivans.

Mémoires & Voyages du Duc de
Rohan. Amsterdam, Elzevir 1646.
in 12.

Disquisitio Metaphysica, seu du-
bitationes & instantiæ Petri Gassen-
di adversùs Renati Cartesii Meta-
physicam & Responsa. Amstelodami
1644. in 4°.

Samuëlis Petiti Diatriba de Jure
Principum Edictis Ecclesia quæsito,
nec armis adversùs temerantes & an-
tiquantes vindicato. Amstelod. Elze-
vir. 1649. in 12. Cet Ouvrage est
précedé d'une Epître Dédicatoire
à M. *Saumaise* , où il fait dire à son
oncle des choses ausquelles il n'a-
voit pas pensé.

V. son Eloge par M. *Graverol* à
la tête du *Sorberiana.*

SCIPION AMMIRATO.

SCIPION
AMMI-
RATO.

SCIPION *Ammirato* naquit à *Lecce*, Ville de la terre d'*Otrante* dans le Royaume de Naples le 27. Septembre 1531. d'une famille noble & illustre. Il commença ses études à *Poggiardo*, & les continua à *Brindes*. Il alla ensuite en 1547. à *Naples* faire son Droit. Mais il fit peu de progrès dans cette science, pendant les quatre années qu'il demeura en cette Ville ; il ne s'y appliquoit qu'à contre cœur & par obéissance aux volontez de son pere ; il n'y avoit pas d'ailleurs beaucoup de disposition, le peu de mémoire qu'il avoit reçu de la nature ne lui permettant pas de retenir les Loix qu'on lui enseignoit : ajoûtez encore à cela, que la Poësie & les belles Lettres avoient plus d'attrait pour lui, & qu'il faisoit son plaisir de s'en occuper uniquement.

Une maladie considerable qui

S. AM-
MIRATO.

lui survint l'obligea à retourner dans sa Ville natale, où il trouva son pere fort mécontent du peu de progrès qu'il avoit fait dans le Droit, & qui le renvoya à *Naples* dès qu'il fut guéri. Mais s'il ne se rendit pas plus habile cette fois dans cette science, que son pere avoit si fort à cœur, il se perfectionna beaucoup dans les belles Lettres. Son mérite commença même dès lors à lui procurer des admirateurs & des envieux. Ceux-ci attentifs à chercher les occasions de lui nuire, en trouverent une favorable, peu de temps après qu'une seconde maladie l'eut obligé de retourner à *Lecce*. Il parut alors une satire contre les Principaux de cette Ville, & ils ne manquerent pas de la lui attribuer.

Scipion Ammirato craignant les suites de cette affaire, crut devoir sortir de son pays, & se retira à *Venise* ; mais comme son pere ne lui faisoit tenir aucun argent, il fut bientôt obligé de retourner à *Lecce*, où l'on étoit déja desabusé du faux bruit qui s'étoit répandu à son desavantage.

Ayant été peu de temps après à S. Am-
Barri avec fon Pere, il fut député MIRATO.
par cette Ville à *Naples*, pour
quelques affaires dans lefquelles il
réuffit parfaitement. Cet heureux
fuccès commença à lui infpirer
des fentimens d'ambition, qu'il
crut ne pouvoir mieux fatisfaire
qu'en entrant dans l'Eglife. Il prit
donc l'habit Ecclefiaftique, & reçut les Ordres facrez de l'Evêque
de *Lecce*, qui l'aimoit & l'eftimoit,
& qui lui confera un Canonicat.
Ce Prélat l'envoya même à *Rome*
pour agir par fa faveur auprès du
Pape, & fe procurer quelque chofe
de plus qu'un Evêché. Mais il
avoit trop fortement foûtenu les
prérogatives des Evêques au Concile de *Trente*, pour que ce Pontife pût être bien intentionné pour
lui, & *Ammirato* ne pût rien obtenir.

Le chagrin qu'il conçut de ne
voir aucun jour pour fa fortune,
& l'impoffibilité où il fe trouvoit
de vivre à *Rome* faute d'argent,
lui firent naître le deffein de fe
retirer à *Venife*, & de s'y mettre

S. AM-
MIRATO. au service de quelque Ambaffadeur, afin d'avoir occafion de
voir les differentes Cours de l'Europe, & de s'attacher à celle où il
pourroit efperer quelque avance-
ment.

Alexandre Contarini qui avoit
entendu parler de lui le detourna
du deffein de voyager, & l'engagea à refter chez lui à *Venife*. Il y
demeura quelque temps, & eut
occafion pendant le féjour qu'il y
fit, de contracter amitié avec les
Sçavans de cette Ville. Mais la fortune, qui lui avoit été contraire
jufques-là, ne le laiffa pas tranquillement dans le repos dont il
jouiffoit chez fon Patron. Sa femme qui prenoit beaucoup de plaifir dans fa converfation, lui ayant
envoyé un prefent en figne d'amitié, quelques perfonnes mal in-
tentionnées le dirent au mari, &
empoifonnerent cette action. Il
n'en falloit pas davantage pour irriter un mari jaloux. *Ammirato*
fut obligé de fuir pour fauver fa
vie, & de s'en retourner à *Lecce*.

Il n'y trouva pas fon pere qui

étoit alors à *Barri.* Il l'y alla cher-   S. AM-
cher, & en fut aſſez mal reçu: MIRATO.
ſon pere ne voyoit qu'avec peine
qu'il eût manqué ſa fortune, en
négligeant l'étude du Droit, & lui
en faiſoit ſouvent des reproches.
Marcel Cervini venoit d'être élu
Pape [en 1555.] ſous le nom de
Marcel II. *Ammirato* qui ſçavoit
que *Nicolas Majorano,* Evêque de
Molfetta, ville voiſine de *Barri,*
avoit été autrefois ſon ami, lui perſuada d'aller le voir à *Rome,* & de le
complimenter ſur ſon élevation au
Pontificat, eſperant qu'en l'accom-
pagnant dans ce voyage, il pourroit
obtenir quelque place auprès des
Neveux de ce Pontife. Ils ſe diſ-
poſoient à partir lorſque la mort
de *Marcel* rompit leurs meſures, &
renverſa ſes eſperances.

    Ammirato ſe retira donc dans
une maiſon de campagne de ſon
pere, où il continua à s'appliquer
avec ardeur à l'étude. Le Cardinal
Carrafe ayant été élû Pape ſous le
nom de *Paul* IV. il ſentit renaître
ſes eſperances; il s'attacha pour ce-
là à la Niece du Pape, avec la-

S. Am-
mirato.
quelle il alla à *Rome*, & qui lui
témoigna beaucoup de confiance.
Mais il se ressentit peu de temps
après des broüilleries qui survin-
rent dans la famille du Pontife ; &
des rapports qu'on fit à sa Maî-
tresse l'indisposerent tellement
contre lui , qu'elle le chassa igno-
minieusement.

Ammirato retourna chez son
pere , qui le reçut fort mal à son
ordinaire , attribuant toûjours ses
malheurs à sa mauvaise conduite ;
& s'appliqua à servir l'Eglise dont
il étoit Chanoine , sans negliger
cependant les belles Lettres , qui
faisoient sa consolation. Il travailla même à former une Académie ,
à laquelle il donna le nom d'Académie *de' trasformati*. Il passa ainsi
quatre années dans la tranquillité
& le repos , après lesquelles il s'attacha au Marquis de *Capone* , qui
étoit auprès de la Reine *Christine
de Suede* ; mais les esperances qu'il
avoit conçuës de ce côté-là ne sub-
sisterent pas long-temps , & il revint à sa premiere tranquillité.

Enfin il se détermina à retour-

ner à *Naples* pour s'appliquer de
nouveau au Droit & pour y prendre des degrés. Le gout pour cette
forte d'étude ne lui étoit pas revenu pour cela, mais il croyoit
que le feul titre qu'il fe procureroit
pourroit lui être utile à quelque
chofe. Il n'exécuta pas cependant
entierement fon deffein ; car il
n'eut pas été fix mois à *Naples*,
qu'il fe dégouta du travail & entra fucceffivement, en qualité de
Secretaire, chez differens Seigneurs, auprès defquels il ne demeura que peu de temps.

Il étoit revenu à *Lecce* lorfque
cette Ville le choifit pour aller pré-
fenter au Pape *Pie* IV. quelques
Requêtes qui regardoient le bien
de la Ville. Il répondit parfaitement aux vûës de ceux qui l'a-
voient député, & il obtint tout
ce qu'il demanda. A peine fut-il
de retour à *Lecce*, que la Ville de
Naples l'invita à venir y demeurer,
pour écrire l'Hiftoire de ce Royàu-
me. Il y alla ; mais le refroidiffe-
ment que lui témoignerent les
Gouverneurs qui l'avoient fait ve-

S. Am-
mirato. nir le dégouterent bientôt, & lui
firent abandonner l'Ouvrage &
fortir de la Ville, à laquelle il refolut de ne plus retourner. On se
repentit dans la fuite de l'avoir
négligé, & on fit tous les efforts
imaginables pour le faire revenir,
mais il demeura ferme dans fa refolution.

Il alla donc à *Rome* où il fe fit
un grand nombre d'amis, mais
fans pouvoir trouver de Patron
qui le mît en état de vivre à fon
aife : enfin après avoir parcouru
une partie de l'Italie, il alla à *Flo-*
rence, où il refolut de fixer fa demeure, engagé à cela par la protection que le grand Duc accordoit
aux Sçavans. Il eut ordre de travailler à l'Hiftoire de *Florence*, &
il reffentit les effets de la liberalité
du Prince, qui augmenterent après
que l'Ouvrage eut paru ; car il fut
pourvu d'un Canonicat de la Cathedrale de *Florence*.

L'abondance où il fe vit alors,
lui donna lieu de s'appliquer avec
plus de foin à l'étude, & de compofer la plûpart des Ouvrages que
nous avons de lui,

Il mourut à Florence le 30. Jan- S. AM-
vier 1600. dans ſa 69e année.   MIRATO.

Catalogue de ſes Ouvrages.

1. Les Argumens en Vers Ita-
liens des chants de *Roland le Fu-*
rieux de l'*Arioſte* , qui ont paru
pour la premiere fois dans l'édition de ce Poëme faite à *Veniſe* en
1548. *in* 4°.

2. *Il Dedalione Dialogo del Poë-*
ta. In Napoli. 1560. *in* 8°. It. dans
le troiſiéme Volume de ſes Opuſ-
cules. 1642. *Dedalione* eſt un des
deux interlocuteurs de ce Dialogue, où l'Auteur recherche les qualitez que doit avoir un Poëte.

3. *Iſtorie Fiorentine dopo la fon-*
datione di Firenʒe inſino all' ann
1574. *In Firenʒe.* 1600. *fol.* 2 tom.
It. *Con l'aggiunte di Scipione Am-*
mirato il Giovane. In Firenʒe. 1647.
in 4°. *Scipion Ammirato* le jeune ,
qui a fait des additions à cet Ouvrage , & qui a fait imprimer
quelques autres Ouvrages d'*Am-*
mirato l'ancien , s'appelloit *Chriſ-*
tophe del Bianco , & étoit de *Mon-*
tajone , Château de Toſcane. Il
n'étoit lié par aucune parenté à

S. Am-
MIRATO.
Scipion Ammirato ; mais celui-ci l'ayant pris en affection & l'ayant associé à ses études , lui laissa par testament tout son bien , à condition qu'il prendroit son nom & ses Armes. L'Edition de l'Histoire de *Florence* , qui est accompagnée des additions du jeune *Ammirato* est la meilleure & la plus exacte.

4. *Discorsi sopra Cornelio Tacito. In Firenze.* 1598. *in* 4°. It. *in Venezia* 1599. *in* 4°. It. *Helenopoli* 1609. *in* 4°. It. *in Padoa* 1642. *in* 4°. It. en latin sous ce titre : *Scipionis Ammirati Dissertationes politicæ , sive discursus in Cornelium Tacitum nuper ex Italico in Latinum versi , quibus præmissæ sunt ex eodem Tacito excerptæ digressiones politicæ à Christophoro Pflugio Equite Misnico. Helenopoli.* 1609. *in* 4°. Cet Ouvrage a été fort bien reçu.

5. *Delle Famiglie Nobili Napoletane. Parte I. In Firenze.* 1580. *fol.* *Parte II. In Firenze.* 1651. *fol.*

6. *Discorsi delle Famiglie Paladina , e l'Antoglietta. In Firenze.* 1605. *in* 4°.

7. *Albero e ſtoria della Famiglia* S. AM-
dé Conti Gūidi coll' aggiunte di Sci- MIRATO.
pione Ammirato il Giovane. In Fi-
renze , fol. 1640. It. *ibid.* 1650.

8. *Delle Famiglie Fiorentine. In* +
Firenze. 1675. *fol.* L'Auteur a fait
une ſeconde partie , mais qui n'a
pas été imprimée.

9. *Veſcovi di Fieſole , di Vol-*
terra , e d'Arezzo , con l'aggiunta
di Scipione Ammirato il Giovane.
In Firenze. 1637. *in* 4°. *Ammira-*
to entreprit ces Vies qui ſont fort
abregées , à la priere des Evêques
de ces Villes.

10. *Orazioni à diverſi Principi ,*
interno a i proparamenti, che s'avreb-
bono a fare contro la potenza del Tur-
co. in Firenze. 1698. *in* 4°.

11. *Opuſcoli varii. In Firenze.*
1583. *in* 8°.

12. *Rime varie* dans un Recueil
de Poëſies de differens Auteurs ,
fait à *Veniſe* en 1553. *in* 8°. &
dans le Recueil de *Dolce* fait à *Ve-*
niſe en 1564. *in* 12. & réimprimé
en 1586.

13. *Poëſie ſpirituali. In Venezia.*
1634. *in* 4°. La Poëſie de l'Auteur
ſt pure & nette.

S. AM-
MIRATO.

14. *Annotazioni sopra la seconda parte de' sonetti di Bernardino Rota, fatti in morte di Porzia Capece sua moglie. In Napoli 1560. in 4°.*

15. *Il Rota, o vero dell' Imprese. In Firenze 1598. in 4°.*

16. *Della Segretezza. In Venetia. 1599. in 4.*

17. *Gli Opuscoli. In Firenze. 1640. in 4°. 3. volumes.* Ce Recueil renferme quelques-uns des Ouvrages rapportez ci-deffus , outre plufieurs autres qui n'avoient pas encore vu le jour.

V. fa Vie écrite par *Dominique de Angelis*, & inferée dans *le Vite dé Letterati Salentini, parte I.*

PHILIPPE VERHEYEN.

PHILIP-
PE VER-
HEYEN.

PHILIPPE *Verheyen* nâquit au mois d'Avril 1648. dans la Paroiffe de *Verbrouk*, au pays de *Was* en Brabant. Il fut d'abord deftiné à la même Profeffion que fon pere, qui étoit un bon Laboureur du lieu ; mais fon Curé ayant remarqué en lui un genie extraordinaire qui le rendoit propre pour les Sciences, lui perſuada de tour- ner ſes vûës de ce côté-là, & lui apprit même les premiers élemens de la Langue Latine.

Verheyen avoit déja 22. ans lorſ-qu'il commença à apprendre le La-tin, & il y fit de ſi grands progrès en deux années de temps, qu'en 1672. il ſe trouva en état d'entrer au College de la Trinité à *Louvain*, & de commencer ſa Philoſophie en 1675.

Après avoir été reçu Maître-ès-Arts en 1677. il ſe donna pendant quelque temps à la Théologie, par-ce qu'il ſe deſtinoit à l'Etat Eccle-ſiaſtique. Mais la Providence en ordonna autrement. Il ſe forma dans ce temps-là une inflamma-tion violente à une de ſes jambes, qu'aucun remede ne fut capable d'adoucir; & la gangrene s'y étant miſe, il fallut la lui couper.

Verheyen ſe croyant inhabile au Miniſtere de l'Autel par la perte de cette jambe, abandonna la Théologie, pour s'appliquer à la Medecine; ce qu'il fit avec tant

P. VER-
HEYEN.

d'ardeur & de succès, qu'il fut honoré du titre de Licentié en 1681. Ce nouveau titre ne fit que l'animer à se perfectionner dans la science qu'il avoit embrassée. Il alla pour ce sujet étudier de nouveau à *Leyde*, d'où il revint en 1683. & fut alors admis à soûtenir, suivant la coûtume, trois Theses sans Président, pour être promû au Doctorat.

Quelques raisons cependant l'engagerent à differer de recevoir cette dignité, qui ne lui fut conferée qu'en 1695. Son habileté & son merite lui acquirent une si grande reputation, que le Roi *Charles* II. le choisit en 1689. pour remplir la Chaire de Professeur Royal en Anatomie à *Louvain*, qualité à laquelle on ajoûta en 1693. celle de Professeur en Chirurgie.

Verheyen joignoit à une grande connoissance de la Medecine & des Parties qui en dépendent une grande pieté & une modestie singuliere.

Il est mort à *Louvain* le 28 Janvier 1710. âgé de 62 ans. Voici son

ſon Épitaphe qu'on a trouvée après
ſa mort, écrite de ſa propre main.

Philippus Verheyen *Medicinæ
Doctor & Profeſſor, partem ſui ma-
terialem hic in Cœmeterio condi vo-
luit, ne Templum dehoneſtaret, aut
nocivis halitibus inficeret. Requieſcat
in pace.*

Il a été marié deux fois : la premiere en 1683. avec la ſœur de
François Zyphus, Profeſſeur en
en Anatomie, dont il n'a point
eu d'enfant ; la ſeconde en 1693.
avec *Philippine van Gœdenhuyſen*,
dont il en a eu quatre.

Catalogue de ſes Ouvrages.

1 *Corporis humani Anatomia, in
qua tam veterum quàm recentiorum
Anatomicorum inventa methodo no-
vâ deſcribuntur, ac Tabulis æneis
repræſentantur.* Lovanii 1693. *in*
4°. It. *Secunda editio novis obſer-
vationibus & inventis pluribuſque
figuris aucta.* Bruxellis 1710. *in* 4°.
Cet Ouvrage a été fort bien reçu
pour deux raiſons principales. La
premiere eſt qu'outre les ſentimens
des Anciens, on y voit les décou-

K

P. Ver-
heyen.

vertes modernes plus amplement
& avec plus d'exactitude , que
dans tous les autres Cours d'Anatomie qui avoient été imprimez
auparavant ; la seconde est , que
quoique le stile ne soit pas si latin
que celui de *Bartholin* & de quelques autres , il ne laisse pas d'être
très-clair , & plus clair même que
ne seroit un meilleur stile , pour
ceux qui étudient en Anatomie ,
qui ordinairement ne s'attachent
gueres à l'ancienne Latinité. Cet
Ouvrage a été traduit en Allemand.

2. *Supplementum Anatomicum ,*
sive Anatomiæ corporis humani Li-
ber secundus , in quo partium soli-
darum libro primo descriptarum usus
& munia explicantur. Accedit De-
scriptio Anatomica partium fœtui &
recenter nato propriarum. Item Con-
troversia de foramine ovali inter Au-
torem & D. Mery. Bruxellis 1710. *in*
4°. Cette seconde Partie n'a paru
qu'avec la seconde édition de la
premiere.

3. *Compendii Theoriæ practicæ*
Pars I. & II. quarum illa præcipuos

affectus capitis , hæc Thoracis brevi-   P. Ver-
ter explicat. Lovanii 1683. *in* 8°. Heven.

4. *Vera Hiſtoria de horrendo ſan-
guinis fluxu ex oculis , naribus , au-
ribus & ore R. P. Joannis B. On-
raet Soc. J. & de miraculoſa ejuſdem ſanatione per interceſſionem S.
Franciſci Xaverii, cum annotationibus brevique diſcurſu de eſſentia Mi-
raculi & de cultu Sanctorum. Lovanii*
1708. *in* 12. *pp.* 164. On n'auroit
pas attendu un Ouvrage ſemblable d'un Medecin.

5. *Traité des Fievres.*

V. ſon Eloge à la tête de ſon *Anatomie.*

JEAN WILKINS.

JEAN *Wilkins* nâquit en   Jean
1614. à *Fauſley*, Bourg voiſin Wilkins
de *Daventry* dans le Comté de
Northampton, chez ſon grand-pere
maternel. Son Pere qui demeuroit
à *Oxford*, & dont la profeſſion étoit
l'Orfeverie, l'appliqua de bonne
heure à l'étude , & il fut aggregé
à l'âge de 13. ans au College de la

K iij

J. WIL-
KINS.

Madeleine de cette Ville. Il y prit le degré de Maître-ès-Arts en 1634. & ayant reçu les Ordres il entra au service du Comte Palatin, en qualité de Chapelain.

Pendant les guerres civiles, il suivit le parti des Rebelles, & s'attacha aux Presbyteriens, qu'il voyoit les plus forts. Son infidelité à l'égard de son Prince legitime lui procura les avantages qu'il avoit esperez. Le Parlement lui donna en 1648. la Surintendance du College de *Wadham*, & il fut fait peu après Professeur en Théologie.

Il étoit trop attaché au Parti de *Comwel* pour ne pas ressentir des effets de son amitié. Il épousa sa sœur, & pendant le peu de temps que dura le Protectorat de *Richard Cromwel*, il fut nommé Principal du College de la Trinité à *Cambrige*. Il ne conserva cette Place que jusqu'au retablissement de *Charles* II. car il en fut alors chassé, mais il trouva le moyen de rentrer en grace avec ce Prince; il fut même ensuite par la protection de

Mylord *Buckingham*, nommé Evê- que de *Cheſter.*

La Societé Royale de *Londres* lui doit ſon établiſſement, dont il fut le premier Promoteur.

On loue ſon habileté dans les Mathematiques, ſon talent pour la Prédication, & ſes connoiſſances dans la Théologie.

Il eſt mort à *Londres* le 19 Novembre 1672. âgé de 58 ans.

Catalogue de ſes Ouvrages.

1. *La Lune habitable.* (en Anglois) *Londres* 1638. *in* 4º. Item dans le Recueil de ſes *Oeuvres Mathematiques & Philoſophiques.* Quoique le titre de cet Ouvrage ſemble promettre quelque choſe de nouveau & d'extraordinaire, on ne trouve cependant dans le Livre même que des choſes aſſez communes. Ceux qui ont lu les Entretiens de M. de *Fontenelle* ſur la pluralité des mondes, ou ce que M. *Huygens* a écrit ſur le même ſujet, ne verront gueres dans l'Ouvrage de *Wilkins* que ce qu'ils ont lu dans ces Auteurs.

2. *Diſcours ſur la bonté de la Pro-*

J. WIL- *vidence dans sa conduite la plus se-*
KINS.   *vere.* (en Anglois) *Londres* 1649.
in 4°.

3. *Ecclesiastes , ou discours sur
le don de la Prédication.* [en Anglois] *Londres* 1653. *in* 8°. Item
huitième édition. Londres 1704. *in*
80.

4. *Discours touchant le don de la
Priere , pour montrer quel il est , en
quoi il consiste, comment on peut l'ac-
querir.* [en Anglois] *Londres* 1653.
in 80.

5. *Essai sur un caractere réel &
un langage Philosophique.* [en Anglois] *Londres* 1668. *fol.* Rien de
plus chimerique que le dessein
qu'avoit l'Auteur d'introduire
une Langue universelle , qu'il appelle caractere réel & langage Philosophique. C'étoit cependant sa
folie , & il y a travaillé long-
temps. Il a même donné un Dictionnaire de la Langue Angloise ,
dressé conformément à cet essai.

6. *Deux Livres des Principes &
des Devoirs de la Réligion naturelle.*
(en Anglois) *Londres* 1678. *in* 8°.
Ouvrage fort bon & bien médité

7. *Quinze Sermons préchez en* J. WIL-
differentes occafions, publiez par KINS.
M. *Tillotfon* fon gendre.

8. *Oeuvres Mathematiques &*
Phyfiques, contenant 1°. *la décou-*
verte d'un nouveau monde, ou un
Difcours tendant à prouver, qu'il
eft probable que la Lune eft un mon-
de habité, avec un Difcours fur la
poffibilité du commerce entre nous &
les Habitans de la Lune. 2°. *Un Dif-*
cours où l'on fait voir qu'il eft proba-
ble que notre terre eft une des Pla-
nettes. 3°. *Mercure, ou le Meffager*
fecret & prompt, pour montrer com-
ment on peut communiquer fort vîte
& fûrement fes penfées à un Ami
éloigné. 4°. *La Magie Mathemati-*
que, ou les merveilles que l'on peut
operer par la Geometrie méchanique.
5°. *L'Extrait d'un Effai fur le pro-*
jet d'une Langue univerfelle. [en
Anglois] *Londres* 1708. *in* 8°. Les
titres de ces Ouvrages femblent
annoncer quelque chofe de fingu-
lier; on n'y trouve cependant rien
que de commun. Tout ce que
l'Auteur dit fur la poffibilité du
commerce entre les hommes de ce

J. WIL-
KINS.

monde & ceux de la Lune, se réduit presque à de pures inductions des choses que l'industrie des hommes a inventées à celles que l'on peut inventer de nouveau. Son Mercure n'est qu'un traité des Chiffres & des Signaux.

V. son Eloge à la tête de ses *Oeuvres Mathematiques*, & *Wood Antiquit. Oxonienses*.

FRANCOIS HEDELIN
D'AUBIGNAC.

FRAN-
ÇOIS HE-
DELIN.

FRANCOIS *Hedelin* Abbé d'*Aubignac* nâquit à Paris le 4 Août 1604 de *Claude Hedelin*, Avocat au Parlement, issu d'une Famille noble, originaire de *Suabe*, & de *Catherine Paré*, fille du fameux *Ambroise Paré*.

Son pere le fit sortir fort jeune de Paris, ayant été s'établir en 1610. à *Nemours* où il acheta la Charge de Lieutenant - General. Après qu'il eut fait ses études il embrassa la profession d'Avocat qu'il exerça quelque temps dans cette

cette Ville. Mais il la quitta bientôt pour entrer dans l'Etat Eccleſiaſtique. Ce changement lui procura un poſte auprès du jeune
Duc de *Fronſac*, dont il fut fait
Précepteur.

F. HE-
DELIN.

Il ſçut ſi bien ſe ménager auprès
du Cardinal de *Richelieu*, oncle
de ce Duc, qu'il fut pourvû de
l'Abbaye d'*Aubignac* Dioceſe de
Bourges, & de celle de *Meimac*
Dioceſe de *Limoges*. Le grand monde dans lequel il ſe trouva alors
repandu le mit en liaiſon avec les
plus beaux Eſprits de ſon temps.
Celle qu'il eut ave M. *Menage* ne
lui fut pas deſavantageuſe, & le de-
mélé qu'ils eurent enſemble, con-
tribua beaucoup à lui donner un
nom dans la Republique des Lettres.

S'il plut au Cardinal de *Richelieu*, il ne réuſſit pas moins à gagner
les bonnes graces de ſon Eleve,
qui, dès qu'il fut majeur, lui donna une penſion viagere de quatre
mille livres à prendre ſur tous ſes
biens. Après la mort prématurée
du Duc, qui fut tué ſur mer d'un

Tome IV.   L

F. HE-
DELIN.

coup de Canon en 1646. au Siége d'*Orbitello* en Italie à l'âge de 27 ans, fans avoir été marié, il fut obligé pour être payé de cette penfion, d'avoir un procez contre M. le Prince de Condé, feul héritier du Duc, qui refufoit de la continuer. Ce procez fut terminé par une grande & fcavante Requête que l'Abbé d'*Aubignac* adreffa à M. le Prince, & par laquelle il le fit feul Juge de leur conteftation. Cette action de generofité piqua d'honneur ce grand Prince, qui après avoir lû la Requête ordonna que le procez demeureroit fini, & fe condamna lui-même à payer la penfion & tout ce qui en étoit dû.

Au refte la mort du Duc de *Fronfac* fut pour l'Abbé d'*Aubignac* un coup de foudre, qui lui fit perdre tout d'un coup les penfées de la fortune, l'amour des belles Lettres & les plaifirs de la vie ; il ne trouvoit plus rien qui fut digne de fes foins & de fes vœux ; & foit caprice ou raifon, il fe bannit volontairement de la Cour, où il ne voulut plus s'attacher à perfonne,

Il fe renferma dans fon cabinet, & ne fe referva que la converfation de quelques amis éloignez comme lui de toute ambition.

Il eft mort à Nemours, où il s'étoit retiré fur la fin de fes jours auprès d'Anne Hedelin, Lieute-nant General fon frere, le 25 Juil-let 1676. fuivant le Regiftre mor-tuaire de l'EglifeParoiffiale de cette Ville. Il étoit alors âgé de 72 ans.

Il ne fera pas inutile de rappor-ter ici ce qu'il dit lui-même de la maniere dont il fit fes études. Voici comme il s'exprime dans fa qua-triéme Differtation contre Cor-neil. » Dès l'âge d'onze ans, que » je commençai d'entendre un peu » la Langue Latine, je quittai ces » Pedagogues qui enfeignent les » principes aux enfans, & con-» noiffant que les petites notes qui » font dans les livres m'appre-» noient de meilleures chofes » qu'eux, je m'attachai feul à la » lecture des Auteurs; & chofe af-» fez furprenante, les premiers » que je me mis à lire furent Ho-» race & Juftin, par le fecours

F. HE-
DELIN.

L ij

F. HE-
DELIN.

» desquels, & par un travail opi-
» niâtre j'acquis la connoissance
» de cette vieille Langue, & la
» facilité de l'écrire & de la parler,
» Depuis ce temps-là, si l'on en
» excepte la Philosophie, pour la-
» quelle j'eus durant deux ans
» un Précepteur domestique, j'ai
» étudié de moi-même la Langue
» Grecque & l'Italienne, la Rhe-
» thorique, la Poësie, la Cosmo-
» graphie, la Geographie, l'His-
» toire, le Droit & la Théologie;
» & je défie tout homme vivant
» au monde de se vanter de m'avoir
» jamais rien enseigné comme
» Maître, ni de dire que j'aye ja-
» mais étudié une heure dans au-
» cun Collège de la terre. La fré-
» quentation des Scavans, dont
» l'entretien me donnoit l'ouver-
» ture des grandes questions, avec
» la connoissance des bons livres,
» & la lecture assiduë de ceux que
» j'avois en assez grand nombre,
» ont fait tous mes Colleges &
» toute mon instruction.

Catalogue de ses Ouvrages.

1. *Traité de la nature des Saty-*

tés , Brutes , Monſtres & Demons. F. HEDE
Paris 1627. *in* 12. Ce petit Ouvra-LIN.
ge qu'il a donné dès ſa premiere
jeuneſſe, marque ſa grande application pour les recherches de l'antiquité. Il y fait voir avec une érudition peu commune à ceux qui
commencent à manier les livres,
que lesSatyres qu'on prétend avoir
paru autrefois,n'étoient autre choſe que des bêtes brutes,qui avoient
quelque choſe d'approchant de la
forme humaine , tels que les Sin-
ges.

2. *Terence juſtifié , ou Diſcours ſur
la troiſiéme Comedie de Terence ad-
dreſſée à M. Menage. Paris* 1640.
in 4°. Voici l'Origine de cet Ouvrage. Un jour M. *Menage* &
l'Abbé d'*Aubignac* étant au Lu-
xembourg,leur converſation tomba ſur le Theatre des Anciens. *Menage* avoit ſi peu ou ſi mal étudié
les Comedies de *Terence,* qu'il ſoûtint que l'*Hecyre* étoit une des
plus ingenieuſes & des plus regu-
lieres de l'antiquité. Mais ayant
dans la ſuite reconnu qu'il avoit
ſoûtenu une mauvaiſe cauſe , il

F. HE-
DELIN.

écrivit une Lettre à l'Abbé d'Aubignac , dans laquelle ne lui parlant plus de l'*Hecyre* , il lui mar-
quoit que l'*Heautontimorumenos*
n'étoit pas dans les regles du Theatre ; M. l'Abbé d'*Aubignac* écrivit ce Discours pour défendre cette
Piece , & M. *Menage* y répondit.
Cette dispute en demeura là juſqu'en 1652. que M. Menage publia son Livre intitulé : *Miscella-*
nea , où parmi les Ouvrages qui
le composoient étoit sa Réponse
au Discours de l'Abbé d'*Aubignac*,
précedée de ce même Discours dont
il n'avoit pas pris soin de nommer l'Auteur. L'Abbé d'*Aubignac*
choqué de ce procedé plus que des
paroles injurieuses , dont il prétendoit que la Réponse à son Discours avoit été groſſie , prit la re-
solution de repliquer à *Menage*
par une seconde Diſſertation. Il
montra cet Ouvrage à M. *Nublé* ,
qui étant son ami lui fit connoître
qu'il justifioit son premier Diſcours avec trop de chaleur , & qu'il
lui étoit échappé des paroles trop
dures, Cet avis sincere lui fit pren-

dre le parti d'agir en galant homme, en retranchant tout ce qui ne
faifoit rien à la difpute. Il porta
pour cela fon Ouvrage à M. *Cha-*
pelain, & le rendit le maître d'ôter
ou de changer tout ce qu'il croi-
roit capable de choquer *Menage*,
mais à condition qu'il obtiendroit
de celui-ci le même pouvoir fur fa
Réponfe. L'Abbé d'*Aubignac* ayant
été peu de jours après s'informer
du fuccès de la négociation, fut
fort furpris, lorfque *Chapelain* lui
fit entendre que *Menage* lui avoit
répondu les termes de Pilate: *Quod*
fcripfi, fcripfi. Il eut de la peine à
le croire, mais il n'en douta plus
quand *Chapelain* tira de fon Cabinet cette Differtation pour la
lui rendre, en l'affurant qu'elle
étoit telle qu'il la lui avoit donnée;
n'en ayant rien voulu retrancher,
que *Menage* n'en fît autant de la
fienne. Sur cette réponfe l'Abbé
d'*Aubignac* publia fon Ouvrage
fous ce titre.

3. *Terence juftifié, ou deux Dif-*
fertations fur la troifiéme Comedie de
Terence intitulée : Heautontimoru-

F. Hede-lin.

menos , contre les erreurs de Mᵉ Gilles Menage , Avocat en Parlement. Paris 1656. *in* 4°. Ce Volume contient aussi l'Ouvrage précedent. Si l'on en croit *Menage ,* il auroit répondu à l'Abbé d'*Aubignac ,* si dans la dédicace de ses *Amenitez de Droit ,* il n'eût solemnellement protesté de ne lire jamais cette Replique : *& comme , dit-il , je suis très-religieux observateur de ma parole , je consultai plusieurs celebres Casuistes de la Maison de Sorbonne & du College de Loüis le Grand , pour sçavoir si je la pouvois lire. Ils me traiterent de scrupuleux pour en avoir douté. Menage* rassuré de la sorte crut pouvoir lire sans peché la Replique de l'Abbé d'*Aubignac.* Il la lut donc , mais il n'y répondit que bien long-temps après la mort de son Adversaire , c'est-à-dire , en 1690.

4. *La Pratique du Theatre. Paris* 1657. *in* 4°. *Antoine de Sommaville.* Cette édition a paru avec un nouveau frontispice sous le nom de *Denis Thierry* en 1669. It. *Nouvelle Edition augmentée du Discours*

de Gilles Menage ſur l'Heautontimo- F. HEDE-
rumenos de Terence , & du Terence LIN.
juſtifié de l'Abbé d'Aubignac. Amſterdam 1715, 2 vol. *in* 8°. L'Abbé d'*Aubignac* a commencé cet
Ouvrage , qui eſt celui qui lui a
fait le plus d'honneur , pour plaire au Cardinal de *Richelieu* , qui
l'avoit paſſionément ſouhaité , perſuadé qu'il pourroit être d'un
grand uſage aux Pöëtes en leur
épargnant la peine de chercher
eux-mêmes dans les livres les inſtructions dont ils avoient beſoin.
Ce fut auſſi par ſon ordre qu'il
dreſſa le *Projet pour le rétabliſſement*
du Theatre François qui s'y trouve
à la fin. Le Cardinal avoit de
grands deſſeins ſur ce ſujet , mais
ſa mort les fit avorter. Il paroît
que *la Pratique du Theatre* s'eſt reſ-
ſentie de cette perte que fit l'Abbé
d'*Aubignac* ; puiſqu'il dit lui-même que ce qu'on voit dans cet Ouvrage , n'eſt que l'abregé des matieres qu'il avoit reſolu de traiter
plus au long , ſi pluſieurs conſide-
rations ne lui en avoient ôté la force & la volonté.

Au reste personne avant lui n'a-
voit traité aussi à fond de ce qui
regarde le Theatre, l'Ouvrage de
la *Mesnardiere* étant plûtôt une
Paraphrase des Poëtiques d'*Aristote*
& de *Castelvetre*, qu'un assembla-
ge de remarques faites de son propre fonds sur le Theatre ancien &
moderne. On a à la verité traité
fort au long du Poëme Dramatique, de son origine, de sa dé-
finition, de ses especes, de l'unité
d'action, de la mesure du temps,
des sentimens & d'autres choses
semblables, que l'Abbé d'*Aubignac* appelle la *Theorie du Theatre*.
Mais pour ce qui est des observations qu'il falloit faire sur les premieres maximes, comme de préparer les incidens & de réunir les
temps & les lieux, la continuité
de l'Action, la liaison des Scenes,
les intervalles des Actes & cent
autres particularitez, il ne nous
reste là-dessus aucuns Mémoires de
l'antiquité ; & les Modernes en
ont si peu parlé, qu'on peut dire
qu'ils n'en ont rien dit du tout.
Voilà ce que l'Abbé d'*Aubignac*

appelle la *Pratique du Theatre* , & F. HEDE-
ce qu'il a traité dans ce livre d'une LIN.
maniere capable de ſatisfaire la
curioſité des Lecteurs. Il a travaillé
ſur la fin de ſa vie à le retoucher ,
& y a ajoûté un Chapitre entier
touchant les Pieces de pieté , qu'il
a placé entre les 5e & 6e Chapitres
du quatriéme Livre: mais un changement que perſonne n'approu-
vera , c'eſt qu'il ait retranché tous
les endroits où il parloit de M.
Corneille. C'étoit une ſuite de l'ani-
moſité qu'il avoit conçuë contre
ce grand Homme. Il s'étoit ſouvent entretenu avec lui, avant que
ſon Livre de la *Pratique du Thea-*
tre eut paru , des regles qu'on doit
obſerver dans la Tragedie : *Cor-*
neille avoit profité de ſes lumieres ,
& s'en étoit ſervi pour donner à
ſes Pieces un degré de perfection
que ſes premieres n'avoient pas.
L'Abbé d'*Aubignac* ravi de voir le
bon effet de ſes leçons , & regardant *Corneille* comme ſon diſciple.
s'étoit fait un plaiſir de le cite
dans ſon Livre. Il attendoit quel
que retour de ſa part ; mais il f.

F. HEDE-
LIN.

surpris extrémement que *Corneille*
dans l'examen de quelques-unes de
ses Pieces qu'il a fait imprimer à
la tête de ses Tragedies , où il parle
si savamment des Regles du Theatre , ne fit aucune mention de lui.
Cette ingratitude , comme il l'appelloit , le piqua au vif, & il ne
put s'empêcher de lui en faire des
reproches. *Corneille* qui croyoit apparemment ne lui avoir pas tant
d'obligation qu'il s'imaginoit , ne
reçut pas trop bien ses plaintes, &
ils en vinrent bientôt aux injures.
Corneille répandit dans le public
plusieurs Epigrammes contre l'Abbé , qui de son côté en fit courir
d'autres contre *Corneille*; mais elles
étoient toutes si mauvaises & si
remplies d'injures grossieres, qu'il
est heureux pour l'un & pour l'autre qu'on ne les ait point fait imprimer. L'Abbé d'*Aubignac* ne
negligea depuis aucune occasion
d'attaquer *Corneille* , & ce fut cette
disposition où il étoit à son égard,
qui produisit l'Ouvrage suivant.

5. *Deux dissertations concernant*
le Poëme Dramatique en forme de re-

marques sur les deux Tragedies de F. HEDE=
Corneille, intitulées : Sophonisbe & LIN.
Sertorius. Paris 1663. *in* 12. Ces remarques allarmerent *Corneille*, il
s'en plaignit hautement, & voulut en faire arrêter l'impreffion ;
mais n'ayant pû en venir à bout,
& ayant appris que l'Abbé d'*Aubignac* dans le deffein où il étoit
d'examiner toutes fes Pieces, prétendoit remonter jufqu'au *Cid*,
il engagea un de fes amis à répondre pour lui aux deux Differtations
de l'Abbé. Cette réponfe parut
peu de temps après fous le titre
de *Défenfes de la Sophonisbe & du
Sertorius de M. Corneille. Paris*
1663. *in* 12. Elle eft fort vive, &
la réputation de l'Abbé d'*Aubignac* y eft attaquée en quelques endroits. Cette difpute s'échauffa, &
ce qui n'étoit dans le commencement qu'une legere efcarmouche,
devint à la fin un combat à toute
outrance. L'Abbé d'*Aubignac* fe
fentant maltraité repliqua par
l'Ouvrage fuivant.

6. *Troifiéme & quatriéme differtation concernant la Tragedie de M.*

134 *Mém. pour servir à l'Histoire de Corneille, intitulée : Oedipe, & de réponse à ses calomnies. Paris* 1663. *in* 12. Quoique l'Abbé d'Aubignac réponde directement à Corneille, il ne faut pas croire pour cela que celui-ci fût l'Auteur des défenses de la Sophonisbe & du Sertorius; il n'auroit pas sans doute avancé les grossieretez qu'on y trouve.

7. *Zenobie, Tragedie en Prose,* M. l'Abbé d'Aubignac s'étoit acquis une réputation universelle parmi les Poëtes de son temps, par les regles qu'il leur avoit données; mais il pensa la diminuer beaucoup par cette Piece qu'il composa sur ces regles. Ceux qu'il avoit repris dans sa *Pratique du Theatre*, furent ravis de trouver cette occasion de le critiquer, pour se venger des défauts qu'il avoit découverts dans leurs Ouvrages. Ils lui reprocherent que les regles qu'il avoit données lui étoient infructueuses. Il eut même le chagrin de se voir raillé à la Cour, où il se vantoit d'être le seul de nos Auteurs, qui eût bien suivi

les regles d'*Ariftote.* Sur quoi M. F. HEDE-
le Prince dit un jour qu'il fçavoit LINBON
bon gré à l'Abbé d'*Aubignac* d'avoir fi bien fuivi les regles d'*Ari-*
ftote , mais qu'il ne pardonnoit
point aux regles d'*Ariftote* d'avoir fait faire une fi mauvaife Tragedie à l'Abbé d'*Aubignac.*

8. *Differtation fur la condamna-*
tion des Theatres. Paris 1666. *in* 12.
It. *Paris* 1694. *in* 12. M. l'Abbé
d'*Aubignac* prétend dans cet Ouvrage faire l'Apologie des Reprefentations Dramatiques. Il y fait
voir la difference du Theatre des
Anciens & de celui d'aujourd'hui.
Il veut que les Pieces de Theatre
des Anciens ayent été un acte de
Religion du Paganifme , & que
c'ait été pour cette raifon que les
Peres de l'Eglife défendoient aux
Chrétiens d'y affifter ; mais que
cette raifon ayant ceffé, la reprefentation des Pieces Dramatiques
ne doit point être condamnée ,
pourvû qu'elle foit honnête &
modefte.

9. *Les Confeils d'Arifte à Celi-*
mene fur le moyen de conferver fa ré-

F. HEDE- *putation. Paris* 1666. *in* 12. L'Abbé
LIN. d'*Aubignac* n'a pas mis son nom à
cet Ouvrage dont il s'est fait depuis quatre ou cinq éditions. Ce
sont des conseils qu'il donne à une
jeune Demoiselle de qualité , qui
étoit sur le point de se marier. La
morale n'en est pas severe, & les
regles qu'il prescrit sont faciles à
suivre , mais les conseils sont sages
& prudens.

10. *Macarise ou la Reine des Isles*
fortunées , histoire allegorique con-
tenant la Philosophie morale des Stoi-
ques sous le voile de plusieurs avan-
tures agreables en forme de Roman.
Paris 1664. *in* 8°. 2 vol. Ce Livre n'eut pas tout le succès que
l'Abbé d'*Aubignac* avoit esperé.
Comme il n'est pas de la portée de
tout le monde , & que pour le
goûter il faut le lire avec toute
la contention d'esprit imaginable , peu de personnes voulurent
s'en donner la peine , & le peu de
débit qu'en eut l'Imprimeur empêcha l'Auteur de faire imprimer
les trois volumes suivans qu'il avoit
achevés, & de finir le sixiéme,
dont

dont il n'a laiſſé que le Sommaire F. HEDE-
& quelques morceaux détachez. LIN.
L'Abbé en commençant ce Roman avoit en vûe d'inſtruire le jeune Duc de *Fronſac*, en lui inſpi-
rant par la lecture de ce Roman
de l'averſion pour le vice & de l'a-
mour pour la vertu. Mais on peut
dire qu'il s'y prenoit fort mal : les
leçons qu'on donne à la jeuneſſe
doivent avoir quelque choſe de
plus ſimple & de moins attachant.
Cependant la plûpart des Poëtes
de ſon temps firent des Vers à la
louange de ſa *Macariſe*, & il eut
ſoin de les mettre à la tête. *Boileau Deſpreaux* en fit comme les
autres : *Mais heureuſement*, dit-il
dans une de ſes Lettres, *je portai
l'Epigramme trop tard, & elle n'y fut
point miſe, Dieu en ſoit loué.* C'eſt
ſur cet Ouvrage que *Richelet*, qui
lui avoit applaudi d'abord, s'étant
depuis brouillé avec l'Abbé *d'Aubignac* qui le déchiroit par tout,
fit ces quatre Vers qu'il lui envoya.

*Hedelin c'eſt à tort que tu te plains
de moi ;*

M

F. Hede-
lin.

N'ai-je pas loué ton Ouvrage,
Pouvois-je plus faire pour toi,
Que de rendre un faux témoignage?

11. *Discours au Roi sur l'établis-*
sement d'une seconde Académie dans
la ville de Paris. Paris 1664. *in* 4°.
pp. 50. Après qu'il eut mis au jour
sa Macarise, il s'occupa à voir
toutes les personnes qui faisoient
chez elles des Assemblées de Sçavans, Mde la Vicomtesse d'*Au-*
chi se fit un plaisir de le mettre de
son Académie. Il alloit aussi aux
Conferences de Mrs *Bourdelot*, de
l'*Esclache*, *Rohaut*, *du Champ &*
de Launai, sans negliger celles de
M. de *Montmor*, & quelques autres. L'émulation que ces sortes
d'Assemblées produisoient entre
les beaux Esprits de son temps, lui
fit entreprendre d'ériger en Academie Royale celle qu'il tenoit
chez lui depuis deux ans : & il
composa pour cela ce Discours,
qui n'eut pas plus d'effet que les
mouvemens qu'il se donna pour
obtenir des Lettres Patentes du
Roi, qui missent cette Académie

fous la protection de M. le Dau- F. HEDE-
phin ; car il eut le chagrin d'é- LIN.
choüer dans son entreprise. Son
Academie étoit composée des plus
Illustres de son temps, qui s'assembloient chez lui deux fois la
semaine, & une fois le mois à l'Hôtel de *Matignon*, où il se faisoit un
Discours en public. Elle cessa après
sa mort.

12. *Histoire du temps, ou Relation du Royaume de Coqueterie, ex-
traite du dernier voyage des Hollandois aux Indes du Levant. Paris*
1654. *in* 12. It. 1655. *Paris in* 12.
avec quelques autres Pieces. It. *Paris* 1659. *in* 12. précedée de la *Lettre d'Ariste à Cleonte, contenant l'A-
pologie de l'Histoire du temps ou la
défense du Royaume de Coqueterie.*
Ce petit Ouvrage allegorique du
Royaume de Coqueterie brouilla
l'Abbé d'*Aubignac* avec Mlle de
Scudery, parce qu'elle prétendoit
que ce n'étoit qu'une imitation de
la Carte de Tendre décrite dans le
premier Volume de *Clelie.* L'Abbé
d'*Aubignac* se crut donc obligé de
se justifier par la Lettre qui con-

F. HEDE-
LIN.

tient l'Apologie, & qui n'est proprement qu'une scavante Dissertation sur ces sortes d'Ouvrages al-
legoriques. Il y dit qu'ayant été
ami de Mademoiselle de *Scudery*,
elle lui avoit communiqué son
Pays de Tendre, & qu'il lui apprit
qu'il avoit fait autrefois quelque
chose sur ce sujet ; mais que l'Etat
Ecclesiastique qu'il avoit embrassé,
l'avoit empêché de le publier. Cet
Ouvrage n'auroit même jamais paru en public, s'il ne lui avoit été
dérobé, puisqu'il le mettoit au
nombre de ceux qu'il nommoit ordinairement, *delicta juventutis*. Il
ne méritoit pas en effet de paroître ; mais c'étoit le goût de son
temps, dont on est bien revenu
depuis.

13. *Le Roman des Lettres. Paris*
1667. in 8°. C'est un recueil de
Lettres que l'Abbé *d'Aubignac*
avoit écrites en differens temps &
sur differens sujets, & qu'il fit imprimer sous le nom d'*Ariste*. Il a
fait aussi un Roman des Vers, où
il donne une idée generale de toutes les sortes de Poësies que nous

avons en notre Langue , mais il F. HEDE-
n'a point été imprimé. Tous ces LIN.
Ouvrages font peu de choſe , de
même que les ſuivans.

14. *Ariſtandre ou Hiſtoire inter-*
rompue. 1664. *in* 12. Cet Ouvrage
contient quelques petites avantu-
res dont les Heros étoient de *Ne-*
mours ou des environs.

15. *Amelonde Hiſtoriette, in* 12.
Cette Hiſtoriette eſt plus chargée
de converſations que d'intrigues.

16. *Les Portraits égarez.* C'eſt
un Ouvrage de même genre.

17. *Eſſais d'éloquence.* Il n'y en
a qu'un tome d'imprimé : le ſecond n'a jamais été fini , mais
l'Abbé d'*Aubignac* a laiſſé les Pieces qui devoient le compoſer.

18. Quelques Pieces de Poëſie
qu'il fit dans ſa premiere jeuneſſe ,
telles que ſont : 1°. un Poëme de
600 Vers ſur les Tableaux énigma-
tiques. 2°. *La Foire d'Amour* , ou
la deſcription d'un grand marché
public , où la beauté , la grace &
les aimables qualitez des Dames
ſont repreſentées comme une ri-
che marchandiſe que les honnêtes

F. HEDE-
LIN.

gens achetent au prix des vertus, des services & des affections since-res. 3°. *L'Operateur d'Amour.* 4°. *L'Ordre de la liberté*, où il donne le modele d'une vie mêlée de plaisirs innocens & d'une douce liberté.

19. *Conjectures Académiques ou Dissertation sur l'Iliade. Paris* 1715. *in* 12. Le Paradoxe que l'Abbé d'Aubignac entreprend de soûtenir dans ce Livre, est qu'il n'y a jamais eû d'homme nommé *Homere*, qui ait composé les Poëmes que nous avons sous les noms d'Iliade & d'Odissée, qui ne sont selon lui qu'une compilation de divers Poëmes ou vieilles Tragedies, qui se chantoient anciennement dans la Grece, & par consequent que ces deux Poëmes tant admirez, ne contiennent pas toutes les beautez que leurs Partisans ont prétendu y trouver. Il ne nie pas qu'il n'y ait beaucoup de choses agréables & utiles, dont on peut tirer de grands exemples & de bonnes maximes, & des endroits heureusement conduits. Il a écrit seulement

pour ſe décharger l'eſprit des difficultez & des doutes qui lui fai-
ſoient de la peine, pour s'inſtruire
de ce qu'il ignoroit & pour découvrir la verité. Cet Ouvrage eſt
rempli d'érudition de l'aveu de
tout le monde; mais quelques uns
trouvent qu'il n'eſt pas trop bien
écrit. Il a demeuré long temps en
manuſcrit; l'Auteur avoit deſſein
de le faire imprimer, & il avoit
été remis à M. *Charpentier* pour
l'examiner. M. *Charpentier*, qui
étoit un grand Partiſan de l'Antiquité, repreſenta à l'Abbé d'*Au-*
bignac, que cet Ouvrage, quoique ſçavant, ne lui feroit point
d'honneur, puiſqu'il démentoit
le zéle qu'il avoit témoigné juſques-là pour les Anciens. Mais
l'Abbé d'*Aubignac* perſiſta dans
ſa reſolution, & voulut abſolument le rendre public. M. *Char-*
pentier qui n'avoit pas deſſein de
lui donner ſon approbation, ayant
traîné l'affaire en longueur, l'Abbé d'*Aubignac* vint à mourir, &
le manuſcrit s'eſt trouvé entre les
Papiers de M. *Charpentier*. (V. les

144 *Mém. pour servir à l'Histoire*

Nouvelles Litteraires du 2. Novembre 1715.

*Cet Article est tiré d'un Mémoire
de M. Hedelin, Lieutenant General de Nemours, & d'une Lettre de
M. Bocheron, contenant un Abregé
de la Vie de l'Abbé d'Aubignac, &
l'Histoire de ses Ouvrages, inserée
dans le tome I. des Mémoires de Litterature.* « La plûpart des dates de
cette Lettre, de même que celles
du Dictionaire de *Moreri* sont faus-
ses, & doivent être rectifiées par
celles de M. *Hedelin* que j'ai sui-
vies.

PIERRE POIRET.

PIERRE *Poiret* nâquit à
Mets le 15. Avril 1646. Son
pere y étoit Fourbisseur, & il le
perdit en 1652. On le mit dans sa
jeunesse chez un Sculpteur, qui
lui apprit à dessiner, en quoi il
réussit si bien, qu'il fit le portrait
de Mademoiselle *Bourignon* long-
temps après sa mort. Il ne put cependant se fixer au Dessin & à la
Sculpture,

Sculpture il les quitta pour s'appli- **P. POI**
quer aux Sciences , & y fit bien- RET.
tôt de grands progrès.

Il alla en 1664. à *Bâle* , où il
apprit les Langues Latine , Grecque & Hebraïque , la Philofophie
& la Théologie. Pour la Philofophie il s'attacha principalement à
Defcartes. Il paffa en 1668 à *Hei-*
delberg, où il fut ordonné Miniftre.

En 1670. il fe maria , mais il
n'eut point d'enfans de fa femme ,
qui mourut vingt ans avant lui , &
lui donna tout fon bien.

Il fut établi en 1672. Miniftre
de l'Eglife d'*Anweil* , ville du Duché des Deux-Ponts. Pendant fon
féjour en cette Ville la lecture de
Taulere , d'*Akempis* & d'autres
Myftiques le toucha vivement , &
lui infpira un defir ardent de la
perfection. Ce defir s'enflamma
encore davantage par la lecture des
Ouvrages de Mademoifelle *Bouri-*
gnon , & il conçut dès lors pour
cette fille une eftime qu'il a toûjours confervée.

Les troubles de la guerre l'obli-
gerent en 1676. de fortir d'*Anweil,*
Tome IV. N

où il étoit fort aimé ; il passa en Hollande & alla de-là à *Hambourg,* où il eut la satisfaction de voir Mademoiselle *Bourignon* , comme il le souhaitoit depuis long-temps.

Il demeura environ huit ans dans cette Ville, uniquement occupé des exercices de pieté. M. *Bayle* disoit dans ce temps-là de lui: *C'est un homme d'une probité reconnue , & qui de grand Cartesien est devenu si devot , que pour songer mieux aux choses du Ciel , il a presque rompu tout commerce avec la terre (Rep. des Lett.* 1685.)

En 1688. il se retira à *Rheins-burg* , Bourg de Hollande près de *Leyde* , où il a demeuré plus de trente ans , c'est-à-dire, jusqu'à la fin de sa vie. Il y a vécu dans la solitude, & y a composé la plûpart de ses Ouvrages , qui roulent tous sur la pieté. Il est mort le 21 de Mai 1719. âgé de 73 ans.

Catalogue de ses Ouvrages.

1. *Cogitationes rationales de Deo, anima & malo. Amstelod.* 1677. *in* 4o. It. *Ibid.* 1685. *in* 4°. *auctio-res.* It. 1715. *in* 4°. On voit dans

cet Ouvrage une partie des ſenti- P. Poi-
mens ſinguliers de M. *Poiret*, qui ret.
y decouvre le gout qu'il avoit pour
la Théologie Myſtique.

2. *Memoire touchant la Vie & les
ſentimens de Mademoiſelle Antoinette Bourignon*, inſeré dans les
*Nouvelles de la Republique des Let-
tres.* 1685. p. 422.

3. *Les Oeuvres d'Antoinette Bourignon. Amſterdam* 1679. & ſuiv.
19 vol. *in* 8°. L'eſtime que M. *Poiret* avoit pour cette fille lui a fait
entreprendre cette édition, à la
tête de laquelle il a mis ſa Vie.

4. *Monitum neceſſarium ad Acta
Eruditorum Lipſienſia anni* 1686.
menſis Januarii ſpectans, *in quo
Compilator Articuli III. Actorum de
Antonia Burignonia ejuſque operibus
referens plus quadrageſies falſi con-
vincitur.* (*Amſtelodami*) 1686. *in*
4°. *pp.* 16. Cet Avertiſſement eſt
contre l'extrait que M. de *Seckendorf* avoit fait dans le Journal de
Lipſic de la Vie & des Ouvrages
de Mademoiſelle *Bourignon.*Comme il n'en avoit pas parlé auſſi
avantageuſement que M. *Poiret*

l'auroit souhaité, la bile de ce Dévot s'échauffa , & il publia cet Avertissement qui lui attira de la part de M. de *Seckendorf* une Réponse fort vive , dont le titre seul fait connoître qu'il n'y est pas épargné. Il porte : *Defensio relationis de Antonia Burignonia Actis Eruditorum Lipsiensibus Mensis Januarii anni 1686. inserta , adversùs Anonimi famosas Chartas Amstelodami sub titulo Moniti necessarii publicatas ; quarum proterva calumniæ refutantur , simulque Fœminæ, quæ se legatam Dei mentita est , ipsiusque Apologetæ & Monitoris impia & monstrosa dogmata quædam ex Libris utriusque Gallicis latinè excerpta , Censura Christianorum in præcipuis Fidei articulis adversùs Fanaticos consentiensium offeruntur. Lipsiæ 1686. in 4°.*

5. *L'Oeconomie divine ou Systeme universel & démontré des œuvres & des desseins de Dieu envers les hommes ; où l'on explique & prouve d'origine & avec une évidence & une certitude metaphysique les principes & les veritez de la nature & de*

la Grace, de la Philosophie & de la P. POI-
Théologie, de la Raison & de la RET.
*Foi, de la Morale naturelle & de
la Religion Chrétienne. Amsterdam*
1687. 7 vol. *in* 8°. M. *Poiret* suit
dans cet Ouvrage la plûpart des
sentimens de Mademoiselle *Bourignon.* Céux qui aiment les pensées
nouvelles & extraordinaires, peuvent y trouver de quoi satisfaire
leur curiosité. Il a été traduit en Latin, & cette traduction, que M. Poiret a revûë, a été imprimée en 1705.

6. *La paix des bonnes Ames dans
tous les partis du Christianisme, sur
les matieres de Religion, & particulierement sur l'Eucharistie, où
l'on répond aussi à un article de l'onziéme des Lettres Pastorales, opposé
aux avis charitables publiez depuis
peu, & que l'on a joint ici avec
quelques autres Pieces qui concernent ce sujet. Amsterdam* 1687. *in* 12.
Le dessein de M. *Poiret* dans cet
Ouvrage est singulier. Jusqu'ici
tous ceux qui ont traité ces sortes
de matieres, l'ont fait, les uns en
élevant leur Parti au-dessus de tous
les autres, & en tâchant d'y ra-

N iij

mener tout le monde ; d'autres se
font appliquez à faire voir la faus-
seté des Partis differens du leur , &
à condamner ceux qui y sont ,
& ceux qui s'y rangent ; d'autres
enfin se sont étudiez à faire des
Syncretismes ou à établir des to-
lerances mutuelles , par lesquelles
chacun tolere les opinions qui different des siennes , prétendant ,
que comme elles ne regardent pas
le fondement du Salut , on peut de
bonne foi souffrir ceux qui varient
là-dessus , & cependant posseder
ensemble l'essentiel ou le fondement du Christianisme , & se regarder comme freres en Jesus-
Christ. Mais M. Poiret prend la
chose d'une autre maniere. Il sup-
pose qu'il y a très-peu de veritables Chrétiens , & que la plûpart
ne sont que des enfans de Babylo-
ne , avec lesquels il n'a rien à faire;
ainsi il n'a dessein de parler qu'à
ceux qui prennent solidement à
cœur l'essentiel de la Religion
Chrétienne. Ce sont-là les bonnes Ames , dont il veut tâcher de
procurer la paix sur les controver-

ſes de Religion, non en prenant
le Parti des uns contre celui des
autres, ni en diſpoſant perſonne
à changer de Parti ; mais 1°. en
leur recommandant à tous cet eſ-
ſentiel du veritable Chriſtianiſme
& les menant par Jeſus-Chriſt à
Dieu ſeul. 2°. En faiſant voir comment le reſte n'étant qu'acceſſoire,
les bons peuvent, chacun en ſon
Parti, en éviter les abus, en reconnoître la verité & l'utilité, &
en faire un bon uſage pour le principal. 3°. Enfin en montrant comment en certain cas de neceſſité,
l'on peut s'accommoder & faire
un bon uſage de l'acceſſoire d'un
autre Parti que le ſien.

7. *L'Ecole du pur amour de Dieu
ouverte aux Sçavans & aux Igno-
rans dans la vie merveilleuſe d'une
pauvre fille idiote, payſanne de naiſ-
ſance & ſervante de condition, Armelle Nicolas, vulgairement dite,
la bonne Armelle, décedée en Bretagne. Par une fille Religieuſe de ſa
connoiſſance, nouvelle Edition augmentée d'un Avant-Propos. Cologne
1704. in 12.* Cet Ouvrage avoit

N iiij

P. Poi-
ret.

déja été imprimé deux fois en France avec Approbation en 1676. & en 1683. sous le titre de *Triomphe de l'Amour Divin*. Il est d'une Ursuline de *Vennes*, nommée, *D. O. Eschallard*, dite *Jeanne de la Nativité*. Le stile mystique dans lequel il est écrit, & les choses singulieres qui s'y trouvent, ont plû à M. *Poiret*, qui à cru devoir le redonner au Public avec une Préface assez longue, où il prétend faire voir les avantages qu'on peut en retirer : il y rappelle plusieurs choses qu'il a dites dans l'Ouvrage précedent sur les diverses opinions qui divisent les Chrétiens, & insiste fort sur ce Principe, que *toutes choses sont possibles à ceux qui croyent.* Principe dont il tire cette consequence, que si par exemple un Fidele croit que le Corps de Jesus-Christ est proprement & réellement dans le Pain Eucharistique, ce Corps y est proprement & réellement pour lui ; & que si au contraire un autre Fidele adorant Jesus-Christ dans le Ciel croit qu'il n'est point corporellement dans

l'Euchariſtie, le Corps de Jeſus-
Chriſt n'y eſt pas pour lui. Si on
admettoit une fois ce Principe, il
meneroit bien loin, & les contro-
verſes les plus importantes ſeroient
bientôt terminées. Mais on peut
dire qu'il eſt ſingulier à M. *Poiret.*

8. *Les Principes ſolides de la Re-*
ligion & de la vie Chrétienne, appli-
quez à l'éducation des enfans & ap-
plicables à toutes ſortes de perſonnes;
oppoſez aux idées ſeches & Pelagien-
nes que l'on fait courir ſur de ſembla-
bles ſujets. Par P. P. Amſterdam
1705. in 12. pp. 128. Ce Livre
avoit déja paru pluſieurs fois avant
cette édition. Il a été traduit en
Allemand, en Flamand, en Anglois & en Latin. Le François eſt
ſa premiere Langue, mais on ne le
trouvoit en cette Langue que joint
à d'autres Traitez; c'eſt ce qui a
engagé M. *Poiret* à le retoucher, &
à le faire imprimer ſéparément.
L'Edition Latine eſt intitulée: *De*
Chriſtiana liberorum è veris Princi-
piis educatione Libellus, in quo pri-
ma Religionis vitæque Chriſtianæ
fundamenta ac elementa ad omnium

*hominum captum & usum proponun-
tur. Accedit R. R. Ministrorum
Hamburgensium adversùs hunc Li-
bellum Judicium publicè editum, cui
suas in illud observationes, item ejusdem argumenti Epistolas subjecit Au-
ctor. Amstelod. 1694. in 8°. pp.*
523. Cet Ouvrage a fait du bruit
à *Hambourg* ; le Docteur *Mayer*,
Ministre de cette Ville a prétendu
y trouver des héresies, & a intenté
procès à M. *Horbius*, l'un de ses
Collegues, pour en avoir recom-
mandé la lecture. Toute la Ville a
été en rumeur à ce sujet, & l'affaire ne s'est terminée que par l'expul-
sion de M. *Horbius*, dont le Parti
a succombé. La censure des Théologiens de *Hambourg* contient 39
articles. On l'y traite de Fanati-
que, de Visionnaire, de Pelagien
& de Socinien ; & c'est pour se défendre contre ces accusations qu'il
a ajoûté quelques observations à sa
traduction latine.

9. *La Théologie réelle, vulgairement dite, la Théologie Germanique avec quelques autres Traitez de
même nature, une Lettre & un Ca-*

talogue fur les Ecrivains Myſtiques. P. POI-
Une Préface Apologetique fur une RET.
Théologie Myſtique avec la nullité du
Jugement d'un Proteſtant fur la mê-
me Théologie Myſtique, Amſterdam
1700. *in* 12. M. *Poiret* a ramaſſé
tous les Ouvrages qui compoſent
ce Recueil, & dont il rend compte
dans une Préface de deux cens pages. Le premier eſt la Théologie,
appellée Germanique, parce qu'elle
a été écrite en Allemand; c'eſt un
Livre tout-à-fait myſtique, qui a
été compoſé cent ans avant la ré-
formation. Le ſecond eſt un Traité
de rétabliſſement de l'Homme. Le
troiſiéme, une Lettre ſur la Régene-
neration; ces deux Pieces ſont traduites du Flamand. Le quatriéme
contient des Regles & des Maximes ſpirituelles, abregées de celles de *Jean de S. Samſon*, Carme
Déchauſſé, qui mourut à *Rennes*
en 1636. & qui étoit un grand
Myſtique. La partie la plus importante de ce Volume, & qui peut
intereſſer le plus de Lecteurs, eſt
une longue Lettre ſur les principes & les caractéres des principaux

P. Poi-
RET.

Auteurs Myſtiques & Spirituels des derniers ſiécles; parce que ceux même qui n'ont aucun gout pour la Théologie myſtique, ſont bien-aiſes de connoître les Auteurs qui en ont traité, leur genie & leur caractere particulier, les particu-laritez les plus remarquables de leur vie, le titre, les temps & les differentes éditions de leurs Ou-vrages : c'eſt ce qu'on trouve dans cette Lettre ; & M. *Poiret*, qui l'a écrite, paroît très-bien inſtruit de ce détail.

10. *De Eruditione triplici, ſolida, ſuperficiaria & falſa Libri tres, in quibus veritatum ſolidarum origo ac via oſtenditur, tum cognitionum ſcien-tiarumque humanarum & in ſpecie Carteſianiſmi fundamenta, valor, defectus & errores deteguntur. Præ-mittitur vera methodus inveniendi verum. Subnectuntur nonnulla Apo-logetica. Amſtelodami* 1692. *in* 12. It. *Inſigniter auctiores. Amſtelod.* 1707. *in* 4°. Quoiqu'il y ait de bon-nes choſes dans cet Ouvrage, il y a bien des ſentimens particuliers contre leſquels les Sçavans ſe ſont élevez.

11. *De Eruditione ſolida ſpecia-*   P. Poi-
liora tribus Tractatibus. 1°. *De Edu-*   ret.
catione liberorum Chriſtiana. 2°. *De*
Irenico univerſali. 3°. *Theologia my-*
ſtica ejuſque Auctorum idea genera-
lis, cum ſuis contra varios defenſio-
nibus partim denuo partim recens
excuſa. Amſtelodami 1707. *in* 4°.
La plûpart des Traitez qui compoſent ce Volume avoient déja paru.
M. *Poiret* a eû l'art d'en faire une
ſuite de l'Ouvrage précedent. Celui là, dit-il, contient des préceptes generaux qui conviennent à
toutes ſortes de perſonnes; celui-ci
comprend des préceptes particuliers, qui concernent trois des principaux actes de la vie. Le premier
eſt l'état de l'enfance, le ſecond eſt
l'âge de perfection, conſideré par
rapport au culte exterieur & aux
divers Partis de la Religion dans
leſquels on peut être engagé ; le
troiſiéme eſt l'état de la vie inte-
rieure. La ſeconde Piece de ce Volume intitulée, *Irenicum univer-*
ſale, contient pluſieurs Pieces qui
avoient déja paru dans ſon Livre
intitulé : *La paix des bonnes Ames.*

**P. POI-
RET.**

Au reste on voit par les Réponses qui sont jointes à ce Volume, que M. Poiret malgré sa devotion n'étoit pas endurant, qu'on ne l'attaquoit point impunément, & que la Théologie mystique dont il faisoit profession, & cet état passif qu'elle recommande tant, ne l'empêchoient pas de repousser vigoureusement ses Adversaires, & de les appeller aussi bien que leurs sentimens des noms qu'il croyoit leur être dus.

12. *Fides & Ratio collatæ ac suo utraque loco reddita adversùs Principia Joannis Lockii, insertis non paucis, quibus revelationis divinæ ac Religionis Christianæ Capita digniora profundius confirmantur & explicantur, cum accessione triplici. 1°. De Fide implicita sive nuda. 2°. De sacrarum Scripturarum certitudine ac sensu. 3°. De Perfectione & Felicitate in hac vita. Edidit & præfatus est P. Poiret. Amstelod. 1708, in 12.* Cet Ouvrage est d'une personne de qualité d'Allemagne, qui n'a pas voulu se nommer, & qui est entierement dans les Principes

des Myftiques. C'eft de la Meta-
phyfique la plus abftraite & du
Myftique le plus fublime. M. *Poi-*
ret qui l'a fait imprimer, y a ajoûté
une Préface de foixante pages, dans
laquelle il entreprend de montrer
que les moyens pour obtenir la vie
éternelle que la Religion promet,
font tous renfermez dans la Foi.

13. *Idea Theologiæ Chriftianæ jux-*
ta Principia Jacobi Bohemi, Philo-
fophi Teutonici, brevis & methodi-
ca. Accedunt fexti Pythagorei Sen-
tentiæ ob argumenti præftantiam verè
divina. Amftelodami 1687. *in* 8°.
pp. 66. Il n'appartenoit qu'à un
Myftique auffi rafiné que M. *Poiret*
de débroüiller les idées de Jacques
Bohm, & d'en faire un fyftême,
qui d'ailleurs n'eft pas trop intelli-
gible.

14. *Vera & cognita omnium pri-*
ma, five de natura Idearum ex Ori-
gine fua repetita, afferta & adver-
sùs Cl. A. Pungelerum defenfa, Dif-
quifitio Theologico-Philofophica, in
qua Spinofifmus & Socinianifmus
tuto prævertuntur, neceffarium & fuf-
ficiens folius Dei Effe, cæterorum ni-

P. POI-
RET.

bilum primum radicitus patefiunt, ac non paucis in Theologia & Philosophia momentosis difficultatibus profundius dilucidandis via aperitur. Amstelodami 1715. in 12. Cet Ouvrage qui est de la plus sublime Metaphysique, est contre un Livre par lequel *Abraham Pungeler,* Professeur en Théologie à *Herborn* avoit attaqué son sentiment sur les Idées, & qui est intitulé : *Dissertatio de rerum possibilium Ideis in Deo Cl. Poireto opposita. Herbornæ* 1712.

15. *La Théologie du Cœur, ou Recueil de quelques Traitez qui contiennent les lumieres les plus divines des Ames simples & pures.* Cologne 1690. in 12. It. *Seconde Edition avec une Lettre sur l'éducation Chrétienne des enfans.* Cologne 1697. in 12. 2. tomes.

16. *Le Chrétien réel contenant 1°. La Vie du Marquis de Renty,* par *J. B. de Saint-Jure, Jesuite.* 2°. *La Vie de la Mere Elizabeth de l'Enfant Jesus, pour servir de modele à la vie vrayment Chrétienne, & d'Apologie effective aux maximes &*

voyes

voyes spirituelles de la vraye Theolo- P. Poi-
gie mystique vainement combattuë RET.
*par les esprits du siecle. Nouvelle
Edition. Cologne* 1701. & 1702. 2.
tom. Poiret ne s'embarassoit point
de quelle Religion on fût , pourvû qu'on fût de ses sentimens par
rapport à la Théologie mystique ;
c'est ce qui l'a engagé à redonner
au Public ces deux Vies composées
par des Auteurs Catholiques &
d'y joindre une Préface de sa façon.

17. *Le Saint Refugié , ou la Vie
& la Mort édifiante de Wernerus ,
mort l'an* 1699. *Cologne* 1701. *in* 12.

18. *La Theologie de l'Amour , ou
la Vie & les Oeuvres de sainte Catherine de Genes. Nouvelle Traduction. Cologne* 1691. *in* 12.

19. *Traduction de l'Imitation.*
1683.

20. *Posthuma. Amstelod.* 1721. *in*
4°. Ce sont differens Ouvrages ,
trop peu considerables pour avoir
paru seuls , ou que la mort a empêché l'Auteur de donner au Public.

Voyez son **Eloge** à la tête de ses
Oeuvres posthumes.

GERMAIN DE LA FAILLE.

GER-
MAIN DE
LA FAIL-
LE.

GERMAIN *de la Faille* nâquit à *Castelnaudari* dans le
haut Languedoc le 13. Octobre
1616. Après qu'il eut fait toutes
ses études à *Toulouse*, il fut pourvu en 1638. de la Charge d'Avocat du Roi au Présidial de *Castelnaudari.*

En 1646. il accompagna en qualité de Procureur du Roi, M. *de
la Ferriere*, pour lors Intendant de
Montauban, chargé par la Cour
de se rendre dans le Rovergue,
pour y appaiser la revolte de *Cro-
quants.*

La Ville de *Toulouse* le choisit
en 1655. pour son Syndic, ce qui
l'obligea de se défaire de la Charge d'Avocat du Roi, pour aller
s'établir dans cette Ville, où il
esperoit trouver plus de moyens
pour satisfaire son inclination naturelle pour les belles Lettres qu'il
avoit toûjours cultivées, malgré les
occupations de la Magistrature.

Cette Charge de Syndic, qu'il G. DE LA
remplit toûjours avec autant de FAILLE.
zéle que de defintereffement lui
donnant la liberté de fouiller dans
les Archives de cette grande Ville ,
il forma le deffein de compofer les
Annales de *Touloufe.*

Pour lui en faciliter l'exécution,
le Parlement voulut bien lui donner la permiffion de feuilleter fes
Regiftres, & la Ville fe chargea des
frais de l'impreffion.

De la Faille plein de zéle pour
honorer la mémoire des Illuftres
Touloufains, fe trouvant Capitoul
pour la troifiéme fois en 1673,
infpira à fes Confreres la noble
envie de faire dreffer dans une des
galeries de leur Capitole, les Buftes
des grands Hommes , qui en differens fiecles avoient fait honneur
à leur Patrie. On lui en laiffa toute
la direction ; foit pour le choix de
ceux qui meritoient d'y tenir leur
rang , foit pour la compofition des
Infcriptions. Cette Galerie qui
renferme trente grands Buftes fut
finie par fes foins & fon travail
en 1677.

G. DE LA FAILLE. Les services importans qu'il avoit rendus à la Ville de *Toulouse*, tant par son attention à remplir les devoirs de sa Charge, que par ses Ouvrages, lui en meriterent une pension, à laquelle il fut très-sensible, plus cependant par rapport à la reconnoissance qu'on lui témoignoit, que par rapport à la somme. On lui accorda aussi en 1687. la survivance de son Emploi de *Syndic* de la Ville en faveur de M. *Baylot* son neveu ; & celui-ci étant mort à la fin de l'année 1709. on accorda sa survivance à son fils, qui étoit encore jeune, mais à condition que son grand-oncle, malgré son âge, le dirigeroit.

L'Académie des Jeux Floraux choisit en 1694. M. *de la Faille* pour son Secretaire perpetuel, & il en a fait durant plus de seize ans les fonctions avec honneur. Il en étoit digne ; car outre son talent pour l'Histoire, il avoit encore celui d'écrire agréablement en Prose & en Vers. Dans l'âge le plus avancé il laissoit échapper de petites Pie-

ces de Poëſie qui faiſoient plaiſir; G. DE LA
& on en a vû avec étonnement FAILLE.
qu'il a faites après ſa quatre-vingt-
dixiéme année, & qui étoient encore pleines de feu.

Ses grandes qualitez lui meriterent l'eſtime & même l'amitié de
pluſieurs grands Hommes, & de
pluſieurs perſonnes de Lettres,
avec leſquels il étoit en commerce.

Il eſt mort à *Toulouſe* le 12. Novembre 1711. au commencement
de ſa 96ᵉ année.

Il y a une branche de ſa Famille
établie dans les Pays-Bas; & après
l'édition de ſon premier Volume
des Annales de *Toulouſe*, M. *de la*
Faille, alors grand Bailly de *Gand*,
Chevalier de la Toiſon d'Or, &
les autres Membres de cette Famille qui réſident à *Anvers*, lui
écrivirent, en qualité de parens,
des Lettres de compliment ſur ſon
Ouvrage, & depuis ils l'ont toûjours traité de Couſin; auſſi leur
nom & leurs Armes ſont-elles entierement ſemblables.

Catalogue de ſes Ouvrages.

1º. *Annales de la Ville de Tou-*

G. DE LA *louse. Premiere Partie depuis la réu-*
FAILLE. *nion de la Comté de Toulouse à la*
Couronne (en 1271.) jusqu'en 1514.
Avec un abregé de l'ancienne His-
toire de cette Ville, & un Recueil de
divers Titres & actes pour servir de
preuves & d'éclaircissemens à ces An-
nales. Toulouse 1687. fol. Seconde
Partie contenant les Annales de Tou-
louse, depuis l'an 1515. jusqu'en
1610. avec les preuves. Toulouse. fol.
1701. Ces Annales sont remplies
d'un grand nombre de faits curieux. Le stile en est vif & concis,
mais peu correct. On y voit re-
gner un air de sincerité & de verité qui fait plaisir. Ce qu'on peut
regretter, c'est que M. *de la Faille*
se soit arrêté à l'année 1610. Il avoit
assez de materiaux pour conduire
cet Ouvrage jusqu'à la fin du dix-
septiéme siecle. Mais on lui a souvent entendu dire, que son amour
pour la verité ne lui permettant pas
de la trahir, il avoit cru qu'il étoit
de sa prudence de ne pas aller plus
loin.

2. *Traité de la Noblesse des Capi-*
touls de Toulouse. Toulouse. 1667.

in 4º. It. 1673. *in* 4º. It. *Troifié-* G. DE LA
me Edition avec des additions de FAILLE.
l'Auteur, & un Catalogue de plu-
fieurs nobles & anciennes Familles,
dont il y a eû des Capitouls depuis la
réunion du Comté de Touloufe à la
Couronne. Toulouſe 1707. *in* 4º. M.
de la Faille a compoſé cet Ouvrage dans le temps de la recherche
des faux Nobles, pour empêcher
que ceux qui en étoient chargez,
n'entrepriſſent de donner quelque atteinte aux Privileges du Ca-
pitoulat. Il eſt rempli de recherches curieuſes.

3. *Lettre de Mr..... à un de ſes*
Amis de Paris, contenant un Abregé de la Vie de *Pierre Goudelin,*
Poëte Toulouſin, & une eſpece
de Diſſertation ſur ſes Poëſies, à la
tête des *Oeuvres de Goudelin à Tou-*
louſe. 1678. *in* 12. (*Le Long Bibl.*
de la France.)

V. ſon Eloge *Mém. de Trevoux,*
Juillet 1712. *p.* 230.

LAURENT BEGER.

LAURENT *Beger* nâquit à
Heidelberg le 19. Avril 1653.
Il fit paroître dès sa plus tendre
jeuneffe une inclination si forte
pour l'étude, que son pere, qui
étoit Tanneur de profeffion, & un
des Membres de la Magiftrature
Bourgeoife de cette Ville, se fit un
devoir & un plaisir de la lui laif-
fer suivre.

Après avoir fini à l'âge de dix-
huit ans le cours des études ordinaires au College de *Heidelberg*,
il s'appliqua au Droit ; mais fon
pere lui ayant témoigné qu'il fou-
haittoit qu'il s'appliquât à la Théologie pour parvenir au Miniftere,
il tourna ses études de ce côté-là, &
y fit de grands progrès qui mon-
trerent qu'il étoit également propre à toutes les fciences.

Son pere étant mort peu de
temps après, il quitta la Théologie qu'il n'avoit embraffée que par
complaifance, & reprit l'étude
du

du Droit. Il s'y attacha fortement & uniquement, & s'y fit recevoir Licentié.

L. B* GER.

Charles-Louis, Electeur Palatin, l'un des plus ſcavans Princes de ſon ſiecle le choiſit en 1675. pour ſon Bibliothecaire, quoi qu'il n'eut alors que 22 ans. *Beger* voulant répondre au choix que ce Prince avoit fait de lui & à la bonne opinion qu'il en avoit conçuë, en prit occaſion de s'appliquer avec une ardeur inconcevable à l'étude des Langues & des Sciences les plus utiles & les plus belles.

L'Electeur ayant formé le deſſein d'avoir un Cabinet de Medailles anciennes, & d'autres Antiquitez rares & curieuſes, pour leſquelles il avoit un goût extraordinaire, envoya pluſieurs perſonnes en Italie, pour y en chercher, entre autres le celebre Baron de *Spanheim*, qui étoit alors un des Conſeillers de la Cour Palatine. Ce Sçavant revint bientôt chargé de pluſieurs Pieces riches & curieuſes, dignes d'un Connoiſſeur tel que lui.

Tome IV. P

L. BE-GER.

Comme l'Electeur n'avoit auprès de lui personne qui fut versé dans cette sorte de science, il sollicita *Beger* à s'y appliquer ; ces sollicitations lui tinrent lieu d'ordre ; il s'y donna avec beaucoup d'application , & y fit en peu de temps de si grands progrès , qu'il devint un des plus grands Antiquaires de l'Europe. Ce qui engagea ce Prince à ajoûter à sa Charge de Bibliothecaire celle de Garde des Antiquitez & des Raretez de son Cabinet. Il conserva ces deux Charges pendant la vie de *Charles* Electeur Palatin son fils & son successeur. Mais lorsqu'il fut mort en 1685. il se trouva qu'en vertu de certains Traitez & de certaines conventions la Bibliotheque devoit appartenir au Landgrave de *Hesse-Cassel*, & le Cabinet de Medailles , & les raretez, à l'Electeur de *Brandebourg.* Ce changement fit cesser l'exercice des Emplois de *Beger.* Le nouvel Electeur Palatin , qui ne vouloit pas le perdre , lui offrit pour le retenir la Charge de Professeur en Droit dans l'Université de *Heidel-*

berg. Mais il furvint quelque diffi-   L. BE-
culté qui empêcha que cet offre GER.
n'eut fon effet.

Cependant ce Prince donna
commiffion à *Beger* de faire porter & délivrer ce Cabinet de Medailles & de Raretez à *Frederic-
Guillaume*, Electeur de *Brandebourg*,
qui étoit alors à *Cleves*. Le Difcours
que *Beger* fit à l'Electeur au fujet
de ce Cabinet, lui plut fi fort,
qu'il lui offrit de le prendre à fon
fervice. *Beger* accepta cet honneur,
du confentement de l'Electeur Palatin, à qui il le demanda : il fut
revêtu de la dignité de Confeiller,
Garde de la Bibliotheque & des
Medailles, Antiquitez & Raretez du Cabinet de l'Electeur de
Brandebourg ; non feulement de
celles qu'il avoit apportées, mais
encore de routes celles que ce Prince avoit, & qui étoient en grand
nombre.

Frederic-Guillaume étant mort en
1688. *Frederic* qui lui fucceda,
confirma *Beger* dans toutes fes Dignitez & dans tous fes Emplois
dont il a joui le refte de fa vie.

Quoique sa santé fût assez mauvaise & qu'il fût tourmenté d'un
asthme qui lui laissoit peu de rela-
che, il s'appliquoit au travail avec
une ardeur infatiguable, comme
on peut en juger par le grand nombre de ses Ecrits. Il est mort à Berlin le 21. Février 1705. dans sa
cinquante-deuxiéme année.

Il avoit été fait membre de la
Société Royale de Berlin, lorsqu'on l'avoit formée.

Il a été marié deux fois : la premiere, en 1683. la seconde, en 1693.
mais il n'a point eû d'enfans.

Catalogue de ses Ouvrages.

1. *Considerations sur le Mariage. Par
Daphnaus Arcuarius* (en Allemand.)
1679. *in* 4°. Voici l'origine de cet
Ouvrage qui tend à authoriser la
Polygamie. *Charles-Loüis*, Electeur
Palatin étant devenu amoureux
de la Baronne de *Deguenfeld*, Fille
d'Honneur de l'Electrice son Epouse, & dégoûté de cette Princesse,
qui au lieu de le retirer de son attachement par la douceur & par
ses caresses, le prit d'un ton si fier
& si haut, qu'elle effaroucha ce

Prince, naturellement bon & hon- L. Be-
nête, forma le deſſein d'épouſer GER.
ſa Maîtreſſe. Comme il étoit ſçavant, il crut qu'il ne lui ſeroit pas
difficile de faire voir que la Polygamie n'étoit pas défenduë de
droit divin. Il conſulta pour cet
effet tous les Auteurs de ſa Bibliotheque, & fit des extraits de ceux
qui ſembloient favoriſer ſon deſſein. Il médita lui-même ſur cette
matiere, & ayant ramaſſé de quoi
compoſer ſur ce ſujet un Ouvrage
qui lui fût favorable, il donna ordre à *Beger* de travailler ſur ſes
mémoires. *Beger* ne voulut pas
deſobéir à ſon Prince ; il mit en
œuvre les materiaux qu'il lui
avoit fournis, & fit un Traité en
Allemand ſous le nom de *Daphnaus Arcuarius*, nom tiré d'une
maniere déguiſée du ſien ; Δαφνη en
Grec ſignifiant *laurus*, & *Boëger*
en Allemand un homme qui tire
de l'arc, ou *Arcuarius*. Le Livre
fut imprimé ſecretement, & envoyé de même aux principaux Libraires de l'Europe, ſans qu'ils
puſſent deviner d'où il venoit.

P iij

L. BE-
GER.

L'Electeur *Charles Loüis* étant
mort en 1680. fon fils qui lui fuc-
céda, ayant fçu ce qui s'étoit paffé
au fujet de ce Livre, en voulut du
mal à *Beger*, qui n'eut pas de peine
à fe juftifier auprès de lui, en lui
reprefentant qu'il n'avoit rien fait
en cela que par obéiffance. L'Electeur reçut fes excufes, mais à condition qu'il refuteroit fon propre
Livre. *Beger* le fit avec plaifir, &
remit fon nouvel Ouvrage entre les mains du Prince, qui content de cette démarche ne fongea
plus à cette affaire, & laiffa fon
manufcrit parmis fes papiers inu-
tiles. Ainfi il n'a jamais paru en
Public.

2. *Thefaurus ex Thefauro Palati-*
no felectus, five Gemma & Numif-
mata Cimeliarchii Electoralis Pala-
tini elegantiora æri incifa & com-
mentario illuftrata. Heidelberga.
1685. *fol.* Cet Ouvrage qui eft
fon effai en fait de Medailles,
commença à établir fa réputation
& à donner du goût pour fes Ouvrages.

3. *Obfervationes & conjectura in*

Numiſmata quædam antiqua. Accé-   L. Bɛ-
dunt duæ Ez. Spanhemii ad Auto-   GER.
rem Epiſtolæ, iiſque interjecta Au-
toris ad priorem reſponſio. Coloniæ
Brandeburgicæ 1691. in 4°.

4. *Spicilegium Antiquitatis, ſive*
Faſciculi variarum Antiquitatum,
vel novis luminibus illuſtratarum, vel
recens etiam editarum. Coloniæ Bran-
deburg. 1692. fol. Cet Ouvrage contient des explications de pluſieurs
Medailles, Pierres antiques, In-
ſcriptions & autres choſes ſemblables.

5. *Theſaurus Regius Electoralis*
Brandeburgicus ſelectus, ſive Gem-
mæ, Numiſmata, Statuæ, Imagi-
nes, Sigilla, aliaque in Cimeliar-
chio Regio Electorali Brandeburgico
aſſervata, æri inciſa, & Dialogo
illuſtrata. Coloniæ Brandeburgicæ,
fol. 3 vol. Le premier, en 1696.
le ſecond, en 1699. & le troiſiéme, en 1701. Comme le Cabinet
de l'Electeur de Brandebourg étoit
en partie le même que celui de l'E-
lecteur Palatin, cet Ouvrage renferme pluſieurs choſes qui ſe trouvent dans le *Theſaurus Palatinus.*

L. BE-
GER.

Il est en forme d'entretiens, qui étoit le genre d'écrire que *Beger* aimoit davantage. Il ne s'est point piqué d'écrire uniquement pour ces Scavans du premier ordre, qui n'ignorent presque rien, & à qui il ne faut fournir que des choses de la plus profonde recherche. Quoique ces Sçavans puissent trouver ici de quoi se satisfaire, on y a aussi de quoi contenter abondamment les Lecteurs qui ne volent pas si haut, & dont les lumieres ne s'étendent pas si loin. Il se presente peu d'occasions d'expliquer ou la Fable, ou l'Histoire, que *Beger* ne le fasse d'une maniere également claire & concise. C'est aussi en faveur de cette seconde sorte de Lecteurs, qu'il ne s'est pas contenté de rapporter les Pieces rares, & qu'on auroit peut-être de la peine de trouver ailleurs que dans le Cabinet du Roi de Prusse, mais qu'il donne toutes celles qui lui ont paru importantes par elles-mêmes, soit qu'elles soient rares, soit qu'elles soient communes. C'est le jugement qu'en porte

M. *Bernard* dans *la Republique des Lettres.*

6. *Meleagrides & Ætolia ex Numismate* Κιριαον *apud Goltzium, interspersis Marmoribus quibusdam de Meleagri interitu, & Apri Calydonii venatione. Coloniæ Brandeburg.* 1694. *in* 4°.

7. *Cranaë Insula Laconica, eadem & Helena dicta, & Minyarum posteris habitata ex Numismatibus Goltzianis, contra communem opinionem, quæ ad Helenam Atticæ respexit. Coloniæ Brandeb.* 1696. *in* 4°. Il releve dans ces deux Ouvrages les fautes de plusieurs Antiquaires ; mais il le fait toûjours avec tant d'honnêteté & de retenue, que personne n'a jamais eû sujet de s'en plaindre.

8. *Contemplatio Gemmarum quarumdam Dactyliothecæ Gorlæi à Jacobo Gronovio aucta & illustrata. Coloniæ Brandeb.* 1697. *in* 4°.

9. *Bellum & excidium Trojanum ex Antiquitatum Reliquiis delineatum & illustratum. Berolini* 1699. *in* 4°. Il n'y a rien de nouveau dans cet Ouvrage, le peu de Me-

L. BE-
GER.

dailles qui y font expliquées l'a-
voient été déja ailleurs par *Beger*,
& n'avoient pas même befoin d'explication.

11. *Regum & Imperatorum Romanorum Numifmata a Carolo Duce
de Croy collecta, ab Alb. Rubenio edita, recufa & annotationibus illuftrata.
Coloniæ Brandeb.* 1700. *fol.* Cet
Ouvrage eft utile pour des Com-
mencans, *Beger* y a corrigé les fautes qui étoient échappées à *Rube-
nius.*

12. *De Nummis Cretenfium Ser-
pentiferis Difquifitio antiquaria,
ubi de Cretenfium origine & de M.
Antonii & Augufti Nummis Ser-
pentiferis. Coloniæ Brandeb.* 1702.
fol. Cet Ouvrage eft fort curieux.

13. *Colloquii quorumdam de tribus
primis Thefauri Antiquitatum Græ-
carum voluminibus ad eorum Autorem
Relatio, amico Dulodori calamo eum
in finem fcripta & publicata, ut jufte
defenfioni locus detur. Berolini.* 1702.
fol. Beger n'a fait cet Ouvrage fous
le nom de *Dulodorus*, que pour
défendre contre *Cronovius* l'explication qu'il avoit donnée à quel-

ques Medailles. Il y a de bonnes L. Be-
chofes, mais on trouve qu'il y a ger.
un peu trop maltraité fon Adverfaire.

14. *Lucernæ Veterum Sepulchrales
Iconicæ à P. Bellorio editæ, recufæ
obfervationibus in Latinum verfis.
Coloniæ Brandeb. fol.* 1712. Cet Ouvrage avoit été imprimé dix ou
douze ans auparavant à Rome, &
étoit peu connu hors de l'Italie;
Beger l'a traduit en Latin & l'a
rendu ainfi plus commun.

15. *Numifmata Pontificum Romanorum aliorumque Principum Eccle-
fiafticorum rariora, in Cimeliarchio
Regio Elect. Brandeb. affervata,
æri incifa & illuftrata.Coloniæ Brandeburg.* 1703. *fol.* L'Ouvrage du P.
Bonanni fur cette matiere eft bien
plus étendu.

16. *Alceftis pro marito moriens, &
vitæ ab Hercule reftituta, ex manu-
fcripto Pighiano edita & illuftrata.
Coloniæ March.* 1703. *fol.*

17. *Uliffes Syrenes prætervectus,
ex delineatione Pighiana, fubjectis
aliis de Uliffe Antiquitatibus. Coloniæ Brandeb.* 1703. *fol.*

18. *Pœnæ infernales Ixionis, Oeni, Sisyphi & Danaïdum ex eodem Pighiano manuscripto. Coloniæ Marchion.* 1703. *fol.* Des Marbres antiques, où font représentées les chofes dont il eft parlé dans ces trois derniers Ouvrages, y ont donné occafion. *Beger* y rapporte tout ce que la Mythologie a pû lui fournir de plus curieux fur fon fujet.

19. *Examen dubiorum quorumdam Colon. March.* 1704. *fol.* *Beger* y examine certains points de critique fort peu confiderables en eux-mêmes ; mais un Antiquaire ne neglige rien.

20. *L. Annæi Flori rerum Romanarum libri duo priores ex Criticorum obfervationibus correcti, cum textus ratione notifque variorum hiftoricis politicis & antiquariis adornati & editi à L. Begero. Coloniæ March. fol.* 1704. Les notes qui accompagnent cette Edition de *Florus* font très-amples. *Beger* y a inferé toutes les Medailles qui pouvoient avoir rapport à l'Hiftoire qu'il commentoit. Il avoit deffein de donner le refte de fon Commen-

taire dans la suite, mais la mort
l'en a empêché.

Beger s'est auffi appliqué à la Poë-
fie, dans laquelle on prétend qu'il
s'est exercé fi heureusement, qu'il
a composé plusieurs Poëmes excellens, qui lui ont acquis beaucoup
de réputation, mais aucun n'a été
donné au Public. Peut-être est-ce
une marque qu'ils ne font pas fi
estimables qu'on voudroit le faire
croire.

V. fon Eloge par M. *Ancillon.*
Mémoires fur les Vies & les Ouvra-
ges de plusieurs Modernes celebres.

MARC ZUERIUS
BOXHORNIUS.

MARC-ZUERIUS *Boxhor-*
nius nâquit à *BergopZom*,
ville du Brabant Hollandois, au
mois de Septembre 1612. Son pere
Jacques Zuerius étoit Ministre à
Bergopzom, & fa mere *Anne Box-*
horn étoit fille d'un Ministre de
Breda. Les difpositions que fon
pere remarqua en lui pour les fcien-

M. Z.
BOXHOR-
NIUS.

ces, l'engagerent à l'y appliquer de bonne heure, & il fit en peu de temps beaucoup de progrès dans l'étude des Langues Latine & Grecque. Il n'avoit encore que six ans lorsque son pere mourut, & sa mere l'emmena quelque temps après à *Breda* ; où il fut élevé par *Henri Boxhornius* son ayeul maternel. En 1625. les Espagnols s'étant emparez de cette Ville, *Henri Boxhornius* en sortit avec son petit fils, à qui il fit prendre le nom de *Boxhornius*, parce qu'il n'avoit point d'enfant mâle. Ils s'é-tablirent à *Leyde*, où le jeune *Box-hornius* étudia en Philosophie & en Droit, & s'appliqua avec beau-coup d'ardeur à l'Histoire & à la Politique. Les Curateurs de l'Aca-demie de *Leyde* instruits de son merite & de sa science, le nom-merent en 1632. Professeur en Elo-quence, lorsqu'il avoit à peine passé sa dix-neuviéme année.

Il remplit ce Poste d'une manie-re si éclattante, que le Chancelier *Oxenstiern* étant Ambassadeur Ex-traordinaire de Suede en Hollan-

M. Z.

Boxhor-
nius.

de, le demanda au nom de la Reine *Chriſtine* pour un Emploi conſiderable ; mais *Boxhornius* préfera
ſa Patrie à la Suede, & conti-
nuant de donner tant par ſes leçons, que par ſes livres des preuves de ſon habileté dans la Litterature, & de ſes connoiſſances
dans l'Hiſtoire & la Politique, il
en fut fait Profeſſeur à la place de
Daniel Heinſius, déclaré Emerite.

Il mourut à *Leyde* le 3. Octobre 1653. après une aſſez longue
maladie, âgé ſeulement de 41. ans.
Il avoit épouſé une fille de *Pierre
Duvelar*, Bourguemeſtre de *Middelbourg*, dont il a eu deux filles.

Catalogue de ſes Ouvrages.

1. *Poëmata.* 1629. *in* 12. Boxhornius fit & publia ces Poëſies,
qui roulent ſur la Priſe de *Bois-le-
Duc*, & quelques autres Victoi-
res remportées par les Hollandois,
à l'âge de 17 ans. Il y a du feu &
de l'imagination, ſelon *Morhof.*

2. *Granatarum Encomium.* Amſtelod. 1631. *in* 4°.

3. *Hiſtoriæ Auguſtæ Scriptores,
cum animadverſionibus ac notis,*

M. Z.
BOXHOR-
NIUS.

Tom. 4. *Lugduni Batavorum.* 1631. *in* 12. *Bœcler* dans sa *Bibliographie Critique* méprise fort cet Ouvrage, & dit qu'il se trouve à chaque page des fautes grossieres. Aussi arriva-t'il à *Boxhornius*, comme à plusieurs autres, que quand l'âge eut augmenté ses lumieres, il eut honte de cette production prématurée.

4. *Theatrum*, *sive Descriptio Comitatûs & Urbium Hollandiæ, cum Tabulis Geographicis.* Amstel. 1632. *in* 4°. It. traduit en Flamand par *Pierre Montan.* Amst. *in* 4°. 1632. Cet Ouvrage est encore un fruit de sa jeunesse, & une pure compilation de *Guichardin* & d'autres Auteurs.

5. *C. Plinii Panegyricus recensitus.* Lug. Bat. 1632. & 1648. It. *Amstelod.* 1659. *in* 12.

6. *Animadversiones in Suetonium Tranquillum* Lug. Bat. 1632. & 1645. *in* 12. Ces éditions n'ont pas été estimées.

7. *Poëtæ Satyrici minores cum Commentariis.* Lug. Bat. 1632. *in* 8°. Ouvrage peu estimé. *Boxhornius* y rapporte comme une Piece ancienne

ancienne la Satyre du Chancelier
Michel de l'Hôpital, de Lite, &
l'accompagne de fes notes.

M. Z.
Boxhor-
nius.

8. *Refpublica Leodienfium.* Lug.
Bat. 1633. *in* 24. C'eſt une des petites Republiques.

9. *Apologia pro Navigationibus*
Hollandorum adversùs Pontum Heu-
terum. Lug. Bat. 1633. *in* 24. It.
1638. *in* 12. It. *Londini* 1636. *in*
8°. On y a joint le Livre de Grotius intitulé, *Mare liberum*, qui
tend au même but.

10. *Emblemata Politica*, & *Dif-*
fertationes Politica. Amſtelod. 1634.
& 1651. *in* 12. Cet Ouvrage eſt
ingenieux & ſçavant, ſelon *Ru-*
diger.

11. *Julii Cæſaris Opera cum Com-*
mentariis variorum. Amſtelod. 1634.
fol. Rudiger témoigne beaucoup
d'eſtime pour cet Ouvrage.

12. *Grammatica Regia*, ſive nova & *facillima Ratio diſcendi Lin-*
guæ Latinæ præcepta pro Chriſtina
Suecorum Regina. Holmiæ 1635. *in*
12. It. Lug. Bat. 1650. *in* 12.

13. *D. Catonis Diſticha de Mo-*
ribus Græco-Latina, *cum notis.* Lug.
Bat. 1635. *in* 8°.

Q

M. Z.
BOXHOR-
NIUS.

14. *Orationes duæ de vera Nobili-tate & ineptiis sæculi. Lug. Bat.* 1635. *fol.* Il y montre qu'il n'y a de veritable Noblesse que celle qui est fondée sur la vertu & la capacité.

15. *Oratio inauguralis de majestate Eloquentiæ Romanæ. Lug. Bat. 1636. in* 4°.

16. *Orationes tres de Theologia Paganorum, Fabulis Poëtarum & Animarum immortalitate. Lug. Bat.* 1636. *in* 4°.

17. *Oratio funebris in obitum Illustr. Herois, Dominici Molini, Patricii & Senatoris Veneti. Lug. Bat.* 1636. *fol.*

18. *Character Caufarum Patroni. Lug. Bat.* 1637. *in* 4°.

19. *Character Amoris. Lug. Bat.* 1637. *in* 4°.

20. *Panegyricus Celsissimo Arau-sionensium Principi, Friderico Henrico, post Brenam oppugnatam dictus. Lug. Bat.* 1637. *fol.*

21. *Quæstiones Romanæ, in quibus sacri & profani Ritus, plurima etiam Antiquitatis Monumenta eruuntur & explicantur. Lug. Bat.*

1637. *in* 4°. Cet Ouvrage a été in- M. Z.
feré dans le cinquiéme tôme des Boxhor-
Antiquitez Romaines de Gravius. nius;

22. *Monumenta Illustrium Virorum æri incisa & elogia. Lug. Bat.*
1638. *fol.*

23. *Justinus cum notis. Amstelod.*
1638. *in* 12. Cette Edition, quoique réimprimée plusieurs fois depuis, n'en est pas plus estimée.

24. *Panegyricus in Classem Hif-
panorum profligatam. Lug. Bat.*
1639. *fol.*

25. *Oratio de somniis habita cum
ordiretur interpretationem somnii Scipionis. Lugd. Bat.* 1639. *in* 4°.

26. *Historia obsidionis Bredanæ
& rerum anno* 1637. *in Belgio aut
alibi gestarum. Lugd. Bat.* 1640. *fol.*

27. *De Typographica Artis Inven-
tione & Inventoribus Dissertatio.
Lugd. Bat.* 1640. *in* 4°. Boxhornius fait honneur à la Ville de *Har-
lem* de l'invention de l'Imprimerie.

28. *Dissertatio de Trapezitis, vul-
go Longobardis, qui in fœderato
Belgio mensas fœnebres exercent.
Lugd. Bat.* 1640. *in* 8°. It. *Gro-
ninga* 1658. *in* 4°.

Q ij

29. *Panegyricus in Nuptias Principis Araufionenfium Guilielmi, & Mariæ, Britanniæ Regis filiæ. Lugd. Bat. 1641. in fol.*

30. *Oratio in excessum Illustris Viri Cornelii Vander Myle. Lugd. Bat. 1642. fol.*

31. *Oratio quâ Ser. Henrica Mariæ, magnæ Britanniæ Reginæ urbem Leydenfem fubeuntis adventum veneratur. Lugd. Bat. 1642. fol.*

32. *Oratio in excessum Ill. Principis Conftantini Alexandri. Lugd. Bat. 1642. fol.*

33. *Commentarius in Vitam Agricolæ Cornelii Taciti. Lugd. Bat. 1642. in 12.* Ce Commentaire ayant été attaqué par un Anonyme, il fit pour lui répondre l'Ouvrage fuivant.

34. *Apologia pro Commentario ad Agricolam Taciti, adverfus Dialogiftam. Amftel. 1643. in 12.*

35. *Animadverfiones in Cornelium Tacitum. Amftel. 1643. & 1648. in 12. It. 1673. in 8°. It. Lugd. Bat. 1642. in 12. It. Venet. 1645. in 12.*

36. *Histoire des Pays-Bas. Livre I. contenant les changemens qui fe*

font faits dans le Culte & dans la   M. Z.
Doctrine, jufqu'au temps de l'Em-   BOXHOR-
pereur Charles-Quint.(en Flamand) NIUS.
Leyde 1644. & 1649. *in* 4°.

37. *Chronique de Zelande écrite par*
Jean Reygersberg, corrigée & aug-
mentée. (en Flamand) *Middel-*
bourg. 1644. *in* 4°.

38. *Du Culte de la Deeſſe Neha-*
lennie. (en Flamand) *Leyde* 1647.
in 4°.

39. *Plinii Epiſtolæ, una cum ejus*
Panegyrico, recenſitæ. Lugd. Bat.
1648. *in* 12. It. *Amſtel.* 1659. *in* 12.

40. *Diſſertatio de Amneſtia. Lugd.*
Bat. 1648. *in* 12.

41. *Diſſertatio de Succeſſione &*
Jure Primogenitorum, in adeundo
Principatu, ad Carolum II. Magnæ
Britanniæ Regem. Lugd. Bat. 1649.
in 4°. Il compoſa cet Ouvrage en
faveur du Roi Charles II. fugitif
de ſes Etats.

42. *De Majeſtate Regum Princi-*
pumque Liber ſingularis, adverſus
J. B. cogitationes ſubitaneas in Diſ-
ſertationem de ſucceſſione &c. Lugd.
Bat. 1649. *in* 4°.

43. *Commentariolus de Statu Bel-*

190 *Mém. pour servir à l'Histoire
gii fœderati. Hagæ Comitum* 1649.
in 12. It. 1650. *tertia editio auctior
& emendatior.* It. *Sexta editio.*
1659. » On a été fâché dans ces
» Provinces, dit *Sorbiere* dans sa
Lettre 63. à M. Patin, écrite de
» Hollande, de la publication de
» cet Ouvrage, parce que l'Au-
» teur y donne une idée fort nette
» du Gouvernement de cette Re-
» publique, & que cela devoit de-
» meurer *inter arcana Imperii. Box-
» hornius* avoit dressé ce Commen-
» taire pour ses Ecoliers en Politi-
» que, & le leur avoit dicté en par-
» ticulier ; mais le secret a été
» éventé, & il s'en fait tant de
» copies, qu'enfin un Libraire l'a
» mise sous presse. La premiere édition est la meilleure, parce qu'on
retrancha dans les suivantes plusieurs choses par ordre des Etats
Generaux.

44. *Oratio funebris in excessum
Adriani Falckoburgii Med. D. &
Professoris. Lugd. Bat.* 1650. *in* 4°.

45. *Haymonis Historiæ Ecclesia-
sticæ Breviarium, cui adjuncta prima Religionis Christianæ Rudimenta,*

vetuſtiſſima Alemannorum & Saxo- M. Z.
rum Lingua conſcripta. Lugd. Bat. BOXHOR-
1650. *in* 12. NIUS.

46. *Diſquiſitiones Politicæ , id*
eſt , novem Caſus Politici , ex omni
Hiſtoria ſelecti. Hagæ Comitum
1650. & 1655. *in* 12. It. *Erfurti*
1664. *in* 12. It. avec les autres
Traitez Politiques de *Boxhornius ,*
à *Amſterdam* 1663. Cet Ouvrage a
été traduit en François ſous ce
titre : *Recherches Politiques très-*
curieuſes , tirées de toutes les Hiſtoi-
res , tant anciennes que modernes.
Par François Savinien Dalquié. Am-
ſterdam 1669. *in* 12.

47. *Diſſertatio de Græcæ, Romanæ*
& *Germanicæ Linguarum harmo-*
nia. Lugd. Bat. 1650. *in* 12. Il tâche d'y montrer la convenance
de ces trois Langues.

48. *Hiſtoria univerſalis Sacra &*
Profana à nato Chriſto ad annum
1650. *Lugduni Bat.* 1651. & 1652.
in 4°. It. *Coloniæ Allobrog.* 1674.
in 4°. It. *Lipſiæ* 1675. *in* 4°. M.
Lenglet prétend que cet Ouvrage
eſt peu de choſe , & qu'il ne méritoit pas d'être réimprimé ſi ſou-

19. *Mem. pour servir à l'Hist...* vent. Mais M. *Mencke* assure que c'est un Livre très-utile à ceux qui recherchent les Origines & les Droits des Nations. Les dix années de continuation qui se trouvent dans l'Edition de Lipsic, sont d'*Otto Mencke.*

49. *Orationes varii argumenti.* *Amstelod.* 1651. *in* 12. C'est un recueil de plusieurs Pieces d'Eloquence qui avoient déja paru auparavant.

50. *Oratio in excessum Guilielmi Principis Arausiæ , Comitis Nassovii. Lugd. Bat.* 1651. *fol.*

51. *Metamorphosis Anglorum. Hagæ Com.* 1653. *in* 12. Il publia cet Ouvrage après la mort de *Charles* I. Roi d'Angleterre.

52. *Originum Gallicarum Liber, in quo veteris & nobilissimæ Gallorum Gentis Origines , Antiquitates , Mores & Lingua , aliaque eruuntur aut illustrantur. Cui accedit antiqua Linguæ Britannicæ Lexicon Britannico-Latinum , insertis explicatisque passim adagiis Britannicis. Amstelod.* 1654. *in* 4°. Cet Ouvrage est estimé , quoiqu'imparfait.

53. *Idea*

53. *Ideæ Orationum è selectiori* M. Z. *materia moderni status Politici de-* BOXHOR-*sumptæ Lugd. Bat.* 1657. *in* 12. It. NIUS. *Lips.* 1661. *in* 12.

54. *Institutionum Politicarum Libri duo. Lugd. Bat.* 1657. & 1668. *in* 12. It. *Lips.* 1659. & 1672. *in* 12.

55. *Chronologia Sacra & Profana. Francof.* 1660. *fol.*

56. *Epistolæ & Poëmata. Amsterd.* 1662. *in* 12. It. *Lips.* 1679. *in* 12. Cette derniere Edition est accompagnée d'une Préface de *Jacques Thomasius*, qui merite d'être luë.

57. *Dissertatio de Imperio Romanorum. Jenæ* 1664. *in* 12.

Voyez son Eloge par *Lambert Barlee* dans les *Mémoires de Witten*, *sixiéme Decade*; & par Jacques Ba-*selius* à la tête de ses Lettres.

JEAN JUSTIN CIAMPINI.

JEAN-*Justin Ciampini* nâquit J. JUSTIN à *Rome* le 13. Avril 1633. d'une CIAMPI-honnête Famille. Après qu'il eut NI.

J. JUSTIN
CIAMPI-
NI.

fait ses classes, son frere aîné, *Pierre Ciampini*, qui depuis la mort de leurs pere & mere étoit devenu son Tuteur, le fit étudier en Droit, dans le dessein d'en faire un Avocat ; mais il se dégoûta de cette étude, qu'il abandonna après s'y être appliqué pendant deux ans. Son frere avoit appris la Pratique de la Chancellerie Apostolique, & étoit parvenu par-là à la Charge de Secretaire des Brefs secrets, & il resolut de suivre son exemple. Celui-ci s'y opposa, sous prétexte qu'il ne falloit pas que deux personnes d'une même famille embrassassent la même profession ; mais voyant que son inclination l'y portoit si fortement, il se rendit à ses desirs, & le confia à l'instruction d'une personne très-entenduë dans les matieres de la Chancellerie, nommé *Pierre Gentili*.

Ciampini s'appliqua avec beaucoup d'ardeur sous sa conduite à apprendre tout ce qui étoit de son ressort, sans negliger cependant les belles Lettres & les Sciences, qui servoient à remplir ses momens

de loifir. Il fe rendit même fi ha- J. JUSTIN
bile, que fon Maître, qui étoit CIAMPI-
Secretaire du Cardinal *François* NI.
Barberin, Vice-Chancelier de la
fainte Eglife pour les affaires Con-
fiftoriales, le fit en 1650. fon Sub-
ftitut dans cette Charge.

Ce Prélat ayant été élevé en
1653. à la Charge de Soudataire
& d'Abbreviateur du grand Parc,
& *Pierre Ciampini* ayant été fait
Secretaire du Vice-Chancelier à
fa place, *Jean Ciampini* fuivit par
le confeil de fon frere fon premier
Maître, afin d'achever de fe perfectionner fous lui dans la connoiffance des affaires. Mais *Gentili* mourut l'année fuivante (1654.) & fa
Place fut donnée à *Pierre Ciampini. Jean Ciampini* trouva le moyen
de s'avancer par cette mort, car
le Cardinal *Barberin* prévenu favorablement pour lui, lui donna le
Pofte de fon frere & le fit fon Secretaire pour les affaires Confifto-
riales.

La Pefte qui fe fit fentir en Italie en 1656. l'obligea à fortir de
Rome, qui en étoit ménacée, & il

R ij

parcourut plusieurs Villes de ce pays, fuyant de côté & d'autre pour l'éviter. Il fit un assez long séjour à *Macerata*, où il se fit recevoir Docteur en Droit le 11. Avril 1657.

Son frere *Pierre*, qui vouloit le tenir toûjours dans sa dépendance, voyant qu'il ne portoit pas assez patiemment à son gré le joug qu'il lui imposoit, & qu'il tâchoit peu à peu de s'y soustraire, lui causa dans la suite beaucoup de chagrin; & quelques soumissions dont il usât pour l'appaiser, il ne put jamais en venir à bout. Leurs disputes avoient commencé avant son départ de Rome, mais après son retour en 1657. ils s'aigrirent tellement l'un contre l'autre, que *Jean Ciampini* fut obligé de quitter la maison paternelle, où il demeuroit avec son frere, pour aller loger chez une de ses sœurs. Pendant les douze années qu'il y fut il lui arriva de grands accidens, & il eut à soûtenir de rudes disgraces. L'Auteur de sa Vie qui rapporte ce fait, n'a pû sçavoir en quoi elles confiftoient, il J. Justin dit feulement qu'il eut deux ma-Ciampi-ladies mortelles en 1666. ni.

Ses peines & fes chagrins ne pûrent cependant lui faire abandonner l'étude, à laquelle il s'appliquoit avec une ardeur inconcevable. Plufieurs Sçavans de fon temps parlent avec reconnoiffance des fecours qu'ils ont tirez de lui pour la compofition de certains Ouvrages. Il eut auffi part au Journal des Sçavans, qui commença à paroître à Rome en 1668. Comme on eft peu inftruit de ce qui regarde ce Journal, ce ne fera pas une chofe étrangere à mon fujet que d'en faire connoître ici les Auteurs.

Michel Ange Ricci, qui fut depuis Cardinal, *Jean Luci*, *Salvator* & *François Serra*, *François Nazzari*, *Thomas de Giuli*, *Jean Paftrizi* & *Ciampini* en formerent le deffein. Ils convinrent de faire chacun en particulier des extraits des Livres qui paroîtroient & de les donner à *Nazzari* & à *Salvator Serra*, qui furent commis

R iij

pour donner la forme aux extraits. Le premier devoit travailler sur les Livres François, & le second sur les autres. Ils commencerent sur ce pied-là, & le premier Journal commença en 1668. Mais *Serra*, qui étoit Auditeur du Cardinal *Charles Pio*, ne pouvant suffire aux occupations que lui donnoit cette Charge, & à la composition du Journal, s'en déchargea entierement sur *Nazzari*, dont il connoissoit l'habileté par rapport à cette sorte d'Ouvrage. *Nazzari* continua donc seul le Journal qui s'imprima chez *Tanaßi* jusqu'au mois de Mars 1675. S'étant alors brouillé avec cet Imprimeur, il en fit imprimer la suite chez *Mas-cardi* & d'autres aux dépens de *Be-noît Carrara*, comme il est marqué à la fin du huitiéme Journal de cette année 1678.

Jean Ciampini mécontent du changement d'Imprimeur quitta la societé & en forma une au-tre, dont les membres furent *Luc Antoine Porzio*, le P. *François Eschinardi* Jesuite, *Philippe Buo-*

narotti , depuis Senateur de *Flo-* J. JUSTIN
rence, *Dominique Quarteroni,* *Fran-* CIAMPI-
çois Brunacci & François Marie NI.
Onorati , qui choiſirent chacun le
genre de Litterature qui leur convenoit davantage. Ainſi le Journal continua à paroître chez *Ta-*
naſſi juſqu'à la fin de l'année 1679.
Ainſi tout ce qui a été imprimé
chez *Tanaſſi* juſqu'au mois de Mars
1675. & enſuite chez *Maſcardi* &
par d'autres aux dépens de *Car-*
rara, eſt l'Ouvrage de *Nazzari,* au
lieu que tout ce que *Tanaſſi* en a
imprimé depuis , eſt l'Ouvrage de
la Societé nouvelle de *Jean Ciam-*
pini, qui a contribué ainſi à un Livre ſi utile depuis ſon commencement juſqu'à ſa fin.

En 1669. *Jean Ciampini* com-
menca à appercevoir la fin de ſes
diſgraces. Car ſon frere prenant
à ſon égard d'autres diſpoſitions
que celles qu'il avoit euës juſques-
là , ſe réconcilia ſincerement avec
lui , & pour le dédommager des
maux qu'il lui avoit faits, lui procura en même temps deux Charges , l'une de Maître des Brefs de

J.JUSTIN
CIAMPI-
NI.

Grace, & l'autre de Préfet des Brefs de Juftice, & il en prit pofſeſſion l'année ſuivante.

Mais la double joye qu'il eut d'avoir recouvré les bonnes graces de ſon frere, & d'être parvenu à la Prélature, fut troublée par la mort de ſon frere, qui arriva la même année. Quelques chagrins qu'il lui eût cauſez, le ſouvenir de ſes bienfaits étoit plus préſent à ſon eſprit, & il le regretta comme l'auteur des avantages dont il joüiſſoit.

Les Charges de *Ciampini* ne l'empêcherent pas de donner encore de l'application à l'étude des Antiquitez; il voulut même y joindre celle des Méchaniques. Ce n'étoit cependant là que des amuſemens pour lui; ſa principale étude étoit l'Hiſtoire Eccleſiaſtique, & ce fut par ſes ſoins qu'il ſe forma en 1671. à *Rome* une Academie deſtinée à cette ſorte de ſcience, dont les Aſſemblées commencerent à ſe tenir la même année dans le College de la *Propagande*.

En 1672. il fut reçu au nombre J. JUSTIN
des Abbreviateurs du grand Parc, CIAMPI-
Dignité, à laquelle on joignit en NI.
1681. celle de Secretaire de ce Parc.
Des emplois fi differens fembloient
devoir lui ôter le temps de s'appliquer à l'étude, mais on en a toûjours pour ce que l'on aime. Quelque occupé qu'il fût, il fçavoit
toûjours trouver des momens pour
donner aux fciences, & pour vifiter les Antiquitez voifines de Rome. Il lui arriva un jour un accident en voulant fatisfaire fa curio-
fité fur ce fujet, il s'étoit engagê
dans un fouterrain, où il efperoit
trouver quelque chofe de fingu-
gulier; mais il n'y eut pas plûtôt
fait deux pas, qu'il tomba dans un
puits profond, & fe caffa une
jambe.

En 1675. il fe broüilla avec un de
fes freres, avec lefquels il demeuroit, & alla loger dans une maifon féparée, où il établit en 1677.
fous la protection de la Reine de
Suede, une Academie de Phyfique
& de Mathematique, qui devint
bientôt celebre.

Il fut reçu le 27. Mai 1691.

J. JUSTIN CIAMPI- NI. dans celle des Arcadiens. Ses Écrits commençoient à lui donner un grand nom parmi les Auteurs ; & ceux qu'il composa dans la suite augmenterent beaucoup sa réputation. Il s'étoit défait en 1694. de sa Charge de Préfet des Brefs de Grace, pour se procurer plus de loisir, mais le Pape lui donna l'année suivante celle d'Abbreviateur de la Cour.

Il est mort le 12. Juillet 1698. âgé de 85. ans.

Suivant le portrait que nous en donne l'Auteur de sa Vie, il étoit d'un temperamment fort vif, il se laissoit facilement emporter à la colere, mais s'appaisoit de même; dur envers ses amis, il n'avoit point à leur égard cette condescendance si necessaire pour entretenir l'amitié ; un peu prévenu en sa faveur, il se croyoit capable des plus grandes entreprises, & s'y livroit dans l'occasion ; quand il avoit une fois embrassé un sentiment, il le soûtenoit avec chaleur, & ne s'en déprenoit pas aisement: sa vivacité ne lui permettoit pas de travailler long-temps à ses Ouvrages, c'eſt ce qui fait que ſouvent J. Justin il n'y a pas aſſez d'ordre, & que Ciampi-la diction n'en eſt pas aſſez pure. NI.

Catalogue de ſes Ouvrages.

1. *Diſcorſo tenuto da N. N. nell' Academia Fiſico-Matematica Romana in occaſione della Cometa apparſa il meſe d'Agoſto dell' anno 1682. & oſſervazioni ſopra di eſſa fatte in Roma 1682. in 4°.* C'eſt un Diſcours qu'il fit dans l'Academie qu'il avoit formée chez lui, & auquel il n'a pas voulu mettre ſon nom.

2. *Nuove invenzioni di Tubi Ottici demoſtrate nell' Academia Fiſico-Matematica Romana l'anno 1686. da Carlo di Napoli. In Roma 1686. in 4°.* Il s'eſt caché dans cet Ouvrage ſous le nom de *Carlo di Napoli.*

3. *Conjecturæ de perpetuo Azimorum uſu in Eccleſia Latina, vel ſaltem Romana. Romæ 1688. in 4°.* Le P. *Sirmond* Jeſuite mit au jour en 1651. un petit Traité, où il ſoûtint que l'Egliſe Latine s'étoit ſervi autrefois de pain levé dans la Conſécration de l'Euchariſtie. M. de

J.JUSTIN
CIAMPI-
NI.

Launoy travailla fur le même fujet, & ajoûta de nouvelles preuves pour ce fentiment à celle de ce fcavant Jefuite ; fentiment qui a été fuivi auffi par le Cardinal *Bona.* M. *Ciampini* a compofé cet Ouvrage pour foûtenir le fentiment côntraire, du moins par rapport à l'Eglife Romaine, qu'il prétend ne s'être jamais fervi que de pain azyme.

4. *Examen Libri Pontificalis, five vitarum Romanorum Pontificum, quæ fub nomine Anaftafii Bibliothecarii circumferuntur, cum Catalogo S. Romanæ Ecclefiæ Bibliothecariorum juxta chronologicum ordinem. Romæ* 1688. *in* 4º. Les Sçavans font fort partagez fur l'Auteur des Vies des Papes, que l'on attribuë communement à *Anaftafe le Bibliothecaire.* Le Sentiment que M. *Ciampini* fuit & prétend établir dans cet Ouvrage, confifte en deux points. 1º. Que ces Vies ne font pas d'un feul Auteur, mais de plufieurs ; ce qui paroît clairement en ce que quelques-uns font connoître qu'ils ont été contemporains des Papes même dont ils fai-

foient l'éloge. 20. Qu'entre toutes
ces Vies il n'y a que celles de *Gre-*
goire IV. qui fut élu en 827., de
Serge II. de *Leon* IV. de *Benoît* III.
& de *Nicolas* I. qui ayent été écrites par *Anastase.*

5. *Parergon ad examen LibriPon-*
tificalis, sive Epistola Pii II. ad Ca-
rolum VII. Regem Franciæ ab Hæ-
reticis depravata & à Launoiana
calumnia vindicata. Romæ 1688.
in 4°. Il s'agit dans cette Dissertation d'un passage d'une Lettre du
Pape *Pie* II. citée en ces termes
par M. *de Launoy* : *Doctoribus Se-*
dis Apostolicæ semper non credas. M.
Ciampini prétend que c'est une fal-
sification des Heretiques, & qu'il
faut lire *detractoribus*, non pas
Doctoribus.

6. *Vetera Monumenta, in qui-*
bus præcipuè musiva Opera, facra-
rum profanarumque Ædium stru-
ctura, ac nonnulli antiqui ritus dis-
fertationibus iconibusque illustran-
tur. Romæ. 2 tom. *fol.* Le premier
en 1690. & le second en 1699.
Cet Ouvrage doit sa naissance au
hazard. Un Etranger recomman-

dable par la noblesse de son extrac-
tion & par son esprit, étant à
Rome y considera avec une attention particuliere les plus précieux Monumens de l'Antiquité
dont elle est remplie, & pria les
plus sçavans hommes qu'il put
trouver de lui en faciliter l'in-
telligence. M. *Ciampini* fut de ce
nombre ; il se fit un plaisir de faire
voir à cet Etranger ce qui reste de
plus curieux dans les bâtimens &
dans les ruines de l'ancienne *Rome*,
le considera avec lui, en prit les
desseins, en chercha l'origine, recueillit ce que les meilleurs Ecrivains en avoient dit, & forma
ainsi insensiblement cet Ouvrage,
qui contient un grand nombre de
choses curieuses.

7. *Dissertatio historica, an Ro-
manus Pontifex Baculo Pastorali
utatur. Romæ* 1690. *in* 4°. M.
Ciampini avoit proposé dans l'Ouvrage précedent la question : Si les
Papes ont porté autrefois la Crosse,
& l'avoit décidée affirmativement.
Le Cardinal *Vincent Marie Orsini,*
maintenant le Pape *Benoît* XIII.

lui oppofa fur ce fujet l'autorité J. Justin
d'*Innocent* III. qui dit le contrai- Ciampi-
re, & l'exhorta à éclaircir davan- ni.
tage ce point d'Hiftoire. C'eft
ce qui a donné occafion à ce petit
Ouvrage, où M. Ciampini apporte de nouvelles preuves de ce
qu'il avoit avancé.

8. *De incombuftibili lino, five
lapide Amianto, deque illius filandi
modo epiftolaris Differtatio.* Romæ
1691. *in* 4°. Ce petit Ouvrage eft
fort curieux.

9. *De Abbreviatorum de Parco
majori, five Affiftentium S. R. E.
Vicecancellario in Litterarum Apo-
ftolicarum expeditionibus antiquo fta-
tu, illorumque in Collegium Erectione,
Munere, Dignitate, Prærogativis
ac Privilegiis Differtatio hiftorica.*
Romæ. 1691. *fol.* M. Ciampini a
cru devoir compofer cet Ouvrage
pour répondre à l'honneur qu'on
lui avoit fait de le mettre du nombre des douze Prélats Referendai-
res de l'une & l'autre Signature,
& Abbreviateur du grand Parc.
La fonction de ces Abbreviateurs
eft d'expedier les Brefs du Pape,

J. JUSTIN CIAMPI- NI.

ou les Lettres de moindre importance, scellées en cire rouge de l'Anneau du Pêcheur & sans plomb. Ils ont été appellez Abbreviateurs du Parc, à cause que le lieu où ils s'assemblent est fermé comme un Parc, & entourré d'une balustrade de bois à hauteur d'homme.

10. *Enarratio Synoptica qualitatum gestorumque Abbreviatorum de Parco majori S. R. E. Vicecancellario assistentium in expeditionibus Litterarum Apostolicarum, quæ in Cancellaria Apostolica peraguntur. Romæ* 1691. *fol.* C'est la seconde Partie de l'Ouvrage precedent, où l'on trouve un Catalogue des Abbreviateurs qui ont vécu depuis l'an 1355. jusqu'à ce temps.

11. *Sacro-historica Disquisitio de duobus Emblematibus, quæ in Cimelio Emin. & Rever. D. Gasparis Cardinalis Carpinei asservantur, in quorum altero præcipuè disceptatur, An duæ Philippi Imperatores fuerint Christiani. Romæ* 1691. *in* 4°.

12. *De vocis correctione in Sermone VII. S. Leonis Magni de Nativitate*

vitate Domini. Roma 1693. *in* 4°. J. JUSTIN

13. *De facris Ædificiis à Con-* CIAMPI-
ftantino Magno conftructis Synopfis NI.
hiftorica. Roma 1693. *fol.* Il y a de
grandes recherches dans cet Ouvrage.

14. *Il Teatro de' grandi difcorfo
Academico. In Roma* 1693. *in* 4°.
C'eft un Difcours qu'il devoit pro-
noncer dans une Affemblée de Sçavans qui fe tenoit dans le Palais
de la Chancellerie fous la protection du Cardinal *Ottoboni*, mais
qu'une indifpofition qui lui furvint le jour marqué pour cela,
l'empêcha de dire ; il fe contenta
donc d'en envoyer un précis à
l'Affemblée, le refervant tout entier pour l'impreffion. Tout le
monde fut perfuadé que fon indifpofition n'étoit que feinte, & qu'il
ne voulut point s'expofer à parler
devant une Compagnie fi illuftre,
fur tout n'ayant point le talent ne-
ceffaire ni la parole bien libre. Il
prétend faire voir dans ce Difcours que le Palais où l'on s'affem-
bloit étant bâti fur les ruines du
Theatre de *Pompée*, a toûjours été

S

J. JUSTIN un Theatre de Personnes illustres ;
CIAMPI- ce qui lui fournit l'occasion de
NI. loüer ceux qui l'occupoient, & les
Sçavans qui s'y assembloient.

15. *Investigatio historica de cruce stationali. Romæ* 1694. *in* 4°. L'Auteur traite dans cet Ouvrage des Croix que l'on porte à la tête des Processions.

16. *Abbreviatoris de Curia compendiaria notitia. Romæ* 1696. *in* 4°.

17. *Explicatio duorum Sarcophagorum sacrum Baptismatis ritum indicantium. Romæ* 1697. *in* 4°. Cette explication n'est appuyée que sur des conjectures.

18. *De S. Romanæ Ecclesiæ Vicecancellario, illiusque Munere, Auctoritate & Potestate, deque Officialibus Cancellariæ Apostolicæ aliisque ab eodem dependentibus. Romæ* 1696. *in* 4°.

M. *Ciampini* a laissé encore plusieurs Ouvrages manuscrits, qui suivant les apparences ne verront jamais le jour.

Ferdinand Fabiani a fait imprimer à sa loüange un livre intitulé : *Il merito applaudito e gli applausi*

premiati. In Fermo 1694. Il ramaſſe
dans cet Ouvrage tous les éloges
qui ont été donnez à M. *Ciampini,*
ſoit en Vers, ſoit en Proſe dans
differens livres, & ceux que M.
Ciampini a donné en reconnoiſ-
ſance aux Auteurs qui l'ont loué.
Le Compilateur a fait une plaiſante
bévuë, qu'il ne ſera pas inutile de
citer ici, pour faire voir à quoi on
s'expoſe quand on veut tirer quelque choſe d'une Langue qu'on entend imparfaitement. En citant
un *Voyage d'Italie,* il a cru que ces
mots, *enrichi de deux liſtes,* qui ſont
à la fin du titre, étoient le nom
de l'Auteur du Voyage, & ſur
cela il marque que *Monſieur enri-*
chi de deux liſtes n'a pas manqué
de rendre juſtice au merite de M.
Ciampini.

V. ſa Vie par l'Abbé *Vincent*
Leonio de Spolete, dans *le Vite de-*
gli Arcadi tom. 2.

NICOLAS LEMERY.

NICOLAS LEMERY. NICOLAS Lemery nâquit à
Rouen le 17. Novembre 1645.
de *Julien Lemery*, Procureur au
Parlement de Normandie, qui étoit
de la Religion prétenduë Réfor-
mée. Il fit ses études dans le lieu
de sa naissance ; après qu'elles furent finies, il alla apprendre la
Pharmacie chez un Apoticaire de
Rouen, qui étoit de ses parens. Il
s'apperçut bientôt que la science
qu'on appelloit Chymie, & qu'il
ne connoissoit gueres que de nom,
devoit être plus étenduë que celle
que sçavoit son Maître, & il vint
en 1666. chercher cette Chymie à
Paris.

Il s'adressa à M. *Glazer*, alors
Demonstrateur de la Chymie au
Jardin du Roi, & se mit en pension chez lui pour être plus à portée de profiter de ses instructions.
Mais malheureusement M. *Glazer*
étoit un de ces Chymistes pleins
d'idées obscures, & avare de ces

idées , & par conſequent trop peu   N. Le-
ſociable. M. *Lemery* le quitta donc mery.
au bout de deux mois , & prit le
parti de voyager par la France
pour voir les plus habiles gens en
ce genre , & pour ſe compoſer une
ſcience des differentes connoiſſances qu'il en tireroit.

Il demeura trois ans à *Mont-*
pellier chez M. *Vernant* Apoticaire , où il eut la commodité de travailler , & même de donner des
leçons à pluſieurs jeunes Etudians
qu'avoit ſon Hôte. Ces leçons qui
lui furent fort utiles pour avancer
dans la connoiſſance de la Chymie , attirerent bientôt tous les
Profeſſeurs de la Faculté de Medecine & les Curieux de Montpelier , car il avoit déja des nouveau-
tez pour les plus habiles.

Quoiqu'il ne fût point Docteur,
il ne laiſſa pas de pratiquer la Medecine dans cette Ville , où ſa reputation lui ſervoit de titre.

Il revint à *Paris* en 1672. après
avoir fait le tour de la France. Il
y fit connoiſſance avec M. *Mar-*
tin , Apoticaire de M. le Prince,

& profitant du Laboratoire qu'il avoit à l'Hôtel de Condé, il y fit un cours de Chymie qui le fit connoître & eſtimer du Prince chez qui il travailloit.

Il voulut enfin avoir un Laboratoire à lui. Il pouvoit également ſe faire recevoir Docteur en Medecine ou Apoticaire, la Chymie le détermina au dernier parti, & il en ouvrit auſſi-tôt des Cours publics, où l'affluence du monde devint bientôt ſi grande, qu'à peine avoit-il de la place pour ſes operations.

La Chymie avoit été juſques-là une ſcience, où un peu de vrai, comme il le dit lui-même, étoit tellement diſſous dans une grande quantité de faux, qu'il en étoit devenu inviſible, & tous deux preſque inſeparables. Au peu de proprietez naturelles que l'on connoiſſoit dans les mixtes, on en avoit ajoûté une infinité d'imaginaires; les Métaux y ſimpatiſoient avec les Planetes & avec les principales parties du Corps humain; on y affectoit un langage barbare; les

operations chymiques n'étoient N. Le-
décrites dans les Livres que d'une MERY.
maniere énimatique. M. *Lemery*
diſſipa le premier ces ténebres af-
fectées de la Chymie, la réduiſit
à des idées plus nettes & plus ſim-
ples, abolit la barbarie inutile de
ſon langage, & ne promit de ſa
part que ce qu'elle pouvoit exécuter.

Quoi qu'il eût découvert au Public par ſon cours de Chymie qu'il
lui donna, les ſecrets de cette
ſcience, il s'en étoit réſervé quelques-uns, par exemple, un émeti-
que fort doux & plus ſûr que l'ordinaire, & un opiat méſenteri-
que, avec lequel on prétend qu'il
a fait des cures ſurprenantes, &
que pas un de ceux qui travail-
loient ſous lui n'a pû découvrir.
Il ne doutoit pas que de tant de
richeſſes qu'il répandoit liberale-
ment, il ne lui fût permis d'en
garder quelque petite partie pour
ſon uſage particulier.

Sa vie commença en 1681. à être
fort troublée à cauſe de ſa Religion. Il reçut ordre de quitter ſon

N. LE-
MERY.

Emploi dans un temps marqué.
L'Electeur de Brandebourg, lui fit
alors propoſer par M. *Spanheim*,
ſon Envoyé en France de paſſer à
Berlin, où il créeroit pour lui une
Charge de Chymiſte: mais l'amour
de la Patrie, l'embarras de tranſ-
porter ſa famille dans un pays
éloigné, l'eſperance de quelque diſtinction le retinrent. Il fit même
encore après ſon temps expiré
quelques cours de Chymie à un
grand nombre d'Ecoliers, qui ſe
preſſoient de profiter d'un reſte
d'indulgence. Mais elle ceſſa enfin,
& il fut obligé de paſſer en Angleterre en 1683. Il fut fort bien
reçu du Roi *Charles* II. qui lui
donna de grandes eſperances; mais
comme les troubles qui paroiſſoient alors devoir s'élever en Angleterre, le menaçoient d'y trouver une vie auſſi agitée qu'en France, il ſe reſolut à y revenir, ſans
avoir encore pris de parti bien
fixe.

Il crut que la qualité de Docteur
en Medecine lui procureroit quelque tranquillité; ainſi il en prit
ſur

fur la fin de 1683. le Bonnet à N. Le=
Caen. Quand il fut de retour à *Pa-* MERY.
ris., il y trouva en peu de temps
beaucoup de pratique , mais non
pas la tranquillité dont il avoit
befoin. Les affaires de la Religion
Reformée empiroient de jour en
jour ; enfin l'Edit de *Nantes* ayant
été revoqué en 1685. l'exercice de
la Medecine lui fut interdit , de
même qu'à ceux de fa Religion.
Il demeura ainfi fans fonction &
fans reſſource avec peu de bien, &
dans l'embarras de ce qu'il devien-
droit. Il ne laiſſa pas de faire encore deux cours de Chymie , mais
fous de puiſſantes protections, l'un
pour les deux plus jeunes freres de
M. le Marquis de *Seignelai,* Secretaire d'Etat , l'autre pour Mylord
Salsbury, qui n'avoit pas crû pouvoir trouver en Angleterre la même inſtruction.

   Au milieu des traverſes qu'eſ-
ſuyoit M. *Lemery,* il vint enfin à
craindre un plus grand mal , qui
fut de fouffrir pour une mauvaiſe
cauſe ; il examina les preuves de
la Religon Catholique , & fe réu-

Tome IV. T

N. Le-
MERY.

nit bientôt après à l'Eglise avec
toute sa famille au commencement
de 1686.

Il reprit alors de plein droit
l'exercice de la Medecine, mais il
eut besoin de Lettres du Roi pour
les cours de Chymie & la vente de
ses remedes, parce qu'il n'étoit
plus Apoticaire. Il les obtint facilement, & les Ecoliers, les Malades, le débit des préparations
Chymiques lui revinrent bientôt.

Au renouvellement de l'Academie des Sciences en 1699. M. *Lemery* obtint une place d'Associé
Chymiste, qui à la fin de la même
année en devint une de Pensionnaire par la mort de M. *Bourdelin.*

En 1707. il commença a se ressentir beaucoup des infirmitez de
l'âge. Il eut quelques attaques d'a-
poplexie, ausquelles succeda une
Paralisie d'un côté, qui ne l'empêchoit pourtant pas de sortir.
Il alloit toûjours à l'Academie,
mais enfin il fallut qu'il renonçât
aux Assemblées, & demeurât chez
lui ; il se démit de sa Place de Pensionnaire, qui fut donnée à l'aîné

des deux fils qu'il avoit dans la   N. LE-
Compagnie. Il fut frappé en 1715. MERY.
d'une derniere attaque d'Apoplexie, qui dura ſix à ſept jours, &
mourut le 19. Juin 1715. âgé de
70 ans.

Preſque toute l'Europe a appris
de lui la Chymie; & la plûpart
des Chymiſtes françois & étrangers lui ont rendu hommage de
leur ſçavoir. C'étoit un homme
d'un travail aſſidu; il ne connoiſſoit que la chambre de ſes malades, ſon Laboratoire & ſon Cabinet.

Catalogue de ſes Ouvrages.

1. *Cours de Chymie contenant la*
maniere de faire les operations qui
ſont en uſage dans la Medecine par
une Methode facile. Paris 1675. *in*
8°. Il s'eſt fait un grand nombre
d'éditions de cet Ouvrage, dans
leſquelles il a preſque toûjours été
ajoûté quelque choſe de nouveau:
la derniere qui ſe ſoit faite du vivant de M. *Lemery*, eſt de l'an
1713. Ce Livre a été traduit en
Latin, en Allemand, en Anglois
& en Eſpagnol.

N. LE-
MERY.

2. *Pharmacopée universelle, contenant toutes les compositions de Pharmacie qui sont en usage dans la Medecine, tant en France que par toute l'Europe, leurs vertus, leurs doses, les manieres d'operer les plus simples & les meilleures, avec plusieurs remarques & raisonnemens sur chaque operation. Paris* 1697. *in* 4°. Ce Livre est le précis d'une infinité d'Ouvrages ausquels l'Auteur a fait les additions & les corrections que la grande connoissance qu'il avoit de la Pharmacie lui a fait juger necessaires.

3. *Traité universel de Drogues mises en ordre alphabetique. Paris* 1697. *in* 4°. It. *Seconde Edition corrigée & beaucoup augmentée. Paris* 1714 *in* 4°.

4. *Traité de l'Antimoine, contenant l'Analyse chymique de ce Mineral, & un recueil d'un grand nombre d'operations. Paris* 1707. *in* 12. L'Auteur a épuisé la matiere.

V. son Eloge par M. *de Fontenelles, Hist. de l'Acad. des Sciences.* 1715.

ANT. MAGLIABECCHI.

ANTOINE *Magliabecchi* nâquit à *Florence* le 28 Octo-bre 1633. Il n'avoit que fept ans lorfque fon pere mourut. Sa mere lui fit d'abord apprendre la Grammaire ; mais ayant enfuite changé fa deftination , elle le mit chez un des meilleurs Orfevres de *Florence* , après lui avoir fait apprendre les principes du deffin.

Il n'avoit àlors que 16 ans , & ce fut en ce temps-là que fa paffion pour les Lettres commença à fe déclarer. Il employoit le peu d'argent qu'il avoit à acheter des Livres qu'il cachoit avec un grand foin ; & quand on ne l'obfervoit pas , il facrifioit à la lecture une partie confiderable de fon fommeil. La volonté de fa mere arrêtoit une inclination fi noble , mais fa mort lui ayant laiffé la liberté de la fuivre, il s'y livra tout entier.

Il fe fit bientôt connoître à *Mi-*

'A. MA-
GLIABEC-
CHI.

chel *Ermini* , Bibliothecaire du
Cardinal de *Medicis*. Aidé des lumieres de cet excellent Maître , il
se mit , pour se perfectionner dans
la Langue Latine, à faire des traductions & des extraits des meilleurs Auteurs , & il y réussit en
peu de temps. Ses progrès dans la
Langue Hebraïque ne furent pas
moins rapides.

Son nom commença bientôt
après à devenir celebre parmi les
Sçavans. *Lambecius* dès l'an 1665.
en fit une mention honorable dans
ses Commentaires. On recouroit
à lui comme à un Oracle ; & sur
quelque chose qu'on le consultât ,
il répondoit avec la même solidité
& la même précision, que s'il n'eût
jamais étudié que la matiere pré-
sente , citant les Auteurs qui en
avoient traité , les Editions differentes de leurs Ouvrages , les Pa-
ragraphes , les Chapitres , les tex-
tes même. Il avoit effectivement
une mémoire si étenduë , qu'elle
embrassoit tout , le nom des Ecrivains, leur Patrie , leurs opinions,
leurs systêmes; & si fidelle, qu'elle

ne perdit jamais rien des lectures A. MA-
immenfes qu'il avoit faites. GLIABEC-

Il portoit fon avidité pour les CHI.
Livres jufqu'à lire ceux qui n'é-
toient pas tout-à-fait mauvais , &
il difoit d'eux , à l'exemple de Pli-
ne, qu'il en faifoit cas , dès qu'il
y apprenoit quelque chofe qu'il
ignoroit auparavant. Ainfi fa cu-
riofité mettoit tout à profit, & ne
perdoit rien d'un temps qu'il
croyoit devoir entierement à l'é-
tude. Il fe tenoit renfermé tout
le jour ehez lui , & n'ouvroit fa
maifon que le foir aux Sçavans,
qui venoient le voir & l'entendre.
Il ne penfoit à autre chofe qu'à
l'étude & aux livres , & oublioit
fouvent aux befoins les plus indif-
penfables , aufquels les hommes
font affujettis.

LeGrand Duc *Cofme* III.n'étant
encore que Prince de Tofcane ,
avoit ordonné au Cavalier *Marmi* , l'un de fes favoris , de raffem-
bler tous fes livres dans le lieu de
fon Palais le plus commode & le
plus voifin de fon appartement.
Magliabecchi , que ce Prince fit

T iiij

A. MA-
GLIABEC-
CHI.

alors son Bibliothecaire eut en cette qualité occasion de donner de nouvelles preuves de son érudition & de la connoissance parfaite qu'il avoit des livres. Cet Emploi ne changea rien à sa maniere ordinaire, il continua de vivre en Philosophe; toûjours aussi negligé dans ses habits, que simple dans ses manieres. Un vieux manteau lui servoit de robe de chambre pendant le jour, & de couverture pendant la nuit; il avoit pour table une chaise de paille, & pour lit une autre chaise, sur laquelle il demeuroit attaché à ses livres, jusqu'à ce qu'épuisé de travail il succombât au sommeil qui l'accabloit.

Il avoit une aversion extrême pour tout ce qui approchoit de la contrainte : le Grand Duc qui le connoissoit de ce genie, lui écrivoit de sa propre main, lorsqu'il avoit des ordres à lui donner, & le dispensoit par là de l'embarras de venir les recevoir lui-même. Le Pape & l'Empereur lui offrirent plusieurs fois des conditions honorables pour l'attirer à leur

ſervice, mais il refuſa toûjours A. MA-
conſtamment les offres les plus GLIABEC-
avantageuſes qu'on put lui faire CHI.
de leur part, pour demeurer attaché à ſon Prince.

Quoique recherché par les ſçavans étrangers, qui attirez par ſa
grande réputation alloient exprès
à *Florence* pour le voir & pour le
conſulter, il étoit d'une modeſtie
extraordinaire. Rien ne prouve
mieux à quel degré il portoit cette
vertu, que l'attention qu'il avoit
de cacher à ſes amis ce qu'il y
avoit de flatteur pour lui dans les
lettres ſçavantes qu'on lui écrivoit de toute part, ſe bornant à
leur communiquer les endroits
qui regardoient uniquement la Litterature.

Au reſte, fidele obſervateur des
regles de l'amitié, il ne manqua jamais à ſes amis dans leurs beſoins;
mais ils n'étoient pas les ſeuls qui
éprouvaſſent des effets de ſon caractere bienfaiſant ; après ſes amis
les gens de Lettres y avoient la
meilleure part, il ſe faiſoit un plaiſir de les aider de ſes conſeils & de

A. MA-
GLIABEC-
CHI,

fes lumieres , & de leur fournir
tous les Livres & les manufcrits
qu'il leur croyoit neceffaires. Il fut
toûjours leur Protecteur ; & le P.
Noris , depuis Cardinal l'appelloit
hautement fon *Mecene* , & lui écrivit un jour qu'il lui étoit plus redevable de l'avoir dirigé dans fes
études , qu'au Souverain Pontife
de l'avoir élevé au Cardinalat.

Tant de merite devoit , ce me
femble , le mettre à couvert des
traits de la calomnie. Cependant
on fema contre lui dans *Florence*
des libelles capables de le perdre, fi
le Prince avoit été d'un caractere à
y ajoûter foi. *Magliabecchi* content du témoignage de fa confcience ne fongea pas même à repouffer
la calomnie ; & pendant que fes
amis s'employoient à faire connoître fon innocence, il ne penfoit de
fon côté qu'à abandonner fa Patrie.
Il en prit en éfet la refolution, qu'il
eût exécutée , fi le Cavalier *Marmi* , à qui il en fit l'ouverture , ne
l'en eût détourné , en lui reprefentant que cette demarche ne man-
queroit pas de choquer le Grand

Duc, & en lui faiſant valoir la ſ A. Ma-
diſtinction avec laquelle ce Prince gliabec-
& toute ſa famille le traitoient. chi.
Pendant cette negociation du Cavalier *Marmi* la verité fut découverte & l'impoſture confondüë.

Ainſi le Grand Duc lui continua toûjours les mêmes bontez ;
ſes jours lui devenant même plus
précieux à meſure qu'il avançoit
en âge, il lui fit préparer dans le
vieux Palais un appartement très-
commode. *Magliabecchi* eut bien
de la peine à quitter ſa maiſon pour
y aller demeurer ; encore n'y de-
meura-t-il que quatre mois, après
leſquels il retourna dans ſa maiſon,
ſous divers prétextes, malgré ſes
amis qui lui conſeilloient le contraire.

Enfin ſorti au mois de Janvier
1714. de chez lui, pour aller, ſuivant ſa coûtume, à la Bibliotheque du Palais, il fut ſaiſi d'un
tremblement violent par tout le
corps, & il lui prit une ſi grande
foibleſſe aux jambes, qu'il n'a pû
ſortir depuis. Il eſt mort le 14.
Juillet 1714. âgé de 81 ans.

Voici l'idée que le Cavalier *Marmi*, qui a composé son éloge, nous
donne de son régime. Il se tenoit
toûjours la tête bien couverte ; il
prenoit en certains temps de la
theriaque, qu'il estimoit un pré-
servatif excellent contre les exha-
laisons malignes. Il aimoit le vin
spiritueux, mais il en buvoit so-
brement, & jamais à la glace. Il
ne se nourrissoit que de viandes
communes & grossieres. Il prenoit
du tabac avec excès, étant peu
maître de lui-même sur ce point,
quoiqu'il sçut si bien se comman-
der en toute autre chose. Il usoit
dans sa chambre pour toute che-
minée d'un vase de terre plein de
braise ; & il ne rougissoit point de
le porter à la main, lorsqu'il étoit
obligé de sortir. Distrait au suprê-
me degré, il ne s'appercevoit pas
que le feu prenoit tantôt à son habit, tantôt à son manteau ; à peine
sentoit-il qu'il se brûloit le visage
ou les mains.

Quoi qu'il n'ait jamais composé
d'Ouvrage, la Republique des
Lettres lui est redevable de plu-

ſieurs, à la publication deſquels il
a contribué par ſes ſoins : tels ſont
les *Poëſies Latines d'Arrigo de Sel-*
timello, l'*Hodœporicon d'Ambroiſe*
Camaldule, le *Dialogue de Bene-*
dict Aretin, & pluſieurs autres
ſemblables.

V. ſon Eloge *Mem. de Trevoux.*
Novembre 1722.

A. MA-
GLIABEC-
CHI.

GASPAR SAGITTARIUS.

GASPAR SAGIT-
TARIUS.

GASPAR *Sagittarius* nâquit
le 23. Septembre 1643. à *Lu-*
nebourg dans la baſſe Saxe., où ſon
père étoit Miniſtre. Il commença
ſes études dans ſa Patrie, & fut envoyé à *Lubec* pour les continuer.
Il fit enſuite ſa Philoſophie & ſa
Théologie à *Helmſtadt.* La mort
de ſon père arrivée en 1667. le
rappella dans ſa Patrie après qu'il
eut fait un voyage en Suede, &
qu'il eut viſité pluſieurs Academies
d'Allemagne.

L'année ſuivante 1668. il fut
appellé pour avoir la conduite de
l'Ecole de *Salfeld*, petite ville de

G. SAGIT-
TARIUS.

la Misnie dans la haute Saxe, & il accepta cet Emploi par le conseil de *Jean Christ Sagittarius*, Surintendant du Duché de *Saxe-Altembourg* son oncle, mais il ne le garda que trois ans.

Il passa ensuite en 1671. à *Jene*, où il se fit recevoir Maître-ès-Arts. Il s'acquit une grande reputation en cette Ville par ses exercices & par ses Ouvrages. C'est ce qui fit que *Jean André Bosius*, Professeur en Histoire étant mort en 1674. on lui donna sa Chaire. Il continua dans cet Emploi à éclaircir l'Histoire d'Allemagne, à laquelle il s'étoit fort appliqué jusques-là.

Le 14. Mai 1678. il fut reçu Docteur en Theologie, & épousa le même jour la Veuve de *Bosius*, son Prédecesseur. Il est mort le 9. Mars 1694. âgé de 50 ans, après avoir passé par toutes les Charges de l'Université de *Jene*.

Catalogue de ses Ouvrages.

1. *Exercitationes in Justini Historici Præfationem & libri I. caput I. Helmstadii* 1665. It. *Jenæ* 1671. *in* 4°.

2. *Exercitationes novem in Juſti-* G. SAGIT-
ni. Lib. I. cap. II. & ſequentia TARIUS.
uſque ad finem. Helmſtadii 1666. It.
Jenæ 1671.

3. *Exercitatio in Juſtini Libri II.*
caput I. Jenæ 1676. *in* 4°. *Sagittarius*
ſe conformant au genie des Alle-
mans qui veulent être Auteurs dès
qu'ils ſçavent quelque choſe, commença ces exercices ſur Juſtin dès
le temps qu'il étudioit à *Lubec* ; il
eſt vrai qu'il les a perfectionnez
depuis , mais on ne doit pas s'attendre à y trouver rien de fort extraordinaire. On a encore de lui ſur
le même ſujet

4. *Antiquitates Scythicæ exerci-*
tatione ad Juſtini Libri 2. *cap.* 2.
expoſita. Jenæ. 1682. *in* 4°.

5. *Hiſtoria Bellorum Scythicorum*
exercitationibus ad Juſtini Librum
2. *cap.* 3. *&* 5. *expoſita. Jenæ* 1685.
in 4°.

6. *Programma , quo ad audiendas*
Eclogarum Virgilii Parodias Inſpec-
tores Scholæ Salfeldenſis invitat. Al-
temburgi. 1669. *in* 4°.

7. *Programma , quo Patriæ Patri-*
bus , Mæcenatibus &c. Strenas Ja-

G. SAGIT-
TARIUS.

*nuarias distribuit in Schola Salfel-
densi. Altemburgi 1670. in 4°.*

8. *Introitus & Exitus Salfelden-
sis. Jenæ 1671. in 4°.* Il rapporte
dans ce petit Ouvrage les raisons
qui l'ont engagé à quitter l'Emploi qu'il avoit à *Salfeld.*

9. *Harmoniæ Evangelicæ Historiæ Passionis Domini nostri J. C.
Pars I. Jenæ 1671. in 4°. Ejusdem
Libri III. Jenæ. 1684. in 4°.* Sagittarius a donné aussi separément des
Theses sur differentes circonstances de la Passion de J. C. comme
*de Corona J. C. spinea. Jenæ 1672.
in 4°. De rubra Jesu Chlamyde. Ib.
De Lancea, quâ perfossum latus Jesu Christi. Ib. 1673. De candida
Jesu Veste. Ib. De Flagellatione Christi. Ib. 1674.* Les Allemands ont
une fécondité merveilleuse pour
traiter des sujets sur lesquels il y a
peu de choses à dire. Il est vrai
qu'ils trouvent dans toute sorte de
digressions de quoi se dédommager de leur sécheresse. De-là vien-
nent tant de Theses assez étenduës
sur des matieres disgraciées, qui
sembleroient devoir être épuisées
en peu de mots.   10.

10. *Commentatio de Vita , Scri-* G.SAGIT-
ptis ; Editionibus , Interpretibus , TARIUS.
Lectione atque Imitatione Plauti ,
Terentii, Ciceronis. Altemburgi 1671.
in 8°.

11. *Commentatio de Lectione at-*
que Imitatione Ciceronis , in qua
præter alia singularia facilis excer-
pendi ratio ostenditur. Altemburgi
1671. *in* 8°.

12. *Historia Vitæ & mortis Tul-*
liæ M. Tullii Ciceronis filiæ. Jenæ
1679. *in* 4°. Il y a de bonnes choses
dans ces trois volumes , principalement dans le premier.

14. *De Januis Veterum Liber sin-*
gularis. Altemburgi 1672. *in* 8°.

15. *Parodiæ Eclogarum Virgilii ,*
Diis Manibus ser. Saxon. Ducis
Friderici Wilhelmi III. consecratæ.
Jenæ 1672.

16. *De expositione Infantum. Jenæ*
1672. *in* 4°. C'est une Thèse , de
même que l'Ouvrage suivant.

17. *De Martyrum cruciatibus in*
primitiva Ecclesia. Jenæ 1673.
in 4°.

18. *Historia antiquissimæ urbis*
Bardewici. Jenæ 1674, *in* 4°. Il

V

G.SAGIT-
TARIUS.

n'y a rien d'interreſſant dans cet Ouvrage que pour des gens du Pays.

19. *Diſſertatiuncula de præcipuis Scriptoribus Hiſtoriæ Germanicæ. Jena 1675. in 4°.* C'eſt un Programme qu'il publia lorſqu'il eut été nommé Profeſſeur en Hiſtoire à *Jene.* Il y parle de chaque Hiſtorien en peu de mots, mais d'une maniere exacte, ſelon *Struvius.*

20. *Nucleus Hiſtoriæ Germanicæ. Jena 1675. in 12. It. Secunda Editio. Jena 1682.*

21. *Epiſtola de antiquo ſtatu Thuringiæ ſub indigenis Francorum Germaniæque Regibus, ut & Ducibus, Comitibus, Marchionibus, uſque ad ortum Landgraviorum. Jenæ 1675. in 4°.* Cet Ouvrage eſt fort ſçavant & plein de recherches curieuſes; mais comme il eſt trop abregé, l'Auteur s'eſt étendu davantage ſur cette matiere dans l'Ouvrage ſuivant.

22. *Les Antiquitez de la Thuringe.* (en Allemand) *Jena 1685. in 4°.*

23. *Antiquitates Gentiliſmi &*

Chriftianifmi Thuringici. Jenæ 1685. G. SAGIT-
in 4°. L'Auteur s'étend principa- TARIUS.
lement dans cet Ouvrage fur S. *Bo-*
niface , & fur la converfion de la
Thuringe , qu'il prétend s'être
faite long-temps avant S. *Boniface*.

24. *Antiquitates Ducatûs Thu-*
ringici. Jenæ 1688. *in* 4°. L'Auteur
confidere dans cet Ouvrage la Thuringe dans l'état où elle étoit après
l'abolition de la Royauté fous les
Ducs & fous les Princes François.

25. *Hiftoria Goflarienfis ab Ori-*
ginibus ad Fridericum II. Imperato-
rem. Jenæ 1675.

26. *Differtatio hiftorico-Politica*
de Tyranno. in 4°. Jenæ 1676.

27. *De Oraculo Apollinis Del-*
phico. Jenæ 1675. *in* 4°. C'eft une
Thefe.

28. *Origines & Incrementa Sul-*
cia Luneburgenfis. Jenæ. 1675.
in 4°.

29. *Exercitatio hiftorica de Ec-*
cardo I. Mifniæ Marchione , anno
1002. Jenæ *fepulto.* Jenæ 1675.
in 4°.

30. *De Nudipedalibus Veterum.*
næ 1675. *in* 4°.

G. SAGIT-
TARIUS.

31. *Hiſtoria Luſatica. Jena* 1675.
in 4°. Tout ce que l'Auteur a fait
en ce genre eſt curieux & exact.

32. *Hiſtoria Halberſtadienſis. Jena* 1675. *in* 4°.

*Lettre au Pere Marc Schonmann,
Prêtre de la Compagnie de Jeſus,
contre ſon Livre intitulé l'Arſenal
Catholique.* (en Allemand) *Gotha*
1677. *in* 8°. C'eſt un Ouvrage de
controverſe.

34. *Hiſtoria antiqua Lubecenſis.
Jena* 1677. *in* 4°. *Hiſtoria media
Lubecenſis ab anno* 1582. *ad annum* 1227. *Jena* 1677. *in* 4°. *Hiſtoria media Lubecenſis ab anno*
1227. *ad annum* 1300. *Jena* 1678.
in 4°. *Hiſtoria Lubecenſis recentior
ab anno* 1300. *ad annum* 1400.
Jena 1679. *in* 4°. Ce ſont quatre
Theſes, où l'Hiſtoire de la ville
de Lubec eſt fort bien débroüillée.

35. *Diſſertatio inauguralis de Na-
talitiis Martyrum ſub Præſidio D.
J. Muſæi habita cum appendice
præfationi Armamentarii Catholici
Schoenmanni oppoſita. Jena* 1678.
in 4°. La Diſſertation eſt la Theſe
qu'il ſoûtint lorſqu'il fut reçu Docteur en Théologie.

36. *Coquus veritatis & innocen-* G. Sagit-
tia oforibus & calumniatoribus Aca- tarius.
demia Jenenfis oppofitus. Jena 1675.
in 4°.

37. *Avertiſſement au P. Schon-*
mann de ne plus mal parler de la
Religion Evangelique. (en Allemand) Jene 1678. *in* 8°.

38. *La Doctrine & la Vie de*
Martin Luther oppoſée à l'Arſenal
invincible du P. Martin Schon-
mann (en Allemand) Jene 1679.
in 8°.

39. *Le Traité de Thomas Sagitta-*
rius ſur le bonheur des Villes qui ont
des Univerſitez, traduit en Alle-
mand. Jene 1679. *in* 8°.

40. *Hiſtoria antiqua Noribergæ.*
Jena 1679. *in* 4°. Cette Hiſtoire
de la ville de *Nuremberg*, qui eſt
ſçavante, commence dès ſon origine, & va juſqu'à l'an 1190.

41. *Des fonctions d'un Profeſſeur*
en Théologie de la Confeſſion d'Auſ-
bourg dans l'Univerſité d'Erford.
(en Allemand) Jene 1680. *in* 8°.

42. *Vita Joannis Thomæ Cancel-*
larii Saxonici. Jene 1680.

43. *Hiſtoria Eccardi II. Mar-*

G. SAGIT- *chionis Misniæ, & translationis Se-*
TARIUS. *dis, Episcopalis Ciza Neimburgum.*
Jena 1680. in 4°.

44. *Dissertatio historica de origi-*
nibus & incrementis Luneburgii. Je-
na 1682. in 8°.

45. *Historia Episcoporum Num-*
burgensium à prima Episcopatûs ori-
gine ad præsentem statum repetita.
Jena 1683. in 4°.

46. *Historia Norberti Archiepis-*
copi Magdeburgensis Præmonstra-
tensis Ordinis Conditoris. Jena 1683.

47. *De Originibus & incremen-*
tis Brunswici. Jena 1683. in 8°.

48. *Celsissima Origines Ser. Du-*
cum Brunswico - Luneburgensium.
Jena 1684. in 4°.

49. *Antiquitates Archiepiscopa-*
tûs Magdeburgensis quampluribus
antea editis Ottonis I. Diplomatis
Bullisque Pontificiis distincta. Jena
1684. in 4°.

50. *Historia Marchionum ac Ele-*
ctorum Brandenburgensium ab ori-
gine Marchiæ ad præsentem usque
statum repetita. Jena 1684. in 4°.
L'Auteur ne s'est pas astreint dans
cet Ouvrage à suivre les Historiens

du Pays , il a auffi confulté les au- G.SAGIT-
tres qui parlent des affaires du TARIUS.
Brandebourg. Son Hiftoire va jufqu'en 1680.

51. *Hiftoria Rensburgi Civitatis
Holfatiæ. Jenæ* 1684. *in* 4°. Cette
Hiftoire merite d'être luë , felon
Mollerus.

52. *Hiftoria Marchiæ Soltwede-
lenfis , in qua potiffimum Alberti
Urfi Vita & res geftæ exponuntur.
Jenæ* 1685. *in* 4°.

53. *Hiftoria Templi Jenenfis Aca-
demici. Jenæ* 1690. *in* 4°. Cette
Hiftoire contient auffi les Epita-
phes qui font dans ce Temple , &
qui font d'autant plus utiles, qu'elles font connoître des dates que
l'on chercheroit inutilement ailleurs. L'Auteur les avoit fait imprimer feparément en 1685.

54. *Hiftoria Principum Anhalti-
norum. Jenæ* 1686. *in* 4°.

55. *Antiquitates Alftetenfes &
Palatinatûs Saxonici. Jenæ* 1687.
in 4°.

56. *Differtatio pro Doctrina Lu-
theri de Miffa contra Abbatis cu-
jufdam Tractatum Gallicum. Jenæ*

G.SAGIT- 1687. *in* 4°. Cet Ouvrage est con-
TARIUS.   tre un Livre de l'Abbé de *Corde-*
moy, qui s'y étoit proposé de faire
voir que *Luther* avoit aboli les
Messes privées à l'instigation du
demon, qui lui avoit appris qu'elles ne valoient rien, & que c'étoit
Luther lui-même qui assuroit ce
fait. *Sagittarius* s'inscrit ici en faux
contre ce que l'Abbé de *Cordemoy*
avoit avancé après plusieurs autres, & tâche de faire voir que
tout cela n'est qu'une fable. Je ne
mets cet Ouvrage parmi ceux de
Sagittarius, que parce qu'il en
porte le nom, & qu'on le cite ordinairement comme de lui, mais
il n'en est pas; il est de *Guy Louis*
de Seckendorf, qui ayant des raisons pour ne le pas faire paroître
sous son nom, le donna à *Sagitta-*
rius pour le publier sous le sien.
(*Placcius Pseud.*)

57. *Memorabilia Historiæ Lune-*
burgicæ. Jenæ 1688. *in* 8°. Cette
Histoire que *Struvius* assure être
écrite avec beaucoup de soin,
va jusqu'à l'an 1235.

58. *Memorabilia Historiæ Gotha-*
na.

na. Jena 1688. *in* 8°. Ce n'est G. SAGI
qu'un abregé de l'Histoire de Go- TARIUS.
tha, que l'Auteur avoit dessein de
donner dans toute son étenduë, il
n'a pû cependant le faire qu'en partie, la mort l'ayant empêché d'y
mettre la derniere main. Ses Papiers étant tombez entre les mains
de *Guillaume Ernest Tentzelius*, il
y a ajoûté ce qui y manquoit, &
l'a fait imprimer sous ce titre: *Gas-*
paris Sagittarii Historia Gothana
plenior. Jena 1700. *in* 4°.

59. *Programma, quo exponit cau-*
sas cur privatæ Lectiones in Historia
liberarum Imperii Germanici Urbium
intra definitum à se temporis spa-
tium non potuerint finiri. Jena 1690.
in 4°.

60. *Origines & Successio Princi-*
pum Arausionensium usque ad Wil-
helmum III. Magnæ Britanniæ Re-
gem. Jena 1691. *in* 4°. Ce n'est
qu'une Histoire abregée.

61. *Sulpitii Severi Historiæ sacræ*
Libri II. Recensuit brevesque notas
adjecit. Jena 1691. *in* 12.

62. *Epistola de obitu Emanuelis*
Guimanni. Jena 1691.

Tome IV. X

G. SAGIT-
TARIUS.

63. *Historia Vitæ Georgii Spala-
tini. Jenæ* 1693.

64. *Theses Theologicæ de promo-
vendo vero Christianismo. Jena* 1692,
in 4°. L'Auteur donnoit dans le
Pietisme, pour-lequel il a fait cet
Ouvrage & quelques autres en Allemand.

65. *Antiquitates Lacûs Bodamici
cum specimine Historiæ Lindavien-
sis. Jena* 1693. *in* 4°.

66. *Dissertatio Epistolica, quâ
ratio redditur Genealogiæ Sagitta-
rianæ, & Analecta in Librum de januis Veterum. Jena* 1694. *in* 4°.

67. *Introductio in Historiam Ec-
clesiasticam & singulas ejus partes,
Jena* 1694. *in* 4°. Cet Ouvrage n'a
paru qu'après sa mort par les soins
d'*André Schmidt. Sagittarius* y a
copié le Livre de *Louis Jacob*, intitulé : *Bibliotheca Pontificia*.

Il a laissé un grand nombre
d'Ouvrages manuscrits, qui apparemment ne verront jamais le jour.

V. *Joan. Andreæ Schmidii Comment. de Vita & Scriptis Gasp. Sagittarii. Jena* 1713. *in* 8°. J. *Gasp.
Zeumer Vita Professorum Jenensium.
Jena.* 1711. *in* 8°.

JEAN-BAPT. COTELIER.

JEAN-BAPTISTE *Cotelier* nâquit au commencement de Decembre 1627. à *Niſmes*, où ſon pere fut quelque temps Miniſtre de la Religion P. R. qu'il abjura enſuite pour embraſſer la Catholique. A peine étoit-il âgé de quatre mois, que ſa nourrice mourut de la peſte, qui regnoit aux environs de *S. Gilles*, où il étoit. Comme aucune autre nourrice ne voulut l'alaiter de peur de la contagion, on fut obligé de le faire nourrir par une chevre. Quelque temps après on voulut lui donner une nourrice, mais il ne voulut jamais la têter, de ſorte que la chevre continua à le nourrir. De-là vient, ſelon M. *Graverol*, qu'il a toûjours été fort mélancolique & fort valetudinaire, & que depuis les premieres années de ſa vie juſqu'à un âge mûr, il n'a preſque jamais été ſans fievre.

Son Pere prit un ſoin particu-

J. B Co-
TELIER,

lier de son éducation : comme il sçavoit assez bien l'Hebreu, le Grec & le Latin, & qu'il voyoit dans son fils beaucoup de disposition pour apprendre ces Langues, necessaires à une personne qui veut se donner à l'étude des Sçiences, il prit plaisir à les lui enseigner avec soin. Le jeune *Cotelier* répondit parfaitement aux esperances qu'il en avoit conçuës, & fit bientôt connoître ce qu'on devoit attendre de lui.

M. *de Cohon*, Evêque de *Nismes* étant allé en 1636. prendre possession de son Evêché, fut si charmé de son esprit, qu'il l'engagea dans la Clericature l'année suivante, persuadé que ses talens feroient honneur à l'Eglise.

Il n'avoit encore que treize ans, lorsqu'ayant été introduit dans la Salle de l'Assemblée generale du Clergé de France, qui se tenoit à *Mantes* en 1641. il expliqua facilement la Bible en Hebreu à l'ouverture du Livre, & rendit en même temps raison des difficultez qu'on lui forma, tant sur la construction

de la Langue Hebraïque, que ſur ce
qui dépendoit des uſages des Juifs.
Il expliqua auſſi couramment le
nouveau Teſtament Grec, & fit
enſuite quelques demonſtrations
de Mathematiques, en expliquant
les Définitions d'*Euclide*; ce qui le
fit regarder dès lors comme un
prodige, & lui acquit l'eſtime &
l'affection de tous les Prélats.

Son pere avoit déja une Penſion de ſix cens livres du Clergé,
mais on l'augmenta alors juſqu'à
mille livres, afin qu'il pût continuer à avancer ſon fils dans les
Sciences; & on lui fit preſent de
trois cens livres pour lui acheter les
livres neceſſaires.

Le jeune *Cotelier* commença ſon
cours de Philoſophie en 1641. Ce
cours fut ſuivi de celui de Théologie, après lequel il fut reçu Bachelier & enfin Docteur de la
Maiſon & Societé de Sorbonne au
mois de Decembre 1648.

Il perdit ſon pere au mois de Janvier 1651. & en reſſentit toute
la douleur que meritoient les
liens du ſang & les ſoins qu'il

X iij

J. B. Co-s'étoit donnez pour son éduca-
TELIER. tion.

En 1654. M. *d'Aubusson*, alors
Archevêque d'*Ambrun* l'emmena
avec lui dans son Diocese, & le re-
tint quatre ans. M. *Cotelier* ne songeoit jamais à ce long séjour,
qu'il ne témoignât du chagrin d'a-
voir été privé pendant tant de
temps de la societé des Sçavans &
du commerce des Livres. Aussi
forma-t-il dès qu'il fut de retour
à Paris, le dessein d'y fixer sa demeure, & d'y passer le reste de
ses jours. Il s'y remit à l'étude des
Sciences & des belles Lettres, qui
avoit été un peu interrompue.

M. *Colbert* le choisit en 1667.
pour examiner les manuscrits
grecs de la Bibliotheque du Roi,
& pour en faire un Catalogue
exact. Il employa cinq ans à ce
travail, qui lui procura l'honneur d'entretenir assez souvent
ce Ministre, & l'occasion de gagner son estime & son amitié. Ce
fut par son credit qu'il fut nommé en 1676. Professeur Royal en
Langue Grecque.

Il eſt mort le 12. Août 1686. âgé de 58 ans. Il a été un des plus ſçavans hommes de notre temps ; mais ce qui rendoit ſa ſcience encore plus recommandable, c'eſt que c'étoit un homme d'une probité digne des premiers temps, ſans faſte, ſans oſtentation & d'une modeſtie ſurprenante, comme il l'a fait paroître dans toutes ſes actions & dans ſes Écrits.

Catalogue de ſes Ouvrages.

1. *Homiliæ IV. in Pſalmos, & interpretatio Prophetiæ Danielis Græce & Latinè, interprete J. B. Cotelerio cum notis. Pariſ. 1661. in 4°.* M. *Cotelier* attribuë cette interpretation à *S. Jean Chryſoſtome*, de même que les quatre Homelies ſur les Pſeaumes, quoique pluſieurs Sçavans ne trouvent point le ſtile de ce Pere dans cette interpretation, qui en effet ne porte pas ſon nom dans le manuſcrit qui s'en trouve dans la Bibliotheque de l'Eſcurial. Les quatre Homelies, qui ne font qu'une partie des 27 qu'on voit dans ce manuſcrit, avoient déja été publiées auſſibien

X iiij

J. B. Co-TELIER.

que l'Interprétation de *Daniel* par un Religieux du Monastere de S. Laurent de l'Escurial, nommé *Frere Gabriel de S. Jerôme* : mais sa Version a été faite avec tant de negligence, que M. *Cotelier* a jugé à propos d'en donner une nouvelle. S'il n'a pas donné au Public les vingt-trois autres Homelies, il faut l'attribuer à la mort de celui qu'il employoit pour les transcrire.

2. *Sanctorum Patrum qui temporibus Apostolicis floruerunt, Barnabæ, Clementis, Hermæ, Ignatii, Polycarpi Opera edita & non edita, vera & supposita, græcè & latinè cum notis. Parif. 1672. fol. 2. vol. It. denuò recensita & variis accessionibus notulisque aucta à Joanne Clerico. Antuerpiæ 1698. fol. 2. vol.* La premiere édition de cet excellent Recueil des morceaux les plus précieux de l'Eglise primitive étoit devenuë fort rare, parce que le Libraire *Petit*, qui l'avoit imprimée, en avoit perdu une bonne partie dans l'embrasement du College de Montaigu.

3. *Ecclesiæ Græcæ Monumenta* grecè & latinè cum notis. Parif. in 4°. 3. vol. Le premier en 1677. le fecond en 1681. & le troifiéme en 1688. Toutes les Pieces qui compofent ce Recueil font eftimables & precieufes , & les notes qui les accompagnent font judicieufes & fçavantes. L'Auteur avoit deffein d'en donner encore plufieurs volumes , mais la mort l'en a empêché.

V. fon Eloge par M. *Graverol* à *la tête du Sorberiana* ; par *M. Baluze dans l'Edition des Peres Apoftoliques de M. le Clerc* ; par *M. Ancillon dans fes Mémoires.*

BARTHEL. CARRANZA.

BARTHELEMI *Carranza* nâquit en 1503. à *Miranda*, ville de la Navarre , d'où quelques-uns l'ont appellé *Barthelemi de la Miranda.* Ses parens qui étoient d'une bonne Nobleffe du pays eurent un grand foin de fon éducation. Ils l'envoyerent en 1515. à *Alcala*, où le Cardinal

B. Car-
ranza.

Ximenes commençoit à jetter les fondemens d'une Université, & où il avoit un oncle maternel. Il y étudia trois ans en Humanitez, & fit ensuite sa Philosophie.

Ces études finies en 1520. il entra à l'âge de 17 ans dans l'Ordre des Dominicains, où il fit Profession en 1521. Après le cours ordinaire des études il enseigna la Théologie, & le fit d'une maniere qui lui acquit une grande réputation. Il fut en 1539. député au Chapitre general qui se tenoit à Rome, & il y fut reçu Docteur avec beaucoup d'applaudissement.

De retour à *Valladolid*, qui étoit le lieu de sa demeure depuis l'an 1525. il s'appliqua avec encore plus d'ardeur à la Théologie, qu'il continua de professer. On étoit si prévenu de son habileté, que les Officiers de l'Inquisition ne manquoient gueres de le consulter dans les affaires difficiles. L'Evêque de *Cusco* étant mort, le Conseil des Indes le proposa pour cet Evêché, & *Charles-Quint* l'y nomma; mais il refusa constamment de l'accepter.

En 1545. l'Empereur le choiſit avec *Dominique de Soto* pour aſſiſter de ſa part au Concile de *Trente*. Il demeura trois ans en cette Ville, & s'y fit admirer des Legats, des Cardinaux & des Prélats par ſon érudition, ſa prudence & ſa conduite.

Il retourna en 1548. dans ſa maiſon, l'interruption du Concile rendant ſa preſence inutile à *Trente*. Dès qu'il y fut arrivé on l'élut Prieur de *Palencia*. Cette Charge ne le retira pas entierement de ſes études cheries ; & il expliqua publiquement l'Epître de *S. Paul* aux Galates avec un grand concours d'auditeurs.

Philippe, Prince d'Eſpagne ſe diſpoſoit alors à paſſer en Flandre, & voulut l'avoir pour ſon Confeſſeur ; mais quoique l'autorité du pere ſe joignit à celle du fils pour lui faire accepter cet Emploi, il le refuſa, comme il fit auſſi l'année ſuivante 1549. l'Evêché des Canaries.

Il fut fait Provincial en 1550. & il ne ſongeoit qu'à s'acquitter

B. CARRANZA.

B. CAR-
RANZA.

des devoirs de cette Charge , lorſque l'Empereur lui donna ordre
de retourner à *Trente*, où le Concile
alloit recommencer. Il ne fit qu'y
augmenter l'eſtime que l'on avoit
conçuë la premiere fois de lui. Ainſi lorſque le Concile eut été terminé en 1552. il fut prépoſé avec quelques autres Théologiens pour
travailler à l'*Index* des livres défendus. Ce travail l'occupa quelques
mois , & il ne put retourner en
Eſpagne qu'en 1553.

Le Prince *Philippe* qui l'eſtimoit,
lui confia alors le ſoin de diſtri-
buer ſes aumônes , & l'Inquiſition
lui commit ſouvent le ſoin d'examiner les livres qui devoient être
mis à l'*Index*. Le Prince étant prêt
à aller en Angleterre pour con-
ſommer ſon mariage avec la Reine
Marie , crut qu'il ne pourroit
trouver perſonne, qui fût plus
propre que lui pour combattre &
extirper l'hereſie de ce Royaume,
& le choiſit pour l'y accompagner.

Carranza ſe rendit en Angleterre
en 1554. & travailla de tout ſon

pouvoir à la miffion dont il étoit **B. CAR-**
chargé. Il n'oublia rien pour re- **RANZA.**
tablir la Religion Catholique , &
pour ramener dans fon fein ceux
qui s'en étoient éloignez. Il fit brû-
ler les livres heretiques & exiler les
opiniâtres, & rétablit l'Univerfité
d'*Oxford*. Ce fut-là fon occupation jufqu'en 1557. qu'il paffa en
Flandre pour rendre compte à
Philippe , qui y étoit alors , de tout
ce qu'il avoit fait pour la propagation de la Foi Catholique. Sa
conduite fut fi agréable à ce Prince , qui étoit devenu Roi d'Efpagne par la démiffion de fon pere ,
que l'Archevêché de *Tolede* étant
venu à vaquer , ce Prince le lui
donna. On dit que les recom-
mandations de la Reine *Marie* ,
dont *Nicolas Antonio* le fait Con-
feffeur , y eurent beaucoup de
part. Quoiqu'il en foit , *Carranza*
refufa long-temps d'accepter cette
Dignité , & ne céda qu'au com-
mandêment abfolu du Roi. Il fut
facré à Bruxelles par le Cardinal
Granvelle le 27. Février 1558.

Il trouva en arrivant en Efpa-

gne *Charles-Quint* à l'extrémité, &
ce fut lui qui l'assista à la mort, &
lui administra les derniers Sacremens. Après s'être acquitté de
cette triste fonction il se rendit à
Tolede, où il commença à remplir
tous les devoirs d'un Pasteur, &
à faire la visite des Eglises de son
Diocese.

Les soupçons qu'on eut après la
mort de *Charles-Quint*, qu'il n'é-
toit pas mort dans des sentimens
fort catholiques, retomberent sur
Carranza : Ferdinand de Valdez,
Archevêque de *Seville*, Grand In-
quisiteur d'Espagne, le fit arrêter
le 22. Août 1559. dans le cours
de ses visites, après en avoir ob-
tenu la permission du Roi & du
Pape, sur une accusation vague
d'heresie. On le mit en prison à
Valladolid, & on commença à lui
faire son procès; mais comme il
recusa ses Juges & qu'il en appella au Pape, le Roi du consentement du Pape nomma d'autres
personnes pour informer contre
lui & faire toutes les procedures,
afin de les envoyer à *Rome*, où il

devoit être jugé définitivement.

Cette affaire traîna fi fort en longueur, que les procedures ne furent finies qu'en 1564. Il y eut même alors de nouvelles difficul-tez, parce que les Inquifiteurs croyant qu'il y alloit de leur hon-neur qu'elle ne fût pas jugée ail-leurs qu'en Efpagne, firent tous leurs efforts pour empêcher qu'elle ne fût portée à Rome. Le Roi ap-prouva leurs raifons, & obtint du Pape *Pie* IV. des Commiffaires pour la juger en Efpagne même. Ce Pontife commit pour cet effet le Cardinal *Boncompagno* avec la qualité de Legat *à latere*, *Jean Baptifte Caftania*, Evêque de *Rof-fano*, Nonce en ce Royaume, & *Jean Aldobrandin*, Auditeur de Rote. Ces Commiffaires arrive-rent en Efpagne au mois de No-vembre 1565. & furent fort bien reçus du Roi : mais quand ce vint au fujet de leur Délégation, les Officiers de l'Inquifition voulu-rent prendre féance & juger avec eux ; ce qu'ils ne voulurent point abfolument fouffrir. C'auroit été

B. CAR- les rendre Maîtres du Jugement,
RANZA. puisque les Inquisiteurs étoient en
plus grand nombre qu'eux.

Pie IV. étant mort le 10. Decembre de cette année pendant
cette dispute, le Legat partit aussitôt d'Espagne, sans prendre con-
gé du Roi, pour assister au Con-
clave. Dès que *Pie* V. eut été élu,
ce Cardinal lui representa si vivement les oppositions que l'Inquisition d'Espagne avoit faites à l'exécution de leur commission, & les
inconveniens qu'il y avoit à con-
descendre à ses prétentions, que
le Pape évoqua la cause à *Rome*,
& voulut malgré toutes les repre-
sentations & les instances du Roi
d'Espagne que *Carranza* y fut
transferé.

Cet infortuné Prélat fut donc
conduit sous bonne garde à *Rome*,
où il arriva le 28. Mai 1567. Il fut
d'abord renfermé dans le Château
Saint-Ange, où on en usa plus dou-
cement avec lui qu'on n'avoit fait
en Espagne. Le Pape nomma aussi-
tôt des Commissaires pour examiner de nouveau son affaire ; mais
quelque

quelque envie qu'il eut de la termi-
ner au plûtôt, le Procureur de l'Inquisition d'Espagne fit naître tant
de difficultez, qu'il ne put en voir
la fin. Son Successeur *Gregoire XIII.*
trouva les mêmes obstacles à ses
bons desseins, & ne put pronon-
cer de Sentence que le 14. Avril.
1576.

Carranza fut absous à la verité;
mais pour ne pas irriter l'Inquisition d'Espagne & le Roi *Philippe*
II. qui par des motifs que l'on n'a
pû découvrir, étoit passé d'une
extrême affection pour *Carranza*
à une extrême haine, il fut condamné à abjurer quelques Propositions qu'il n'avoit point soûte-
nuës dans le sens qu'on leur donnoit. On lui ordonna aussi de reci-
ter quelques Prieres, & on le sus-
pendit du gouvernement de son
Eglise pendant cinq ans, pendant
lesquels il demeureroit à *Rome* dans
le Couvent de la Minerve, & il recevroit mille ducats par mois pour
son entretien.

Il ne survêcut que dix-sept jours
à cette Sentence, & mourut le 2e

V

B. CAR-RANZA.

Mai de la même année 1576. d'une retention d'urine, âgé de 72 ans. Il donna en mourant des marques de sa Catholicité & de son humilité, en déclarant publiquement en presence du saint Sacrement qu'il alloit recevoir, qu'il n'avoit jamais eû de sentimens heretiques, que cependant il croyoit que la Sentence renduë contre lui étoit juste en consequence de ce qui avoit été allegué & prouvé. On a rendu depuis à sa mémoire la justice qu'elle meritoit, & il a toûjours été en estime & en veneration parmi les personnes pieuses & sçavantes.

Dans le temps même de ses disgraces, il s'est trouvé des personnes genereuses, qui plus sensibles à la verité qu'à leurs interêts temporels, n'ont point craint d'entreprendre sa défense & de travailler à sa justification, quoiqu'ils ne pussent ignorer que le Roi *Philippe* II. leur Maître, se fut déclaré entierement contre lui. L'Illustre Docteur *Navarre*, quoiqu'âgé de quatre-vingt ans, le suivit à *Rome* pour travailler à sa dé-

fenfe. S. *François de Borgia* lui rendit tous les bons offices qu'il pouvoit attendre d'un intime ami, &
l'aida tant qu'il put de fes confeils.
Gafpar Cernautez Archevêque de
Tarragone hazarda les établiffe-
mens confiderables qu'il avoit dans
le monde en follicitant pour lui.

Catalogue de fes Ouvrages.

1. *Summa Conciliorum & Pontificum à Petro ufque ad Julium III.
fuccinctè comple ctens omnia, quæ alibi
fparfim tradita funt. Venetiis* 1546.
in 8°. C'eft la premiere édition. It.
Salmantica 1551. *in* 4°. It. *Parifiis*
1564. *in* 16. It. *Venetiis* 1566. *in*
8°. It. *Ibid.* 1573. *in* 8°. It. *Lugduni* 1587. *in* 16. It. *Ibid.* 1600.
in 16. It. *Geneva* 1600. *in* 16. It.
Parif. 1624. *in* 8°. It. *Duaci* 1639.
in 8°. *cum additionibus Francifci
Sylvii.* It. *Parif.* 1668. *in* 8°. *cum
appendice Conciliorum Galliæ.* It.
Lovanii 1668. *in* 8°. It. *Ibid.*
1681. *in* 4°. *Auctior & accuratior,
curante Francifco Janfens Elinga.*
Cet Ouvrage eft d'autant plus utile, qu'il contient beaucoup de
chofes en un petit volume.

B. CAR-RANZA.

2. *Controversia de necessaria residentia personali Episcoporum & aliorum inferiorum Pastorum, Tridenti explicata. Mediomatricis, tum Venetiis* 1547. & *Lugduni* 1550. *in* 16. It. *Antuerpiæ* 1554. *in* 12. It. *Venetiis* 1562. dans un Recueil *in* 4°. intitulé : *De Pontificis Romani Authoritate & Residentia.* Carranza y soûtient fortement la Residence comme de Droit divin, & traite l'opinion contraire de diabolique.

3. *Concio habita ad Synodum Tridentinam prima Dominica Quadragesimæ an.* 1546. Ce Sermon qui roule sur la Residence a paru pour la premiere fois avec l'Ouvrage précedent dans l'édition d'*Anvers* de 1554.

4. *Instruction pour entendre la Messe.* (en Espagnol) *Anvers* 1555.

5. *Commentaire sur le Catechisme Chrétien divisé en* 4 *parties, qui contiennent tous les Articles de Foi que nous professons dans le S. Bâteme.* (en Espagnol) *Anvers* 1558. *fol.* Ce Catechisme a été la princi-

pale cause des malheurs de *Carren-*
za , & le prétexte des persecu-
tions qu'on lui a suscitées. Il fut
d'abord censuré par l'Inquisition
d'Espagne ; cependant ayant été
porté à la Congregation des Dé-
putez pour l'examen des Livres en
1563. il y fut approuvé , & il y
eut ordre de lui en donner une
attestation en bonne forme. Mais
comme on en eut avis en Espagne , le Comte *de Luna* fit ses
plaintes aux Peres de la Congregation , de ce qu'ils avoient ainsi
jugé du Livre de *Carranza* , &
les pria de revoquer leur jugement.
La Congregation ne l'ayant pas
voulu faire, l'Evêque de *Lerida* ,
ou poussé par le Comte , ou de son
chef, se mit à invectiver contre
leur Jugement , en rapportant des
endroits du livre , lesquels pris
dans le sens qu'il y donnoit sembloient dignes de censure , & en
taxant les Prélats d'injustice & de
partialité. Le Chef de la Congregation s'en plaignit au Legat , &
en demanda réparation pour lui
& pour ses Collegues , protestant

B. CAR-
RANZA.
qu'il n'assisteroit à aucune action publique, qu'on ne leur eût donné une satisfaction convenable. Le Legat *Moron* accorda leur different, à ces conditions, que l'on ne donneroit point de copies de l'Attestation, que l'Evêque de *Lerida* feroit des excuses aux Peres de la Congregation, & principalement à leur Chef, & que de part & d'autre le passé seroit oublié. Le Comte retira l'Attestation qui avoit été mise entre les mains de l'Agent de l'Archevêque de *Tolede*, qui ne put la lui refuser, & cette affaire fut ainsi assoupie. (*Fr. Paulo Hist. du Conc. Liv. 8.*)

M. *Binet* Recteur de l'Université de Paris à traduit en François la troisiéme & la quatriéme partie de ce Catechisme, & les a publiées avec l'approbation de plusieurs Théologiens celebres sous ces titres.

Des sept Sacremens de l'Eglise, & des dispositions necessaires pour les recevoir avec fruit. Paris 1692. n 12.

De la Priere, du jeûne & de

l'Aumône , avec une explication de B. CAR-
l'Oraison Dominicale. Paris 1694. RANZA.
in 8o.

V. *Nicol Antonio Bibl. Hispa-*
na. Quetif. Script. Ord. Prædicat.
Varillas , Préface du tome V. de
l'Histoire des Révolutions.

THOMAS LINACER.

THOMAS Linacer nâquit THOMAS
vers l'an 1460. à *Cantorberi.* LINACER.
Il commença ses études à *Oxford* ,
où il fut reçu en 1484. Membre
du Collège *de toutes les Ames.* Le
desir extrême qu'il avoit d'apprendre & de se fortifier dans ce qu'il
sçavoit déja , lui inspira le dessein
de voyager & d'aller chercher ailleurs ce qu'il ne trouvoit pas dans
sa Patrie.

Les Sciences commençoient
alors à fleurir en Italie. *Linacer*
attiré par la grande réputation
des Maîtres qui y enseignoient ,
crut devoir la préferer à tout autre pays. Il alla d'abord à *Floren-*
ce , où il fut reçu avec beaucoup

T. LINA-
CER.

de bonté par *Laurent de Medicis*, qui étoit le Protecteur des Gens de Lettres, & qui lui fit la grace de permettre qu'il eût les mêmes Maîtres que ses Enfans.

Ces Maîtres étoient *Demetrius Chalcondyle*, & *Politien*, sous lesquels il fit de grands progrès dans l'étude des Langues Grecque & Latine. Il passa ensuite à *Rome* pour visiter les Bibliotheques, & consulter les Livres qui pouvoient lui être utiles. Il fit dans cette Ville connoissance avec *Hermolaus Barbarus*, dont le commerce lui servit beaucoup pour se perfectionner dans ce qu'il avoit acquis.

Il retourna ensuite en Angleterre, où la réputation de son merite l'avoit précedé, & il fut aussi-tôt choisi pour être Précepteur du Prince *Artus*, fils aîné du Roi *Henri* VII. La lecture des Livres de *Galien* en Grec lui donna du goût pour la Medecine & depuis ce temps-là il abandonna toutes ses autres études pour s'y livrer entierement. Il devint bientôt un des plus habiles du Pays, & professa

fessa quelque temps la Medecine. T. LINA-
Il fut ensuite appellé à la Cour, & CER.
fut successivement Medecin de
Henri VII. de *Henri* VIII. & de
la Reine *Marie.*

On lui donna un Benefice en
1515. & il reçut l'Ordre de Prê-
trise; il n'en étoit pas pour cela
meilleur Chrétien ni plus devot;
car il se mettoit si peu en peine de
connoître sa Religion , qu'il ne
jetta jamais les yeux sur l'Ecriture
sainte qu'à la fin de sa vie , & que
même ce qu'il en lût alors le mit
dans une colere extrême. Se sen-
tant fort mal , il lui prit envie de
lire la Bible : à l'ouverture du Livre il tomba sur l'endroit de saint
Matthieu , où *Jesus-Christ* défend
à ses Disciples de jurer par le Ciel
&c. Comme il étoit grand jureur ,
cela lui parut si surprenant , qu'il
se prit à jurer de toute sa force en
disant , *ou que ce Livre n'étoit pas*
l'Evangile , ou qu'il n'y avoit point
de Chrétiens au monde. C'est *Selden*
qui rapporte ce fait (*de Syned. Lib.*
2. *cap.* 11.)

Il mourut après une longue ma-

T. LINA-
CER.

ladie le 20. Octobre 1524. âgé de
soixante & quatre ans.

Les fondations qu'il a faites
montrent assez combien il avoit à
cœur l'honneur de sa profession ;
car il fonda deux Chaires de Medecine à *Oxford* & une à *Cambrige*,
dont les Professeurs devoient expliquer Hippocrate & Galien. Il
forma outre cela le dessein de faire
à *Londres* un College de Medecine ; il se donna bien du mouvement pour cela , & en vint enfin
à bout : il fut le premier President
de ce College , à la tête duquel il
demeura les sept années qu'il vêcut encore après l'avoir établi.
Les assemblées se faisoient dans sa
maison , qu'il laissa en mourant à
cette Societé , qui la possede encore. Ces établissemens lui ont fait
beaucoup d'honneur , & lui ont
attiré de grandes louanges.

Catalogue de ses Ouvrages.

1. *Proclus de Sphæra græcè & latinè. Venetiis. Aldus Manutius,*
1599. *in* 8°. C'est son premier Ouvrage qu'il fit suivant le goût de
ce temps-là , qui étoit de traduire

en latin les anciens Ouvrages grecs; **T. Li-**
& il le dédia au Prince *Artus,* ſon **NACER.**
diſciple.

2. *De emendata latini ſermonis*
ſtructura Libri ſex. Londini 1524 It.
Paris 1532. *in* 8°. It. *Venetiis* 1557.
in 8°. La Préface manque dans cette
édition. *It.* réimprimée pluſieurs
autres fois en differens endroits. Ce
ne ſont que des reflexions, mais
doctes & judicieuſes, qu'il a faites
ſur les meilleurs Auteurs. *Eraſme*
& *Budé* ont fort loué cet Ouvrage.

3. *Grammaticæ Rudimenta ex*
Anglico in Latinum tranſlata per
Georgium Buchananum. Pariſ. 1533.
in 8°. On peut juger par la peine
que Buchanan a voulu prendre de
traduire en Latin cette Grammaire de l'eſtime qu'il en faiſoit.

4. *Galeni de tuenda valetudine*
Libri ſex latinè, interprete T. Li-
nacro. Cantabrigiæ. 1517. It. *Pa-*
riſ. 1530. *in* 12. La verſion a été
retouchée dans cette édition par
Guillaume Budé. It. *Lugd.* 1549.
in 12.

5. *Galeni de Temperamentis Li-*
bri tres, & de inæquali temperie

T. LINA-
CER.

unus, latinè. Cantabrigiæ 1521. It.
Parif. 1523.

6. *Galeni de pulfuum ufu Liber,*
& Pauli Ægineta de diebus criti-
cis ex interpretatione T. Linacri. Pa-
rif. 1628. avec les trois Livres *de*
temperamentis.

7. *Galeni de fymptomatibus Libri*
quatuor. Parif. 1528. M. *Huet* dit
dans fon Traité *de Claris Interprèti-*
bus , que perfonne n'a fait voir
dans fes traductions ni une plus
grande netteté de ftile , ni plus
d'exactitude , ni plus de cette bien-
féance & de cette juftefse , que les
gens de bon goût cherchent dans
le difcours. *Linacer* fçavoit un
des mieux de fon fiecle les regles
de la traduction , & il ne s'en eft
écarté que fort rarement. Il avoit
entrepris avec *Latimer* & *Grocin* une
traduction d'*Ariftote ,* mais divers
empêchemens ont fait manquer
cette entreprife.

V. *Wood Antiquit. Oxonienfes*
Caftellani vit. Medec. Pitfæus de
Illuftr. Angliæ Scriptoribus. Freind
Hift. de la Medecine.

CHARLES LE COINTE.

CHARLES *le Cointe* naquit à *Troyes* en Champagne le 4. de Novembre de l'an 1611. d'une très-honnête famille. Quoi qu'il eût plusieurs freres, il fut le seul que son pere fit élever dans l'étude des Lettres : les heureuses dispositions qu'il fit paroître pour y réussir dès ses plus tendres années furent cause de cette préfe-rence. Il apprit les premiers prin-cipes de la Grammaire dans sa Pa-trie, & fut ensuite poursuivre ses études à *Rheims*. La vivacité de son genie, la solidité de son juge-ment, la fidelité de sa mémoire lui acquirent l'estime de ses Maî-tres, dans le temps que sa douceur, sa politesse & son heureux naturel le faisoient admirer de ses condis-ciples. *Henri de Lorraine*, Duc de *Guise*, qui étudioit dans le mê-me College, voulut se l'attacher ; mais la Providence en disposa au-trement : elle le préserva par-là de

CHARLES LE COIN-TE.

Z iij

C. LE
COINTE.

mille dangers, aufquels il auroit été expofé, s'il eût fuivi la fortune de ce Prince. *Dubois in Præf. 8. T. Annal. Eccl. Franc.*

Dieu qui le deftinoit à un genre de vie plus tranquille, lui infpira d'entrer dans l'Oratoire. Il y fut reçu par le Cardinal de *Berulle* l'an 1629. Il avoit l'honneur de fervir la Meffe à ce pieux Cardinal lorfqu'il expira à l'Autel.

Il fut d'abord envoyé à *Vendôme* pour y enfeigner la Grammaire & les Humanitez ; enfuite il profeffa la Rethorique pendant fept ans à *Nantes*, à *Angers* & à *Condom*. Dans cette derniere Ville, *Scipion Dupleix*, connu dans la Republique des Lettres par plufieurs Ouvrages, fut lui offrir fon amitié & fa Bibliotheque, ce qui forma entre eux une étroite liaifon, jufqu'à ce que *Dupleix* s'étant avifé de faire de la peine au P. *Bertault* de l'Oratoire, qu'il vouloit contraindre de mettre à la tête d'un de fes Ouvrages, au lieu de *Florus Francicus*, *Abregé de Dupleix*. Le P. *le Cointe* lui déclara

fans façon, que nonobftant leur C. LE
amitié il fe croyoit obligé par hon- COINTE.
neur à prendre le parti de fon
Confrere, & que s'il ne fe defiftoit
de fes prétentions, il donneroit au
Public des remarques fur leurs
Ouvrages pour en faire voir la
difference. *Dupleix* en eut peur &
fe teut ; mais depuis ce temps-là
il craignit plus le Pere *le Cointe*,
qu'il ne l'aima. *VI. Journ. des
Sçavans* 1681. *El. de le Cointe.*

Le P. *le Cointe* étant à *Bergerac*
au mois de Septembre 1638. y reçut une Lettre qui lui apprenoit
la Naiffance de Louis XIV. Il fit
part de cette nouvelle à fon Hôte,
qui fut fur le champ la porter aux
Magiftrats de la Ville. Ceux-ci
vinrent vifiter en ceremonie le P. *le
Cointe*, pour apprendre de fa bou-
che la verité d'une nouvelle qui faifoit la joye de tout le Royaume; &
il les fatisfit. Ils le prierent enfuite
de venir avec eux à l'Hôtel-de-Vil-
le, & de prendre part à leurs fêtes, qui durerent plufieurs jours :
il ne put fe refufer à leurs empref-
femens.

Z iiij

C. LE
COINTE.

Pendant qu'il enseignoit les Humanitez & la Rhetorique il sçut trouver du temps pour s'appliquer à l'étude de la Geographie, de la Chronologie & de l'Histoire, sur tout de celle de France. Il joignit à cette étude celle de la Politique & des interêts des Princes, & devint un des plus habiles Hommes de son siecle.

Le P. *Bourgoin* étoit alors General de l'Oratoire. Il n'avoit de l'estime que pour ceux qui s'appliquoient ou à la Théologie, ou à la Prédication, & étoit au contraire prévenu contre ceux qui donnoient du côté de l'Histoire. Cette prévention alloit si loin, s'il en faut croire Richard Simon, que lorsqu'il vouloit désigner un ignorant, il disoit : *C'est un Historien.* Il regarda le P. *le Cointe* comme un homme inutile à sa Congregation ; & pour se debarrasser de lui, il l'envoya, non à *Juilly*, comme le dit *Simon*, mais à *Vendôme*, enseigner l'Histoire aux Pensionnaires. Six mois après, M. *Servien*, nommé Plenipoten-

tiaire à *Munſter*, fut lui deman-   C. LE
der un Prêtre de l'Oratoire, pour COINTE.
être Chapelain & Confeſſeur de
Madame *Servien*. Le Pere *Bourgoin* jetta auſſitôt les yeux ſur le P.
le Cointe : celui-ci y conſentit avec
plaiſir, & partit avec M. *Servien*
le 20. du mois d'Octobre de l'an
1643. Ce Plenipotentiaire s'entretenoit ſouvent dans la route avec
un Gentilhomme de differens interêts des Princes & des principales matieres qu'on devoit traiter à *Munſter*. Le P. *le Cointe* ſe
mêloit quelquefois dans leur converſation. Comme M. *Servien*
n'étoit pas prévenu de ſon ſçavoir,
il ne faiſoit pas beaucoup d'attention à lui ; ce qui ne rebuttoit pas
cependant le P. *le Cointe*. La converſation roulant un jour ſur un
point important, il prit la liberté
de demander à M. le Plenipotentiaire, s'il avoit certaines Pieces
qui étoient abſolument neceſſaires
pour cette affaire. M. *Servien* lui
avoua qu'il ne les avoit pas, mais
qu'il les enverroit prendre à *Paris*. Je vous en épargnerai la peine,

C. LE
COINTE.

lui repliqua le P. *le Cointe*, car je
les ai apportées auffi bien que plufieurs autres qui pourront vous
être d'une très-grande utilité. Depuis ce temps-là M. *Servien* le regarda autrement qu'il n'avoit fait
jufques alors ; il goûta fa converfation, la rechercha même, trouva dans ce Pere une très-grande
connoiffance de l'Hiftoire de France, & profita de fes lumieres
dans les affaires les plus difficiles
& les plus importantes. Son merite fut bientôt connu à *Munfter*,
& les autres Plenipotentiaires en
firent un fi grand cas, qu'ils voulurent avoir des conferences avec
lui : il arrivoit même quelquefois
qu'après avoir bien difputé fur certains points, ils s'en remettoient
à fa décifion. Ce fut lui qui travailla aux préliminaires de la
Paix, qui fournit les Mémoires
neceffaires pour ce fameux Traité,
fi avantageux à la France, & qui
lui fervira toûjours de modele
pour tous les autres. *Rich. Sim.*
Lett. choif. T. 3. l. 13. Journ. des
Sçav. ut fupra. Dubois ut fupra.

Après un séjour de trois ans à
Munster le Pere *le Cointe* en partit
avant la conclusion de la Paix,
& se rendit à *Paris*. On le renvoya
à *Vendome*. Le Duc de Mercœur,
qui y étoit, trouva tant d'agrément dans sa conversation, qu'il
voulut l'avoir souvent à sa table ;
il prenoit un plaisir singulier à
l'entendre discourir sur les interêts des Princes, sur les raisons
qu'ils avoient de souhaiter la paix
ou la guerre. Instruit à fonds de
ces matieres, & par ses études,
& par ses reflexions, & parce qu'il
avoit appris à *Munster* ; il assai-
sonnoit sa conversation de mille
détails curieux & interessants.
Dubois ut supra.

Parmi les Pensionnaires à qui il
montroit l'Histoire, étoit le jeune
Pommereu, fils du premier President du grand Conseil : ce jeune
homme promettoit infiniment.
Le P. *le Cointe* en eut un soin si
particulier, que son pere plein
d'estime & de reconnoissance, demanda au Pere General de le faire
venir à *Paris*, & il consentit qu'il

C. LE
COINTE.

C. LE
COINTE. vint demeurer au Seminaire de S.
Magloire.

Depuis long-temps le P. *le Cointe* avoit formé le deffein d'écrire
les Annales Ecclefiaftiques de
France. Il avoit expliqué fon projet au Nonce à *Munfter*, il en
avoit ramaffé les materiaux : enfin
il y mit la derniere main à S. Magloire. *Dubois ut fupra.*

Dans le temps qu'il travailloit
à ce grand Ouvrage, on fit connoître fon merite au Cardinal
Mazarin, & les grands fervices
qu'il avoit rendus à *Munfter*. Le
Cardinal lui envoya 1500 livres,
& lui fit dire qu'il en recevroit
autant tous les ans pour le recom-
penfer de ce qu'il avoit fait pour
l'Etat. Il lui tint parole ; il eut
même foin de marquer dans fon
Teftament, qu'on lui payât cette
Penfion exactement, & fes intentions furent fuivies. *Dubois ut fup.
Sim. ut fup.*

On l'appella en 1661. à la Maifon de S. Honoré, & on lui confia le foin de la Bibliotheque. M.
Colbert parla de lui au Roi fi avan-

tageufement , que Sa Majefté lui
accorda une Penfion de 1000 liv.
& ce Miniftre lui en donna une
de 600. ce qui l'attacha entierement à M. Colbert , à qui il fut
très-utile, lui fourniffant de temps
en temps d'excellens Mémoires fur
les affaires les plus importantes.
M. de Louvois l'employa auffi
dans les occafions. Je ne dois pas
taire un fait que j'ai appris d'une
perfonne digne de foi , à qui le
Pere *le Cointe* l'avoit raconté lui-
même. Lorfque l'Hiftoire Ecclefiaftique de M. *Godeau* , Evêque
de *Vence* commençoit à paroître ,
le Pere *le Cointe* fe trouva chez un
Libraire avec quelques Sçavans.
M. *Godeau* y étoit auffi : il avoit
eu foin de cacher toutes les marques de fa Dignité , qui auroient
pû le faire connoître. La converfation ne roula que fur cette nouvelle Hiftoire ; & fuivant la coûtume affez ordinaire aux Sçavans,
on en parla avec beaucoup de liberté. Le P. *le Cointe* convint qu'il
y avoit des chofes excellentes dans
cet Ouvrage , qu'on ne pouvoit

C. LE
COINTE.

rien lire de plus judicieux que ses Reflexions ; mais il ajoûta qu'il auroit souhaité plus d'exactitude dans les faits & dans les dates, & plus de critique. Il fit ensuite remarquer quelques endroits qui l'avoient le plus frappé. M. *Godeau* l'écoutoit attentivement sans dire mot. Après le départ de ce Pere il eut grand soin de sçavoir son nom & sa demeure. Le même jour il se rendit à l'Oratoire, & se fit annoncer. On peut s'imaginer quelle fut la surprise du Pere *le Cointe* lorsqu'il le vit ; il lui fit des excuses de son indiscretion ; le Prélat le remercia au contraire de sa sincerité, le pria de continuer ce qu'il avoit commencé le matin, & lui fit cette priere avec tant d'instance, qu'il ne put lui refuser sa demande. Ils lurent ensemble cette Histoire, sur laquelle le P. *le Cointe* fit d'amples remarques. L'Illustre Prélat après l'en avoir remercié, en profita dans une nouvelle Edition. Depuis ce temps-là il honora le P. *le Cointe* de son amitié.

C. LE
COINTE.

Son sçavoir lui acquit aussi l'estime du Président *Amelot*, & du Président de *Pommereu*, qui pour joüir de sa conversation l'emmenoit le plus souvent qu'il pouvoit à sa campagne. Le Duc de la *Tremouille* en faisoit aussi un très-grand cas, & entretenoit même un commerce de Lettres avec lui à *Munster* & à *Paris*. M. *Colbert* avoit pour lui une affection toute particuliere, aussi bien que M. le Chancelier *Seguier* & M. de *Harlay*, Archevêque de *Paris*. *Fabio Chigi*, Nonce à *Munster*, passoit avec lui toutes les semaines une apres-dîné entiere. Devenu Pape sous le nom d'*Alexandre* VII. il l'honora de plusieurs de ses Lettres. Prévenu de son rare merite Loüis XIV. lui témoignoit aussi beaucoup de bonté ; il lui a fait l'honneur de lui dire quelquefois qu'il le regardoit comme un homme entierement à lui. Plusieurs Sçavans ont fait son Eloge dès son vivant, entr'autres, Dom *Luc d'Achery*, Dom *Mabillon*, *Henschenius*, *Baluze*, le Cardinal *Bona* &c.

C. LE
COINTE.

On n'a gueres vû de Sçavant plus poli & plus affable : on étoit toûjours fûr, quand on alloit le voir, d'obtenir fur le champ ce qu'on lui demandoit : il prêtoit facilement fes Livres, & communiquoit fes lumieres avec une politeffe & une bonté qui charmoient. Son unique plaifir étoit de s'entretenir familiairement avec fes amis ; rien n'étoit & plus poli, & plus agréable que fa converfation. Tout le temps qu'il ne confacroit pas à la Priere étoit employé à l'étude, aux nuits près ; car il étoit prévenu qu'il n'y avoit rien de plus contraire à l'étude & de plus préjudiciable à la fanté, que les études nocturnes.

Il ne fortoit prefque jamais : fl cela lui arrivoit quelquefois, c'étoit ou pour rendre fervice à quelqu'un, ou pour vifiter quelque Sçavant, ou pour confulter quelque Manufcrit, jamais pour fe délaffer. Il fuivit exactement cette maniere de vivre, & joüit toûjours d'une parfaite fanté aux deux dernieres années près. Alors fentant

on

ſon corps défaillir tous les jours, & ayant beſoin de reſpirer un bon air, il ſortoit très ſouvent. Voyant que ſa derniere heure approchoit, il s'y prépara ſerieuſement par la reception des Sacremens. Son Superieur qui les lui adminiſtra, l'ayant exhorté à demander pardon à ceux qu'il pouvoit avoir offenſé, il lui répondit : *Si j'ai offenſé quelqu'un, ce que je ne crois pas avoir jamais fait de propos délibéré, je lui demande très-humblement pardon. J'ai toûjours regardé ceux qui compoſent l'Oratoire comme mes freres, & reſpecté la Congregation comme ma mere.* Il fit ſon Teſtament, partagea ſon bien en quatre parties égales, dont une fut pour la Maiſon de S. Honoré, étant juſte, dit-il, que, puiſqu'il ayoit du bien, il en donnât à la Maiſon qui l'avoit nourri ſi long-temps. Il légua ſes Ecrits & ſes Livres au P. *Gerard du Bois*, ſon intime ami, & le compagnon de ſes études depuis plus de 25 ans, à condition qu'après ſa mort le tout retourneroit à la Bibliothe-

C. LE
COINTE.

que de l'Oratoire. Il mourut ensuite le 18. du mois de Janvier de
l'an 1681. âgé de 70 ans, dont
il en avoit passé 52. dans la Congregation. Sa taille étoit au-dessus
de la mediocre, son visage gay,
son front large, ses yeux bleus,
son nez long.

Passons à ses Ouvrages.

Annales Ecclesiastici Francorum.
Elles ont été imprimées au Louvre
par ordre du Roi : elles sont di-
visées en 8 vol. *in fol.* Il en a
donné sept en differens temps.
Le I. a paru l'an 1665. le II. 1666.
le III. 1668. le IV. 1670. le V.
1673. le VI. 1676. le VII. 1679.
On y trouve sept Epîtres dédic-
catoires au Roi, qui sont sept
excellens Panegyriques. Le P. *Ge-*
rard du Bois prit soin du VIII.
après sa mort ; il parut l'an 1683.
A l'exemple du P. *le Cointe*, il le
dédia aussi au Roi. Dans la Préface qu'il a mise à la tête de l'Ouvrage, il a fait l'éloge de ce sçavant Annaliste : nous y avons
puisé la plus grande partie des
faits que nous avons rapportez.

M. *Boſquet*, qui eſt mort Evêque. de *Montpelier*, ayant entrepris d'écrire l'origine des Egliſes de France, le Pere *le Cointe* crut ne devoir plus traiter cette matiere après ce ſçavant Homme ; c'eſt pourquoi il ne commença ſes Annales qu'avec la Monarchie Françoiſe, il fixe le regne de *Phara-mond* à l'an 417. On trouve dans cet Ouvrage l'Hiſtoire de l'Egliſe de France, depuis cette année juſ-ques à l'an 845. de ſorte que ces huit volumes ne comprennent gueres plus que l'Hiſtoire de 400 ans : il l'auroit pouſſée plus loin, s'il eût vêcu davantage. On ne ſera pas ſurpris de la longueur de ces Annales, ſi on fait attention à la multitude d'Actes qu'il a rap-portez ou en entier, ou pour le moins en partie, Conciles, Sy-nodes, fondations d'Egliſes, de Monaſteres, Vies de Rois, d'Evê-ques, d'Abbéz &c. Lettres, Char-tes, enfin Diſſertations, qu'il a été obligé de parſemer dans ſes Annales, ſoit pour rejetter ces Pieces, ſoit pour les approuver.

C. LE COINTE.

C. LE COINTE.

soit enfin pour en faire remarquer les endroits essentiels. Bien loin de trouver à redire à sa prolixité, on sera contraint de la louer, lorsqu'on considerera qu'il a épuisé les matieres qu'il a traitées.

Cet Ouvrage est d'un travail immense, il contient bien des récherches singulieres. Sa Chronologie en bien des endroits est differente de celle des autres Auteurs. Comme ces Annales sont composées des paroles mêmes des anciens Historiens, le stile n'en est pas uniforme & fort agréable; mais en révanche le Pere *le Cointe* y fait paroître beaucoup de discernement & de sagacité, car rien n'est plus sensé & plus judicieux que sa Critique.

Cet Ouvrage l'engagea dans des disputes avec quelques Sçavans. Dom d'*Achery* & Dom *Mabillon* ne purent digerer qu'il n'eût fixé l'Epoque de l'union des Moines de S. Colomban avec ceux de S. Benoît qu'au commencement du huitiéme siecle. De-là il s'ensuivoit que les Benedictins devoient rayer

du nombre des Saints de leur Or-   C. ɪɪ
dre pluſieurs de ceux qu'ils avoient COINTE.
mis dans leur premier volume.
Ils prirent la plume pour reparer
leur honneur, & firent imprimer
une Piece contre le Pere *le Cointe*
dans la Préface de leur ſecond ſiecle. Le P. *le Cointe* y répondit: on
trouve ſa Réponſe dans le IV. volume de ſes Annales. La Replique
à ſa Réponſe eſt à la tête de la ſeconde Partie du troiſiéme ſiecle
Benedictin. Peu de temps après
Dom *Philippe Baſtide* dans un
long Traité ſur la Propagation de
ſon Ordre, intitulé: *Diſſertatio de
antiqua Ordinis ſancti Benedicti intra Gallias Propagatione*, 1672.
attaqua de nouveau le P. *le Cointe.*
Celui-ci perſuadé qu'il avoit ſuffi-
ſamment répondu à ſes deux premiers adverſaires, ne s'attacha
qu'à refuter ce troiſiéme, & fit
imprimer ſa Réponſe dans ſon V.
volume. Dom *Baſtide* repliqua par
un Ouvrage qu'il fit imprimer
auſſi dans le troiſiéme ſiecle des
Actes de S. Benoît ſous ce titre:
De Ordinis ſancti Benedicti Gallica-

na Propagatione Liber unus, in quo
Benedictinæ Regulæ per Gallias om-
nes progressus sæculis septimo, octavo
& nono explicantur. Le P. le Cointe
ne poussa pas plus loin une dispute
qu'il avoit assez éclaircie. Il étoit
plus équitable envers les Benedictins qu'*Henschenius* & que *Pa-*
pebrock, qui prétendent que la
jonction des deux Ordres n'a été
faite qu'au commencement du neu-
viéme siecle, après le Concile
d'*Aix-la-Chapelle*, c'est-à-dire l'an
817. Cette dispute n'eut rien d'a-
mer de part & d'autre. Il est inouï
que le P. *le Cointe* se soit jamais
servi dans ses disputes d'aucun terme injurieux contre qui que ce
soit qui l'ait attaqué.

Il eut un autre demelé avec le
P. *François Chiflet*, Jesuite. Leur
dispute roula sur le Regne de *Da-*
gobert : les anciens Auteurs ne lui
donnent que 16 ans de Regne ; il
s'agissoit de sçavoir comment on
devoit les compter, si c'étoit depuis que *Clotaire* II. lui avoit donné
le Royaume, ou depuis la mort de
son pere : c'est de quoi les Sçavans

ne conviennent point ; car les uns C. LE
le font mourir l'an 638. les autres COINTE.
six ans après, l'an 644. de forte
que la dispute roule sur ces 6 années. Le sentiment commun qui est
suivi par les P.P. *Sirmond & Petau*,
&par le plus grand nombre, est
celui qui compte les 16 années depuis la mort de *Clotaire*. Mais
Adrien de Valois ayant examiné
plus mûrement cette Epoque, a
embrassé le sentiment contraire.
Le P. *le Cointe* l'a suivi, & appuyé
son sentiment par de nouvelles
preuves. *Henschenius*, d'*Achery*,
& *Mabillon* ont fait la même chose. Le Pere *Chiflet* composa sur cette matiere une longue Dissertation
contre le Pere *le Cointe*. M. de *Harlay*, Archevêque de *Paris*, instruit
de cette dispute, les manda tous
les deux, & voulut être leur Juge.
Il les fit assembler chez lui au mois
de Février 1675. il écouta leurs
raisons : il avoit avec lui le Pere
de la Chaise, Confesseur du Roi,
& le Pere de *Saillant*, Superieur
de la Maison de l'Oratoire de *Paris*, nommé à l'Evêché de *Treguier*.

C. LE
COINTE.

Tout se passa de part & d'autre avec beaucoup de politesse. Les deux Combattans se firent admirer par la fidelité de leur mémoire, & par la solidité de leurs preuves. Surtout le P. *le Cointe*, cet habile Critique, se fondoit particulierement sur le témoignage de *Fredegaire* & de *Jonas*, Auteurs contemporains. Le P. *Chiflet* faisoit tous ses efforts pour éluder des témoignages si décisifs. M. l'Archevêque de *Paris* se déclara pour le P. *le Cointe*, mais le P. *Chiflet* ne voulut pas se rendre, & fit au contraire paroître après la mort du P. *le Cointe* une Dissertation contre lui, dans laquelle il ne dit mot de cette Conference. On trouve dans le troisiéme tome des Analectes de Dom *Mabillon*, de sçavantes Dissertations qui contiennent des preuves très-solides contre le sentiment du P. *le Cointe*.

Le P. *Julien Loriot*, Prêtre de l'Oratoire, a abregé les Annales du P. *le Cointe*, & les a continuées. Son Ouvrage est encore manuscrit dans la Bibliotheque
des

des Prêtres de l'Oratoire de *Paris* C. LE
en 3 vol. *in 4°.* ſous ce titre : *Hi-* COINTE.
ſtoire Eccleſiaſtique depuis le Bâtême
de Clovis juſques à l'an 1643. Cet
Ouvrage eſt approuvé par M. *Pi-*
rot : je ne ſçai ce qui en a empêché l'impreſſion.

La queſtion du veritable Auteur de l'Imitation de Jeſus-
Chriſt s'étant reveillée entre les
Chanoines Reguliers & les Benedictins , ceux-ci produiſirent de
nouveaux Titres en faveur de
Jean Gerſen. M. de *Harlay* , Archevêque de *Paris* , voulant que la
querelle ſe terminât à l'amiable ,
nomma quelques ſçavans Critiques
pour examiner ces Pieces & en porter leur jugement , & c'eſt ce qui
valut au Public une atteſtation
donnée le 15. Août 1671. par le
P. *le Cointe* , par Mrs *Faure* , d'*He-*
rouval , de *Valois* , *Baluze* , *Cotelier*
& *du Cange*. Ils ne déciderent rien
ſur l'Auteur de l'Imitation , mais
ſur la verité des Pieces produites.
Les Ouvrages manuſcrits du P.
le Cointe ſont.

1. *Mémoires pour ſervir à l'Hi-*
Tome IV.   B b

C. LE
COINTE.

Le P. *le Cointe* les avoit divisez en quatre parties, mais il n'en a composé que deux. Il les avoit entrepris à la priere du Venerable J. B. *Gault*, Prêtre de l'Oratoire & Evêque de *Marseille*; mais la mort précipitée de ce pieux Prélat, qui arriva au mois de Mai de l'an 1643. après six mois d'Episcopat, l'empêcha de les continuer. Le P. *le Cointe* écrivit le 23. Septembre de la même année une Lettre à M. *de Ruffi*, Historien de *Marseille*, où il lui donne le plan de ses quatre Mémoires. Les deux qu'il a composez sont actuellement dans la Bibliotheque des Prêtres de l'Oratoire de *Marseille*, Dans le premer il parle de la ville de *Marseille* & des Peuples voisins avant qu'ils obéissent aux Romains, & depuis qu'ils eurent été subjuguez, jusques à la destruction de l'Empire dans les Provinces d'Occident. Il contient 102 pages *in* 4°. Le second finit au onziéme siécle : on y voit tout ce qui s'est passé en Provence ayant

qu'il y eût des Comtes Hereditai-
res. Elle en contient 287. Il y traite
d'abord de l'ancien état de la Provence ſous les Bourguignons &
les Viſigots , ſous les Rois de
France iſſus de *Clovis* & de *Pepin*,
ſous les Rois d'*Arles* iſſus de *Bo-
zon* , ſous les Rois d'Italie, enfin
ſous les Rois Bourguignons, ſe di-
ſant Rois d'*Arles* , & ſous les Em-
pereurs qui ſe qualifioient *Hauts
Souverains de Provence* , ſans aucune proprieté. Il a mis les Génea-
logies de tous ces Rois. Il devoit
parler dans le troiſiéme de l'état
de la Provence ſous les Comtes ,
& donner dans le quatriéme l'Hiſtoire Eccleſiaſtique de ce Pays.

2. *Journal de ſon voyage à Munſter.* Ce manuſcrit eſt dans la Bibliotheque des Prêtres de l'Oratoire de *Paris.* On y trouve des
extraits de tous les Mémoires que
produiſoient tant les Miniſtres
étrangers que les nôtres , & des
Dépêches que ceux ci envoyoient
à la Cour ; ſon Journal ne contient preſque autre choſe. On y
voit tous les Incidens que les Eſ-

pagnols firent naître pour empêcher la Conclusion des Préliminaires. La peine qu'on eut de convenir des premiers articles qu'on
traiteroit , la division qui survint entre M. *Servien* & M.
d'Avaux , & l'arrivée du Duc de
Longueville pour les réunir , &c.

3. *Traité succint des vrayes maximes d'aucuns Princes de l'Europe.*
Le P. *le Long* n'a pas oublié ce manuscrit dans sa Bibliotheque historique de France ; mais il ne nous
dit pas où il se trouve. *Le Long
Biblioth. historique de France , num.*
12216.

4. *Nouvelle Edition des Oeuvres
de saint Gregoire de Tours.* Le P. *le
Cointe* en avoit examiné avec soin
les manuscrits les plus authenti-
ques : il en parle amplement dans
le premier volume de ses Annales,
à l'année 417. Il donne aussi dans
son second volume à l'année 495.
une Critique exacte des six premiers Livres de *Gregoire de Tours*,
qu'il dit avoir été les plus mal-
traitez par *Guillaume Parvi* , qui
a le premier publié son Histoire,

& qui l'a donnée fort corrompuë :   C. LE
car non feulement le P. *le Coint^e* COINTE
prétend qu'on a ajoûté à cette Hi-
ftoire plufieurs chofes fuppofées,
mais encore qu'on a changé en
plufieurs endroits fon ftile , fous
prétexte de le rendre plus élegant.

Dom *Thierry Ruinart* a répondu
aux plaintes du P. *le Cointe* dans
la troifiéme partie de la Préface de
la belle Edition de **S.** *Gregoire* de
Tours , qu'il a donnée *in fol.* à *Paris* l'an 1699. Le P. *le Cointe* auroit
mis la derniere main à fon édition,
s'il avoit vêcu davantage ; il y auroit ajoûté des notes critiques :
mais l'Ouvrage n'étant pas achevé , ce qu'il en avoit fait eft refté
manufcrit , quoique le P. *Dubois*
nous eût promis de donner cette
édition , que le P. *le Cointe* avoit
revûë & corrigée fur onze manufcrits , & d'y ajoûter plufieurs autres Ouvrages de ce Pere.

Cette Vie eft de *M. B. D. L.*

JACQUES BASNAGE.

JACQUES BASNA-GE.

JACQUES *Basnage* nâquit à *Rouen* le 8. Août 1653. d'*Henri Basnage*, un des plus sçavans & des plus habiles Avocats du Parlement de Normandie. On l'envoya fort jeune à *Saumur*, pour étudier sous le fameux *Tannegui le Fevre*, qui en fit son disciple favori, & qui ne negligea rien pour le dégoûter de la profession de Ministre. *Vous ne connoissez*, lui disoit-il souvent, *cet Etat que par son beau côté, & vous ignorez combien il est degeneré de sa premiere origine. Croyez-moi, vous êtes trop honnête homme pour être Ministre. Vous avez trop de candeur pour exercer cette Charge comme on l'exerce aujourd'hui; & votre franchise vous feroit des ennemis de la plûpart de vos Collegues.* Il pouvoit entrer un peu d'animosité dans ces paroles de M. *le Fevre*, car on a vû dans son article qu'il étoit mécontent des Mi-

hiftres de *S'aumur*, qui avoient J. Bas-
voulu lui faire de la peine. Quoi nage.
qu'il en foit, l'inclination du difciple l'emporta fur les avis du Maître, & le jeune *Bafnage* fuivit le
penchant qu'il fe fentoit pour le
Miniftere.

Rempli de la lecture des meilleurs Auteurs Grecs & Latins dès
l'âge de 17 ans, & fçachant l'Ef-
pagnol, l'Italien, & l'Anglois,
il alla à *Geneve*, où il commença
fes études de Théologie fous Mrs
Meftrezat, *Turretin* & *Tronchin*,
& enfuite à *Sedan*, où il les finit
fous Mrs *Jurieu* & de *Beaulieu*.

Ses études finies, il retourna à
Rouen, où il fut reçu Miniftre au
mois de Septembre 1676. à l'âge
de 23 ans, & fon Miniftere fut affecté à l'Eglife de cette Ville.

Il fe maria en 1684. & époufa
Sufanne du Moulin, fille de *Cyrus
du Moulin*, Miniftre de *Chateau-
dun*, & petite fille du fameux
Pierre du Moulin.

Le Temple de *Rouen* ayant été
interdit le 6. Juin 1685. M. *Bafnage* obtint du Roi la permiffion

J. BAS-
NAGE.

de se retirer en Hollande, & se refugia à *Rotterdam*, où il fut Ministre Pensionnaire jusqu'en 1691. que les Magistrats & le Consistoire le nommerent Pasteur ordinaire de l'Eglise Wallone de cette Ville: il y eut quelques demêlez avec M. *Jurieu* son beau-frere, qui troublerent un peu son repos, mais qui n'interrompirent point ses études & son travail. M. *Jurieu* approuvoit la revolte des Cevenols, que M. *Basnage* condamnoit; & l'Auteur de sa Vie parle d'une conference qu'ils eurent ensemble en 1703. sur ce sujet, & où M. *Jurieu* poussé par les raisons de son Adversaire, fut obligé de condamner les cruautez des Camisafds, se contentant de dire pour leur justification qu'ils avoient été poussez à bout, & que la patience leur étoit échappée.

M. le Pensionnaire *Heinsius* dont M. *Basnage* étoit devenu le favori, voulant l'avoir auprès de lui, le fit appeller en 1709. par l'Eglise Wallone de *la Haye*, & se servit de lui non seulement pour

les affaires de Religion, dans leſquelles il s'employa avec un zéle
infatiguable, mais encore pour les
affaires d'Etat.

Il fut employé pour une negociation ſecrette avec le Marechal
d'*Uxelles*, Plenipotentiaire du
Roi au Congrès d'*Utrecht*, & il
s'en acquitta avec tant d'habileté,
qu'il fut dans la ſuite chargé de
diverſesCommiſſions importantes.
Le Cardinal de *Bouillon*, qui étoit
alors en Hollande, eut de grandes liaiſons avec lui, & lui confia toutes les affaires qu'il avoit
avec les Etats. M. l'Abbé *Dubois*,
qui depuis a été Cardinal & premier Miniſtre, étant allé à *la Haye*
en 1716. pour y negocier une Alliance défenſive entre la France,
l'Angleterre & les Etats Generaux,
eut ordre de M. le Duc d'Orleans,
Regent du Royaume, de s'adreſ-
ſer à M. *Baſnage*, & de ſe gouver-
ner par ſes avis. Ils agirent de con-
cert, & l'Alliance fut concluë le
14. Janvier 1717. Les ſervices
qu'il rendit en cette occaſion lui
valurent la reſtitution de tous les

J. BAS- biens qu'il avoit en France.

NAGE.   M. *Basnage* étoit en commerce de Lettres avec plusieurs Princes, grands Seigneurs & Ministres d'Etat, & avec une infinité de Sçavans de France, d'Italie, d'Allemagne & d'Angleterre. Les Catholiques n'estimoient pas moins son sçavoir que les Protestans; mais on ne croira jamais le Conte que fait le sieur *le Vier* dans l'éloge qu'il en a donné, qu'un grand Archevêque de France, irresolu sur le parti qu'il devoit prendre par rapport à la Constitution *Unigenitus*, ne fit point difficulté de lui demander en ami ce qu'il feroit en pareille occasion, s'il étoit en sa place, & que M. *Basnage* lui répondit; que *c'étoit à lui à examiner s'il reconnoissoit l'authorité du Pape ou non; qu'au premier cas il étoit obligé d'adherer à la Constitution; qu'au second, il pouvoit la rejetter; mais qu'il devoit prendre garde qu'en raisonnant consequemment, cela ne le menât plus loin qu'il ne voudroit aller.*

    Sa santé, qui avoit toûjours été

fort robufte, commença à s'affoi- J. BAS^e
blir en 1722. A la fuite des indi- NAGE,
geftions d'eftomach vinrent la fievre, la jauniffe & enfin un deran-
gement general, qui l'emporterent le 22. Septembre 1723. dans
fa 71e année. Il n'a laiffé qu'une
fille mariée à M. *de la Sarraz*,
Confeiller Privé de Guerre du
Roi de Pologne.

M. *Bafnage* étoit vrai jufques
dans les plus petites chofes; fa candeur, fa franchife, fa bonne foi ne
paroiffent pas moins dans fes Ouvrages, que la profondeur de fon
érudition. L'ufage du grand monde lui avoit acquis une politeffe
qu'on trouve rarement parmi les
Sçavans. Affable, prévenant, po-
pulaire, officieux, il n'avoit point
de plus grand plaifir que celui de
rendre fervice, & d'employer fon
crédit en faveur des miferables.
C'eft le caractere que lui attribue
le fieur *le Vier*.

Catalogue de fes Ouvrages.

1. *Examen des Methodes propo-
fées par Meffieurs de l'Affemblée du
Clergé de France en l'année* 1682.

Cologne 1684. *in* 12. L'Auteur a
commencé à fe faire eftimer dans
fon Parti par cet Ouvrage, qui
eft fort bien écrit, mais auquel il
n'a pas voulu mettre fon nom. Il
y fait en paffant diverfes remarques fur l'Hiftoire critique du
vieux Teftament par le P. *Simon*,
qui lui attirerent une réponfe très-
vive de fa part.

2. *Confideration fur l'état de ceux
qui font tombez, ou Lettres à l'E-
glife de.... fur la chute. Rotterdam*
1686. *in* 12. Cet Ouvrage qui
contient huit Lettres, eft fait en
faveur de fon Parti.

3. *Réponfe à M. l'Evêque de
Meaux fur fa Lettre Paftorale.* Co-
logne 1686. *in* 12. Cet Ouvrage eft
contre la Lettre Paftorale de M.
Boffuet, addreffée aux nouveaux
Catholiques.

4. *Divi Chryfoftomi Epiftola ad
Cæfarium Monachum juxta exemplar Cl. V. Emerici Bigotii, cui
adjunctæ funt tres Epiftolicæ Differ-
tationes. Prima, de Apollinaris Hæ-
refi. Secunda, de variis Athanafio
fuppofitiis Operibus. Tertia adverfus*

Simonium. Rotterodami 1687. *in* 8°.   J. BAS-

It. réimprimé ſous le titre gene- NAGE.

ral de *Diſſertationes hiſtorico-Theo-*

logica. Rotterodami 1694. *in* 8°.

Edition augmentée d'une Répon-

ſe au P. *Hardouin*, qui avoit cri-

tiqué ſon Hiſtoire des Apollina-

riſtes. M. *Baſnage* répond dans

la troiſiéme de ces Diſſertations à

M. *Simon*, qui l'avoit maltraité

dans la Préface de l'Hiſtoire cri-

tique du vieux Teſtament.

5. *La Communion ſainte, ou*

Traité ſur la neceſſité & les moyens

de communier dignement. Rotterdam

1688. *in* 18. It. *Cinquiéme Edi-*

tion fort augmentée dans le corps

de l'Ouvrage & d'un troiſiéme &

quatriéme Livre, pour apprendre ce.

que l'on doit faire, lorſqu'on s'ap-

proche de la Table, & après la com-

munion. Rotterdam 1697. *in* 12.

On a fait pluſieurs éditions de ce

Livre qui a été ſi fort goûté,

même par les Catholiques, qu'on

a cru pouvoir le faire ſervir à

leur uſage, & qu'il a été impri-

mé pour eux à *Rouen* & à *Bruxel-*

les. M. *de Flamare*, Prêtre, qui a

J. BAS-
NAGE.

été autrefois de la Religion P. R.
l'a inseré dans son Ouvrage, intitulé : *Conformité de la créance de*
l'Eglife Catholique avec la créance
de l'Eglife primitive; & difference
de la créance de l'Eglife Proteftante
d'avec l'une & l'autre. Rouen 1701.
in 12. 2 tomes, prétendant qu'on
ne peut trop l'eftimer, & que les
Fideles ne le sçauroient trop lire.
Cette affociation de l'Ouvrage
d'un Prêtre, & de celui d'un Miniftre paroît un peu bizarre.

6. *Hiftoire de la Religion des*
Eglifes Reformées dans laquelle on
voit la fucceffion de leur Eglife, la
perpetuité de leur Foi, principale-
ment depuis le huitiéme fiecle; l'éta-
bliffement de la Reformation, la per-
feverance dans les mêmes dogmes,
depuis la Reformation jufqu'à pre-
fent, avec une Hiftoire de l'origine &
du progrès des principales erreurs de
l'Eglife Romaine, pour fervir de
Réponfe à l'Hiftoire des variations
des Eglifes Proteftantes de M. de
Meaux. Rotterdam 1690. *in* 8°.
2 tomes. It. 1721. 2 tomes *in* 8°.
& 1725. 2 tomes *in* 4°. Editions

fort augmentées. Cet Ouvrage a J. BAS-
été joint à l'Hiftoire de l'Eglife. NAGE.

7. *Traité de la confcience, dans
lequel on examine fa nature, fes il-
lufions, fes craintes, fes doutes, fes
fcrupules, fa paix & divers cas de
confcience, avec des reflexions fur le
Commentaire Philofophique.* Amfter-
dam. 1696. 2 vol. *in* 8o. On en a
fait deux Editions à *Lyon* en 3 volumes *in* 12. On trouve dans cet
Ouvrage la refutation des fophif-
mes de M. *Bayle* fur la confcience
errante.

8. *Lettres Paftorales fur le renouvellement de la perfecution.* 1698.
in 4°.

9. *Hiftoire de l'Eglife depuis Je-
fus-Chrift jufqu'à prefent.* Rotterdam. 1699. fol. 2 vol. Ce n'eft pas
un des moindres Ouvrages de M.
Bafnage.

10. *Traité des préjugez faux &
legitimes, ou Réponfe aux Letres &
Inftructions Paftorales de quatre Prélats, M. de Noailles Cardinal, Archevêque de Paris; Colbert, Archevêque de Rouen; Boffuet, Evêque
de Meaux; & Nefmond, Evêque de*

304 *Mém. pour servir à l'Histoire*
Montauban. Delft 1701. *in* 8°. 3
tomes. On voit par ce titre que
c'est un Ouvrage de controverse.

11. *Défense du Traité des préjugez faux & legitimes, ou Reponse
à la seconde Instruction Pastorale de
M. Bossuet. Delft* 1703. *in* 8°.

12. *Dissertation historique sur l'u-
sage de la Benediction nuptiale*, inserée dans *l'Histoire des Ouvrages
des Sçavans au mois de Janvier*
1703. M. *Basnage* prétend y prouver que le consentement fait l'es-
sence du mariage, qu'ainsi on ne
doit demander que cela aux nouveaux convertis ; & que la Benediction nuptiale, qu'on les oblige
de recevoir, précedée de la Con-
fession & de la Communion, n'a
jamais été regardée comme une
chose d'obligation.

13. *Dissertation sur la maniere
dont le Canon de l'Ecriture Sainte
s'est formé, pour servir d'Apologie à
ce qu'il en a dit dans l'Histoire de
l'Eglise contre la Préface d'un Livre
de M. Richardson*, inserée dans
*l'Histoire des Ouvrages des Sçavans
au mois de Janvier* 1704.

13.

14. *Histoire de l'ancien & du* J. BAS-
nouveau Testament representé en NAGE.
tailles douces faites & dessinées par
Romain de Hogue avec une explica-
tion. On a ajoûté des vers à chaque
figure par *M. de la Brun*. *Amster-*
dam 1705. Lindenberg *fol.* 2 tom.
qui ne font qu'un volume assez
mince. Cette Histoire est recher-
chée pour les figures. A peine
étoit-elle imprimée qu'on en a vû
paroître une seconde Edition con-
trefaite à *Amsterdam in* 4°. (en
1706.) avec d'autres figures, dans
lesquelles on a retranché la Description & l'Histoire du Temple,
& toutes les Cartes Geographi-
ques. Elle a été aussi imprimée *in*
12. sans figures.

15. *Histoire des Juifs depuis Je-*
sus-Christ jusqu'à present, pour fer-
vir de supplément à l'Histoire d'Jo-
seph. Rotterdam 1706. 5 tomes *in*
12. It. *Nouvelle Edition augmen-*
tée. La Haye 1716. *in* 12. 15 volumes. Ce Livre est plein d'une
vaste érudition par rapport à tout
ce qui regarde la Religion Judaï-
que & l'Histoire des Juifs.

C c

J. BAS-NAGE.

16. *Histoire des Juifs reclamée & retablie par son veritable Auteur M. Basnage contre l'Edition anonyme & tronquée, qui s'en est faite à Paris chez Roulland 1710. avec plusieurs additions pour servir de sixiéme tome à cette Histoire. Rotterdam.* 1711. *in* 12. On attaque ici M. *du Pin*, qui avoit fait imprimer à *Paris* l'*Histoire des Juifs*, après y avoir changé ce qu'il avoit jugé à propos, sans en faire connoître le veritable Auteur.

17. *Entretiens sur la Religion. Rotterdam* 1709. *in* 12. *Troisiéme Edition* 1713. 2 vol. *in* 12. C'est un Ouvrage de controverse, auquel il n'a pas jugé à propos de mettre son nom.

18. *Dissertation sur l'antiquité de la Monnoye & des Medailles des Juifs, & sur la Préference des Caractéres Samaritains aux Hebreux*, inferée dans l'*Histoire des Ouvrages des Sçavans au mois de Janvier* 1709.

19. *Sermons sur divers sujets de Morale, de Théologie & de l'Histoire sainte. Rotterdam* 1709. *in* 8°.

2 tomes. Il y a plus de morale dans ces Sermons qu'il n'y en a ordi- nairement dans les Sermons des Proteſtans.

J. BAS-
NAGE.

20. *Proſpectus novæ editionis Ca-niſii , Dacherii &c. Roterodami* 1709. M. *Baſnage* entreprit cette année de donner une nouvelle édi-tion des *Lectiones antiquæ Caniſii ,* mais bien plus ample qu'elle n'é-toit. Les Libraires qui s'en étoient chargez n'ayant pû en continuer l'impreſſion, cederent en 1720. ce qu'ils avoient d'imprimé aux ſieurs *Wetſtein* qui ont publié ce grand Recueil ſous ce titre : *Theſaurus Monumentorum Eccleſiaſticorum & Hiſtoricorum , ſeu Henrici Caniſii Lectiones antiquæ , ad ſæculorum or-dinem digeſta variiſque opuſculis aucta. Antuerpiæ* 1725. *in fol.* 7 vol. Outre un grand nombre de Pieces nouvelles dont cette édition eſt augmentée. M. *Baſnage* l'a en-richie de Préfaces generales ſur les Antiquitez Eccleſiaſtiques , & a mis à la tête de chaque Ouvrage des Préfaces particulieres , qui en font connoître le véritable Au-

J. Bas-
nage.

teur, sans parler des petites notes qui éclaircissent les endroits qui
en ont besoin.

24. *Préface contenant des réflexions sur la durée de la persécution
& sur l'état présent des Réformez en
France.* Elle précede une nouvelle
édition du Livre de M. Claude,
intitulé : *Les plaintes des Protestans
cruellement opprimez dans le Royaume de France*, faite à *Cologne* 1713.
in 12. Elle est plus longue que le
Livre même.

22. *Antiquitez Judaïques, ou
Remarques critiques sur la Republique des Hebreux. Amsterdam* 1713.
in 8°. 2 tomes. C'est une espece de
Supplement à *Cuneus.*

23. *Reflexions desinteressées sur
la Constitution du Pape Clement XI.
qui condamné le nouveau Testament
du P. Quesnel. Amsterdam* 1714.
in 8°.

24. *L'unité, la visibilité, l'autorité de l'Eglise & la verité renver-
sée par la Constitution Unigenitus,
& par la maniere dont elle est reçuë.
Amsterdam* 1715. *in* 8°.

25. *L'état present de l'Eglise*

Gallicane, contenant divers Cas de J. BAS-
Conscience sur ses divisions, avec NAGE.
un examen critique des erreurs &
de la conduite de Clement XI. Amsterdam 1719. *in* 12.

26. *Instructions Pastorales aux Ré-*
formez de France sur l'obéissance duë
au Souverain. 1720. *in* 12. M. le
Duc d'Orleans, Regent du Royaume craignant que les nouveaux
Convertis du Dauphiné, du Poi-
tou & du Languedoc ne se laif-
saffent entraîner à quelque foule-
vement par les Emiffaires du Cardinal *Alberoni*, fit prier M. *Baf-*
nage en 1719. par M. le Comte de
Morville, alors Ambaffadeur en
Hollande, d'écrire à ceux dont on
vouloit corrompre la fidelité, &
de les affermir par fes exhortations
dans l'obéiffance qu'ils devoient au
Roi. Il le fit, & leur addreffa une
Inftruction Paftorale, qui fut réimprimée à *Paris* par ordre de la Cour,
& diftribuée dans les Provinces
fufpectes. Elle eut tout l'effet qu'on
s'en étoit promis. Mais comme M.
Bafnage s'efforçoit dàns la même
Lettre de prouver aux nouveaux

J. BAS-
NAGE.

Convertis l'excellence de la Religion P. R. M. de *Catelan*, Evêque de *Valence* se crut obligé d'y faire une réponse, que M. *Basnage* tâcha de refuter par une seconde *Instruction Pastorale*, qui fut suivie de deux autres.

27. *Annales des Provinces-Unies depuis les Negotiations pour la Paix de Munster avec la Description historique de leur Gouvernement. Tome I. La Haye fol.* 1719. Ce volume qui commence en 1646. finit à la conclusion de la Paix de *Breda* en 1667. *Tome II.* 1726. Ce volume va jusqu'à la Paix de *Nimegue* en 1678. M. *Basnage* a continué l'Ouvrage jusqu'en 1684. & a laissé un plan pour le conduire jusqu'en 1720.

28. *Nouveaux Sermons.* 1720. *in* 8°.

29. *Dissertation historique sur les Duels & les Ordres de Chevalerie. Amsterdam* 1720. *in* 8°. Cet Ouvrage est curieux.

30. Il a fourni aussi beaucoup d'extraits à M. *Basnage de Bauval* son frere, pour inserer dans son

Hiftoire des Ouvrages des Sçavans. J. BAS-

Il avoit promis une Hiftoire des NAGE.
Herefies, qui auroit été un Ouvrage curieux; mais d'autres occupations l'ont empêché d'y travailler, & il l'a laiffée imparfaite.
§. V. fon Eloge à la tête du *fecond
volume de fes Annales des Provinces
Unies.*

JEAN AUBREY.

JEAN *Aubrey* (en Latin, *Al-* JEAN
bericus) nâquit dans un lieu de AUBREY.
la Province de *Wilt* en Angleterre,
nommé, *Eafton-Piers*, au mois de
Novembre 1626. Il fit fes premieres études à *Malmesbury*, fous *Robert Latimer*, & eut alors pour
compagnon le fameux *Hobbes*,
avec lequel il lia une étroite amitié.

Ayant été immatriculé dans le
College de la Trinité à *Oxford* en
1642. il y fit connoiffance avec
Antoine Wood, qu'il aida beaucoup
dans la compofition de fon Ouvrage, intitulé : *Athena Oxonien-*

J. Au-
BREY.

ses. Comme on travailloit alors au
Monast. con Anglicanum, il fit la
dépense du Plan de l'Abbaye d'Os-
ney, qui fut après détruite & rui-
née pendant la guerre civile. Ce
Plan a été inseré dans le tome II.
à la page 136. mais il est à remarquer qu'il manque dans un grand
nombre d'exemplaires.

En 1646. *Aubrey* prit le parti
de la Jurisprudence, par le moyen
de laquelle il prétendoit s'avancer;
mais la mort de son Pere arrivée la
même année, lui laissa une succession si litigieuse, qu'il fut obligé
d'interrompre ses études pour
s'assurer son Patrimoine. Ce Patrimoine étoit épars en tant de
Provinces, qu'il eut continuellement de nouveaux voyages à faire. Ce qu'il y eut de chagrinant
pour lui, c'est qu'il perdit morceau à morceau toute la succession
paternelle par les chicanes qu'on
lui fit ; & sa fortune fut enfin
reduite à si peu de chose, qu'il fut
trop heureux de trouver un asyle
dans la maison d'une Dame, qui
se fit un honneur de ne point abandonner

donner un homme de ce merite J. Au-
aux dernieres horreurs de la pau- BREY.
vreté.

On peut le mettre avec raiſon
au nombre des Sçavans malheureux ; car ſa vie n'a été qu'une ſuite de peines & de chagrins. En
1660. il fit naufrage en revenant
d'Irlande, & penſa perdre la vie.
L'année ſuivante il ſe maria ; mais
l'état conjugal lui fit ſi peu d'honneur & de plaiſir qu'il en fit toûjours quelque myſtere. On a ſeulement trouvé dans ſes Mémoires
manuſcrits une petite note, qui
marque le peu de contentement
qu'il avoit trouvé dans le mariage. *Lé* 1. *Novembre* 1661. dit-il,
*je fis la premiere recherche de Jeanne
Somner ſous une mauvaiſe Etoile.*

Au reſte, ſes chagrins & ſes procez ne lui firent point negliger
entierement l'étude des belles Lettres, il leur donnoit tous ſes momens de loiſir ; & les grands progrès qu'il y fit, lui procurerent en
1662. l'entrée dans la Societé
Royale de *Londres*. Deux ans
après, c'eſt-à-dire, en 1664. il fit

Tome IV. D d

un petit voyage en France, mais
il n'alla pas plus loin qu'*Orleans*.

Il est mort à *Oxford* vers l'an
1700. L'état d'obscurité où il vivoit n'a pas permis de sçavoir précisement le temps auquel il a fini ses tristes jours, & l'Auteur de sa Vie n'a pû le découvrir. Au reste, on doit mettre au rang de ses vertus la patience avec laquelle il supporta ses malheurs : on voit dans ses Mémoires manuscrits de frequentes preuves de sa résignation aux ordres de la Providence ; & quoique ce fût en 1670. que son bien acheva presque de se dissiper, on y lit ces paroles écrites de sa main : *Je rends graces à Dieu de ce que depuis l'an 1670. j'ai pû me posseder moi-même dans une heureuse obscurité.*

Catalogue de ses Ouvrages.

1. La Vie de M. *Hobbes* publiée en Latin en 1681. par le Medecin *Richard Blackbourn* est de la façon de *Jean Aubrey*, qui l'avoit écrite originairement en Anglois.

2. *Promenade de la Province de*

Surrey. (en Anglois) 1692. C'eft
l'Hiftoire naturelle de cette Province , qu'il entreprit en 1673.
mais à laquelle il ne mit la derniere main qu'en 1692. qu'il la
publia. Il avoit formé un fembla-
ble projet par rapport à la Province de *Wilt* , mais fon grand âge
ne lui permit pas de l'exécuter. Il
avoit néanmoins ramaffé beaucoup de chofes fur cette matiere.

2. *Mélanges fur divers fujets ,*
comme de la fatalité des jours ou
des lieux , des préfages bons ou mau-
vais , des fonges , des apparitions
& autres chofes femblables. (en Anglois) 1696. *in* 8⁰. It. *Seconde*
Edition. Londres 1721. *in* 8⁰. L'a-
gréable tranquillité dont il joüit
pendant quelques femaines qu'il
paffa en 1695. dans les beaux jar-
dins du Comte d'*Abingdon* , lui
fit revoir quelques petites Pieces ,
qu'il avoit recueillies fur la Science
Hermetique. Il les mit en ordre ,
& les fit imprimer l'année fuivante fous ce titre general de *Mélan-*
ges. Il y fit depuis des additions ,
& refondit fon Ouvrage qui de-

J. Au-
BREY.

J. Au-
BREY.

voit être imprimé pendant sa vie, puisqu'il en avoit fourni la copie au Libraire *Churchill*, dès l'an 1697. On ne sçait pourquoi il ne l'a point été; ce n'est que depuis sa mort & celle de ce Libraire, qu'on l'a donné au Public. Ces mélanges ne sont qu'un Recueil indigeste de plusieurs observations superstitieuses, qu'un homme d'esprit n'auroit dû ramasser, que pour les censurer. Cependant *Aubrey* les donne avec une emphase qui n'est propre qu'à leur donner du credit. V. sa Vie à la tête de *ses Mélanges*.

JEAN DE SERRES.

JEAN DE
SERRES.

JEAN de Serres, appellé en Latin, *Joannes Serranus*, nâquit dans le Vivarais vers le milieu du quinziéme siécle, selon *Frisius* dans la Bibliotheque de *Gesner*. *Menage* dans ses Remarques sur la Vie de *Pierre Ayrault* marque la ville de *Montpellier* pour le lieu de sa naissance. *Guy Allard* dans sa Bibliotheque du *Dauphiné*,

dit qu'il étoit du *Bas Dauphiné*, J. DE
& qu'il a été Ministre de la Reli-SERRES,
gion P. R. à *Montelimart.*

Ses Parens l'envoyerent étudier
à *Lausanne*, sous *Jacques Randon*
& *Guillaume Beraud.* Il forma en
ce lieu une étroite amitié avec *Jean
Guillaume Stucke*, qui se rendit
depuis celebre à *Zurich.* Il fit quelque progrès dans les Langues Grecque & Latine, s'attacha à la Philosophie d'*Aristote* & de *Platon*; &
de retour en France, il étudia en
Théologie, parce qu'il se destinoit
au Ministere.

Il commença à se produire dans
le Public, & à se faire connoître
par ses Ouvrages en 1570. Trois
ans après, c'est-à-dire, en 1673.
il se réfugia à *Lausanne* après la
saint Barthelemi. Il étoit en 1682.
Ministre à *Nismes. Cayet* dit qu'il
l'a été à *Orange.*

D'*Aubigné* (tome 3. de son *Histoire ch.* 11.) rapporte que *de Serres* fut l'un des quatre Ministres de
la Religion P. R. qui avoua à
Henri IV. qu'on pouvoit se sau-
ver dans la Religion Catholique

J. DE SERRES.

& la Prétenduë Reformée. Plufieurs ont cru qu'il avoit quitté
cette derniere. Il eft même dit
dans le *Perroniana*, qu'il changea
de Religion en 1597. Voici ce
qu'on y fait dire à M. du Perron
fur fon fujet.

» *De Serres* étoit Catholique
» Romain : je l'ai vû faire foh ab-
» juration entre les mains du Legat
» le Cardinal de *Florence*; mais il
» ne fit pas fa déclaration, parce
» que l'on efperoit qu'il feroit
» quelque profit parmi ceux de la
» Religion. En ce temps-là M. *de*
» *Sancy* fe convertit, & *de Serres*
» fut caufe que M. *de Sancy* fe
» hâta & fe déclara, & dit à *San-*
» *cy :* Monfieur, fi j'avois ma fa-
» mille & tout mon bien ici, je
» n'arrêterois pas à me déclarer.

Le fujet qu'éurent les Refor-
mez de foupçonner *de Serres* d'être
infidele à leur Parti, eft le projet
de réunion qu'il avoit fait : c'eft
pour cela que *Cayet* voudroit même perfuader que la mort fubite
de *de Serres* avoit été l'effet de
quelque poifon qu'ils lui donnerent.

Il n'a cependant jamais avoué J. DE qu'il eût quitté la Religion P. R. SERRES. ni même qu'il en eût formé le moindre deffein. On peut voir dans les Mémoires de M. *du Pleffis* une des Lettres de ce Miniftre, où il fe plaint en termes fort touchans, de ce qu'on jugeoit & parloit mal de fa conduite en 1596. & où il dit reffentir une extrême joye de l'approche du Synode, où l'on pourroit reconnoître fon innocence. On voit encore dans les mêmes Mémoires plufieurs Lettres, où il paroît que M. *du Pleffis* & plufieurs autres perfonnes confiderables du Parti ne penfoient pas de *Jean de Serres*, comme le faifoient ceux qui l'accufoient de changement.

On trouve dans un Catalogue manufcrit des Livres de *Jean Pinguenet*, Chanoine de *Rheims*, que *de Serres* fut empoifonné, & mourut en 1598. âgé de 50 ans. *Spon* dans fon Hiftoire de *Geneve*, le fait mourir la même année à *Geneve*, où il s'étoit retiré ; & ajoûte qu'il fut enterré le même jour que fa

D d iiij

J. DE.
SERRES

femme, & mis dans le même tombeau.

Le peu de connoiſſance que l'on a des circonſtances de ſa vie, & les differentes choſes qu'en rapportent les Auteurs l'ont fait partager en deux ou trois perſonnes, entre leſquels on a diſtribué les Ouvrages qui n'appartient qu'à lui.

Catalogue de ſes Ouvrages.

I. *Commentariorum de ſtatu Religionis & Reipublicæ in Regno Franciæ Libri tres, Regibus Henrico II. Franciſco II. & Carolo IX. in 8°. 1670. 1571. & 1572. Quarta Editio. 1572.* Ce volume commence en 1557. & finit en 1561.

Secundæ partis Commentariorum &c. Libri tres, Carolo IX. Rege. in 8°. 1572. 1574. Quarta Editio. 1577. Cette ſeconde Partie commence en 1561. & finit en 1562.

Tertiæ Partis Libri VII. VIII. & IX. ad tertii Belli Gallici finem, poſtremo Pacis Edicto concluſum, Carolo IX. Rege, in 8°. 1575. 1577. Cette troiſiéme Partie va juſqu'en 1570.

Quartæ Partis Libri X. XI. & XII.

Carolo IX. Rege ad illius obitum in 8°. 1575. 1577. Cette Partie fi- nit au mois de Mai 1574.

Quinta Partis Libri XIII. XIV. *&* XV. *Henrico III. Rege, in* 8°. *Lugd. Bat.* 1580. 1590. Cette derniere Partie ſe termine à l'année 1576.

Cet Ouvrage a été attribué à differens Auteurs. *Lipenius* dans ſa Bibliotheque le donne à *Jean Eobanus Heſſus*; *Frideric Geſler* dans *Placcius* à *François Hotman*, *Henri Sponde* à *Théodore de Beze*, & enfin *Cleſſius* à *Pierre de la Place*: cette derniere opinion paroîtroit la mieux fondée, ſi l'on avoit égard à la ſeule reſſemblance du titre de cet Ouvrage, & du *Commentaire de l'état de la Religion & de la Republique du Préſident de la Place*; mais celui-ci qui eſt diviſé en ſept Livres commence au 5. de Fevrier 1556. & finit à l'Aſſemblée de *Poiſſi* en 1561. outre qu'il eſt écrit en François; au lieu que l'autre eſt en Latin, & eſt partagé en quinze Livres, dont le commencement eſt au 4. de Septembre 1557. & la fin au 14. Mai 1576. mais l'Ouvrage est incontestablement de *Jean de Serres*; la preuve est l'aveu qu'il en fait dans une de ses Lettres à *Vulcanius*. Outre que l'on trouve dans l'édition de 1577. sa Devise ordinaire, qui étoit, *Etiam veni, Domine Jesu.* Toutes ces cinq Parties ne font que deux Volumes.

2. *Mémoires de la troisiéme Guerre Civile & des derniers troubles de France sous Charles IX. depuis l'Edit de Pacification du 3. Mars 1568. jusqu'au mois de Decembre 1569. divisé en 3. Livres.* 1570. *in* 8°. It. *Les mêmes en 4 Livres contenant les causes, occasions, ouverture de la troisiéme Guerre Civile & poursuite d'icelles.* 1571. *in* 8°. *Les mêmes*, imprimez à la fin du troisiéme tome des *Mémoires de l'état de France sous Charles IX. Middelbourg.* 1578. *in* 8°. Une preuve convaincante que *de Serres* est Auteur de cet Ouvrage, c'est que son nom est écrit de la main de *Pierre du Puy* sur les Exemplaires qui lui appartenoient, & qu'il a laissez à la Bibliotheque du Roi.

3. *Pfalmorum Davidis aliquot* **J. DE**
Metaphrafis Græca, adjecta è Regio- **SERRES.**
ne Paraphrafi Latina Georgii Bu-
chanani. Apud H. Stephanum.
1575. in 12.

4. *Gafparis Colinii Caftillionii*
Vita. 1575. in 8°. Quoique M. *de*
la Monnoye donne cet Ouvrage à
François Hotman, & M. *du Four-*
my dans l'*Hiftoire des grands Offi-*
ciers de la Couronne à Jean Villiers-
Hotman, frere de *François*, le
nom de *Jean de Serres*, qui eft écrit
de la propre main de *Pierre du Puy*
fur l'exemplaire qui lui a appartenu, & qui eft à la Bibliotheque du
Roi, prouve inconteftablement
qu'il eft de lui.

5. *Platonis Opera græcè & latinè*
ex verfione Joannis Serrani, & cum
ejus annotationibus, edente Henrico
Stephano. (Geneva) 1578. *fol. 3*
volumes. *De Serres* avoit entrepris
un travail qui étoit au-deffus de
fes forces, en voulant traduire
Platon. Il n'y a peut-être point de
traduction qui reffemble moins à
fon original que celle-ci. Il n'y a
rien de plus pompeux & de plus

324 *Mém. pour servir à l'Hiftoire*
magnifique que le ftile de ce Philofophe ; & il n'y a prefque rien
de plus plat & de plus fimple que
le Latin de *de Serres*. Il a cru qu'il
fuffifoit d'exprimer la penfée de
fon Auteur, fans fe foucier de la
maniere de cette expreffion, & il
nous a voulu donner bonne opinion de fa fidelité & de fa netteté
pour nous dédommager du refte.
Cependant *Henri Etienne*, au rapport de *Cafaubon*, trouvoit dans
cette verfion beaucoup d'endroits
contraires à cette fidelité & à cette
netteté. Il en avertit même *de Ser-*
res, quoi qu'inutilement, puifqu'il
ne put fe refoudre à y rien changer, foit qu'il fut rebuté par la
difficulté & la peine qu'il y avoit
à retoucher tant d'endroits, foit
qu'il eut un peu trop de complaifance pour fes productions. (*Bail-*
let Jugem. des Sçavans.)

6. *Remontrance au Roi fur les per-*
nicieux difcours contenus au Livre
de la Republique de J. Bodin. Pa-
ris 1579. *in* 8°. Bodin répondit à
cet Ouvrage, où il eft for maltraité fous le nom de *Jean Herpin.*

Il témoigne dans une Lettre Lati-   J. DE
ne qui précede ſa Réponſe , que SERRES.
de Serres avoit été ſevérement puni
pour les injures qu'il lui avoit dites : en effet il fut mis en priſon
pour cela par ordre du Roi Henri III.

7. *Commentarius in Salomonis
Eccleſiaſtem. Geneva* 1580. & 1588.
in 8°.

8. *Anti-Jeſuita* I. II. III. &
IV. *ſeu Reſponſio , Expoſtulatio ,
Defenſio pro vera Eccleſia Catholica
auctoritate adversùs Jeſuitas Turno-
nenſes & Joannem Hayum. Rupella ,
Geneva.* 1586. 1588. 1594. *in*
8°. Il s'éleva en 1582. un démêlé
de controverſe entre les Jeſuites
de *Tournon* , & les Miniſtres de
Niſmes ſur une Theſe que *Jean
Hay* Jeſuite Ecoſſois , Profeſſeur
de *Tournon* y envoya. *De Serres*, qui
étoit alors un des Miniſtres de
Niſmes fut chargé d'y répondre, &
il publia pour cela les quatre *Anti-
Jeſuites* , dont les deux premiers
ſont au nom de l'Univerſité de *Niſmes*, & les deux autres ſous le ſien.

9. *De l'immortalité de l'Ame. Lyon*
1576. *in* 8°.

10. *De l'usage de l'immortalité de
l'Ame. Rouen* 1597. *in* 12.

11. *Inventaire general de l'Histoire de France , illustré par la conference de l'Eglise & de l'Empire.
Paris* 1597. 2 volumes *in* 16. Cette
Histoire commence à *Pharamond ,
& finit à la mort de *Charles* VI. en
1422. *Le même continué jusqu'à la fin
du Regne de Charles VII. par un autre. Paris* 1599. *in* 16. 7 vol. *Le même continué jusqu'au* 3. *Septembre
1598. Paris* 1600. 3 vol. *in* 8°. *Cayet*
dans le tome premier de sa *Chronologie Novennaire* & plusieurs autres
après lui attribuent cette continuation à *Jean Monlyard*, Ministre
de la Religion P. R. It. *continué
jusqu'en* 1606. *Paris* 1606. 4 vol. *in*
8°. It. *Paris, Guillemot.* 1608. *in* 8°.
4 vol. *Marchand* dans ses notes
sur les Lettres de *Bayle* prétend
que c'est la meilleure édition. It.
continué jusqu'en 1614. *Paris* 1614.
4. volumes in 8°. Cette édition
& les suivantes ont été continuées jusqu'à la date de l'édition par des Auteurs Catholiques,
ce qui fait une bigarure assez desa-

gréable, ceux-ci tenant un lan- J. DE
gage tout different des premiers SERRES.
Auteurs. It. *Paris fol.* 1618. 1621.
1627. 1631. 1636. 1640. It. *Paris*
1680. 6. vol. *in* 12. It. *Paris* 1624.
1636. *in* 12. 4 vol. It. *continué juf-*
qu'à la mort de Louis XIII. Paris
fol. 1643. 1648. It. *Lyon* 1653.
3 vol. *in* 8°. It. *Paris* 1658. *fol.* It.
Rouen 1660. *in fol.* 2 vol. Ces
deux dernieres éditions font pré-
ferables aux précedentes, parce
qu'elles ont été revuës par d'habiles gens ; on en a néanmoins retranché quelques traits hardis,
qui font rechercher les premieres
éditions. Cette Hiftoire a été traduite en Latin avec la continuation jufqu'en 1606. par *C. Rei-*
nius, & imprimée en cette Langue à *Francfort in fol.* en 1606.
1625. 1643.

Il eft difficile de croire que *de*
Serres ait été, comme il le dit,
chercher la verité dans les four-
ces, lorfqu'on voit qu'il s'eft contenté d'abreger les grandes Chro-
niques de France, qu'il femble
n'avoir écrit que pour élever fon

J. DE
SERRES.

Parti aux dépens de l'Eglise Catholique, qu'il ne garde aucune mesure à l'égard de nos Rois & des Papes, & qu'il semble plus un Prédicant qu'un Historien. C'est ce que *Dupleix* a remarqué dans l'Inventaire qu'il a donné de ses erreurs & déguisemens.

Il décrit l'Histoire des deux premieres races de nos Rois d'une maniere confuse & pitoyable ; on y voit des faits contraires à ceux que rapporte *Gregoire de Tours*, le premier de nos Historiens. Il semble avoir pris pour guide dans la Vie de *Charlemagne* le faux *Turpin*, duquel il a tiré ce qu'il dit de la Bataille de *Roncevaux*. Il ne paroît pas mieux instruit de la Vie de *Louis le Débonnaire* & des autres Rois qui l'ont suivi. Il entre dans des détails si circonstanciez de fait singuliers, que l'on seroit tenté de le croire, si l'on trouvoit dans quelque ancien Historien quelque legere trace de ce qu'il en rapporte ; mais tout cela vient de son imagination.

Pour ce qui est du stile sur lequel

de

de Serres demande quartier, il n'en
merite aucun ; car pourquoi n'é-
crivoit-il pas naturellement , au
lieu de ſe ſervir , comme il a fait ,
de figures outrées , de Metaphores
continuelles , d'expreſſions baſſes
& fades & de ſots Proverbes.

Tous ces défauts n'ont point
empêché que ſon Inventaire n'ait
été imprimé un grand nombre de
fois , ce qu'on doit attribuer à
deux cauſes : la premiere eſt qu'il
n'y avoit point alors d'autre Hiſtoire de France ſi ſuivie ; & la ſeconde , que les Ouvrages hardis & médiſans comme celui ci
ont plus de cours que les autres
dans le monde.

11. *Recueil des choſes mémorables
adveuuës en France ſous Henri II.
François II. Charles IX. & Henri
III. depuis l'an 1547. juſqu'au premier Aût 1589. in 8°. 1589. Seconde Edition juſqu'au commencement de l'an 1597. Dordrecht 1598.
in 4°. Troiſiéme Edition. Hedin.
(Geneve) 1603. in 8°. It. Leyde
1643. in 80.* Cet Ouvrage eſt de
Jean de Serres , ſelon M. *Teiſſier ,*

E e

J. DE SERRES.

& lui doit être plûtôt attribué qu'à *François Hotman*, ou à *Theodore de Beze.*, à qui quelques-uns l'ont donné. Il est nommé par rapport à la seconde édition, l'*Histoire des cinq Rois*, parce qu'il contient l'Histoire d'*Henri* II. de ses trois enfans, & une partie de celle d'*Henri* IV. *De Serres* devoit le joindre à son Inventaire pour le rendre complet. Il garde peu de mesure dans cette Histoire, & il donne lieu à *le Laboureur* de dire dans ses additions aux *Mémoires de Castelnau*, que c'est le plus passionné & le moins fidele des Ecrivains Hugenots. Il ne faut point s'en étonner ; les Ouvrages qui paroissent dans les troubles d'un Etat se ressentent toûjours de la passion qui les fait produire : c'est ce qui donne lieu à la reflexion judicieuse du P. *Daniel* dans sa Préface sur l'Histoire de France. » C'est » contre les Mémoires qui racon- » tent les Guerres Civiles, dit-il, » qu'un Lecteur doit principale- » ment se précautionner ; c'est » dans ces sortes d'Ouvrages, où

» la partialité & l'animofité re-
» gnent le plus. Nous en avons
» des exemples dans une infinité
» d'Ecrits hiftoriques, depuis le
» Regne de François II. jufqu'à
» celui de Louis XIII. par les
» Catholiques & les Huguenots.
» C'eft l'effet ordinaire des Guer-
» res Civiles, fur tout lorfqu'elles
» font allumées par le motif ou
» par le prétexte de la Religion.

12. *Syllabus Annalium Galliæ,*
à Pharamundo ufque ad Henricum
IV. Joannis Serrani Nemaufenfis
Miniftri induftriâ & labore conti-
nuatus. Francofurti 1612. *in* 4°.
Cet Ouvrage n'eft cité que dans la
Bibliothèque Claffique de Draudius.

13. *Precationes Græco-Latinæ,*
quæ ad fingulorum Pfalmorum ar-
gumentum funt accommodatæ. Apud
Henricum Stephanum. in 18.

14. *De Fide Catholica, five de*
Principiis Religionis Chriftianæ, com-
muni omnium fenfu femper & ubique
ratis. Paris 1697. *fol. ex Typogra-*
phia Regia It. *Paris* 1607. *in* 8°.
avec le même titre à la tête, & fur
le haut des pages celui-ci, *Appa-*

J. DE SERRES.

ratus ad Fidem Catholicam. Il entreprit cet Ouvrage pour concilier la Religion Catholique & la Proteſtante, mais il ne ſervit qu'à le rendre odieux à ceux de ſon Parti.

Jean Decker (de Scriptis adeſpotis) lui attribue encore le *Diſcours merveilleux de la Vie de Catherine de Medicis*, que *Patin* croit être de *Theodore de Beze*, & *Maimbourg* d'*Henri Etienne*.

V. ſa Vie à la fin de la *Bibliotheque des Hiſtoriens de France* du P. *le Long*, & *Marchand* dans ſes *notes ſur les Lettres de Bayle.*

ANT. URCEUS CODRUS.

ANTOINE URCEUS CODRUS.

ANTOINE *Urceus*, ſurnommé *Codrus*, nâquit à *Herberia*, petite ville du Territoire de *Reggio*, le 15. Août 1446. Son biſayeul, fils d'un Potier du Pays de Breſſe, fut le premier de ſa famille qui vint s'établir à *Herberia.* Il étoit ſi pauvre, que ſon travail lui fourniſſoit à peine de quoi vi-

vre. Son fils gagna quelque temps A. U. Co-
ſa vie à pêcher ; enſuite comme DRUS.
il piochoit dans un champ, il
trouva un pot plein d'une aſſez
bonne quantité d'argent, dont il
employa une partie à acheter le
champ, & l'autre à dreſſer une
boutique de Droguiſte.

Codrus fut aſſez bien élevé, &
ſon pere lui donna tous les Maîtres neceſſaires ; mais il le quitta
fort jeune pour aller à *Modene*
étudier ſous *Tribac*, homme aſſez
habile pour ce temps-là. Quelque
mois après il retourna à *Herberia*,
d'où ſon pere l'envoya à *Ferrare*
étudier ſous *Baptiſte Guarini*, Profeſſeur celebre dans les Langues
Grecque & Latine, & ſous *Luc*
Ripa, Profeſſeur en Eloquence.
Codrus fit de tels progrès ſous ces
deux Maîtres, qu'il ſurpaſſa de
beaucoup tous ſes compagnons
d'étude.

Après avoir demeuré cinq ans
à *Ferrare*, il fut appellé à *Forli*
pour y profeſſer les Belles Lettres,
& on lui donna des appointe-
mens plus conſiderables que ceux

A.U.Co-
DRUS.

qu'avoient eû ses Prédecesseurs. Il fut pendant dix ans dans ce Poste, & demeura en tout à *Forli* treize ans, occupé à instruire la Jeunesse, & en particulier *Sinibaldo*, fils du Prince de *Forli*, chez lequel il avoit son logement & sa nourriture. Après la mort de ce Prince & de son fils, qui mourut six mois après lui, *Codrus* demeura encore six mois en cette Ville, incertain du parti qu'il prendroit.

Enfin il alla à *Boulogne*, où il fut choisi pour professer les Langues Grecque & Latine, & la Rhetorique. Il a toûjours demeuré depuis dans cette Ville, & y est mort l'an 1500. dans le Monastere de S. Sauveur, où il voulut être transporté. Il étoit alors âgé de 54 ans. On mit sur son tombeau pour toute Epitaphe ces mots : *Codrus eram.* Il l'avoit ainsi ordonné.

Il fut presque toûjours valetudinaire depuis sa naissance jusqu'à l'âge de 44 ans. Il avoit l'estomach foible, & se sentoit quelquefois dans une si grande inanition, qu'il demeuroit tout le jour dans son

lit comme un homme mourant,
fans parler, fans même fe plaindre; mais dès que le foir revenoit,
fes forces revenoient auffi.

Il avoit peu de mémoire, ce qui
faifoit qu'il lifoit fouvent fes Orai-
fons en Public, au lieu de les pro-
noncer par cœur; & quoiqu'il eût
la prononciation defagréable, on
l'écoutoit cependant avec un plaifir extrême.

Il étoit un Juge très-fevere des
Ouvrages d'autruy, il ne lui arrivoit même gueres de louer quelque moderne. Lorfqu'on lui demandoit fon fentiment fur les plus
grands Hommes du fiecle, il répondoit ordinairement : *Ils croyent*
fçavoir.

Il avoit beaucoup d'adreffe à in-
ftruire les enfans, il fçavoit les corriger & s'en faire aimer : il les châ-
tioit cependant quelquefois avec
excès; car quoiqu'il eût l'air doux
& complaifant, il étoit très-fevere
& fort colere.

On a toûjours douté de fa Religion pendant fa vie; & fon Hifto-
rien avoue qu'il y donnoit lieu par

A. U. Co-
DRUS.

ses discours. On cite même de lui
des traits qui font voir qu'il n'étoit
pas trop persuadé de l'immortalité de l'Ame & des peines de l'en-
fer. Dans le temps qu'il demeuroit
à *Forli*, il avoit dans l'interieur du
Palais une chambre si obscure,
que sans le secours d'une lampe il
ne pouvoit étudier que lorsqu'il
faisoit grand jour. Etant sorti une
fois sans l'éteindre, le feu prit à
des papiers & ensuite à tout ce
qui étoit dans la chambre, & brû-
la avec ses meubles un Livre qu'il
avoit nouvellement composé. Il
fut si transporté de fureur à la
premiere nouvelle de cette incen-
die, qu'il courut au Palais, &
s'arrêtant devant la porte de sa
chambre, où les flammes l'empêchoient d'entrer. Il vomit plusieurs blasphemes contre Jesus-
Christ & contre la Vierge. On
tâcha de l'adoucir, mais inutilement; il pria fortement ses amis
de ne le point suivre, & alla comme un fou s'enfoncer dans une
forêt, où il passa le reste du jour
dans l'affliction & le desespoir.
Comme

Comme il revenoit le ſoir à la Vil- A.U.Co-
le, il trouva les portes fermées; DRUS.
ainſi il ſe coucha ſur un tas de fu-
mier, où il attendit le jour. Etant
rentré dans la Ville, il fut ſe cacher dans la maiſon d'un Menui-
ſier, où il demeura ſix mois ſeul
& ſans Livre. Malgré ces impietez
& ces extravagances, il témoigna
à la mort les meilleurs ſentimens
du monde, & reçut ſes Sacremens
avec une devotion exemplaire.

Cet homme qui faiſoit l'eſprit
fort, ajoutoit foi à tous les préſa-
ges avec une foibleſſe tout-à-fait
puerile; il croyoit qu'il y avoit
quelque providence qui s'en mêloit; mais ce qu'il y a de plaiſant,
c'eſt que lorſqu'on annonçoit quelque prodige, au lieu de ſonger
que ce fût ou un Prince ou un
Etat qui fût menacé de quelque
malheur, il croyoit ſeulement que
c'étoit un préſage qui le menaçoit
ou lui ou quelque autre Profeſſeur.

Le nom de *Codrus* lui fut donné
par hazard. Etant à *Forli* le Prince
le rencontra & ſe recommanda à

Tome IV. F f

lui: ce Professeur lui répondit en
riant : Les affaires vont bien , *Ju-
piter Codro se commandat.* Depuis
cette rencontre tout le monde lui
donna le nom de *Codrus.*

Ses Ouvrages ont été imprimez
pour la premiere fois à *Boulogne* en
1502. par *Jean Antoine Platonide,*
in fol. On en a fait une seconde
édition en 1506. *in fol.* à *Venise ,*
une troisiéme en 1519. à *Paris*
chez *Jean Petit in* 4º. & une quatriéme en 1540. chez *Henri Petri,*
fameux Libraire de *Basle in* 4º.
Cette derniere est intitulée : *An-*
tonii Codri Urcei Opera quæ extant
omnia , sine dubio non vulgarem uti-
litatem allatura Grammaticen , Dia-
lecticen , Rhetoricen & Physica pro-
fitentibus , in utriusque enim Linguæ
Græcæ & Latinæ Auctoribus loca
hactenus non intellecta explicantur
mirabili ingenii judiciique acumine.
On voit dans ce titre un exemple
de la charlatanerie Litteraire , qui
étoit autrefois fort en regne, &
qui ne l'est encore que trop à present. L'édition d'*Henri Petri* est
préferable aux autres , surtout à

celle de *Jean Petit*, qui eſt d'un caractere confus, & pleine d'abbre-
viations & de fautes.

Les Ouvrages de *Codrus* con-
ſiſtent en quinze Oraiſons, dix
Lettres & pluſieurs Pieces de Vers,
& tout cela eſt precedé de la Vie
de cet Auteur par *Barthelemi Blanchini*. *Codrus* parle aſſez bien latin ; mais il faut avouer que ſa latinité eſt ſimple, & qu'on n'y trouve gueres ou même point de ces
expreſſions nobles & élevées, qui
donnent de la force & de la dignité au diſcours. Si le plaiſant eſt
mêlé avec le ſerieux, c'eſt un plaiſant ou très-bas, ou ſi obſcur,
qu'on ne peut aſſez s'étonner du
goût d'une Ville qui ſouffroit de
telles plaiſanteries. Sa ſcience étoit
peu profonde, & ſon érudition
peu ſolide. Il ſçavoit en Littera-
teur chercher des materiaux,
trouvoit des paſſages & des traits
d'Hiſtoire, qu'il couſoit avec aſſez d'art dans ſon genre, & par
une longue ſuite de Citations en-
taſſées les unes ſur les autres, il
ſe donnoit un air d'habile hom-

me ; mais de dire qu'il connut ses sujets à fonds , c'est ce qu'on ne peut lui accorder. Il fait parade de son habileté dans les Mathematiques & dans l'Histoire Ecclesiastique ; mais pour peu qu'on soit initié dans ces Sciences , on reconnoit facilement qu'il en sçavoit fort peu de choses.

Codrus a travaillé aussi sur *Plaute,* & ce qu'il a fait sur ce Poëte a été imprimé separément sous ce titre : *Plauti lepidissimi Poëtæ Aulularia ab Antonio Codro Urceo, utriusque Lingua doctissimo, pristinæ formæ diligenter restituta ; illius enim finis antea desiderabatur. Lipsiæ* 1513. *fol.*

Les Oeuvres de *Codrus* sont assez rares , quoiqu'il y en ait eû quatre éditions : M. *Bayle* ne les avoit point vûës, c'est ce qui fait que l'article qu'il a donné de ce Sçavant est entierement defectueux & plein d'erreurs, qu'il n'a commises, que parce qu'il n'a pas été à la source.

V. son Eloge par *Blanchini* à la tête de *ses Oeuvres* & *Mém. Litter. seconde Partie.*

JEAN-BAPTISTE THIERS.

JÉAN-BAPTISTE *Thiers* nâquit à *Chartres* vers l'an 1641.
Après avoir finit ſes études & avoir
été reçu Bachelier en Théologie de
la Faculté de *Paris*, il fut quelque temps Regent d'Humanitez
au College du *Pleſſis*. Ayant enſuite quitté cet Emploi, il fut Curé
de *Champrond* dans le Dioceſe de
Chartres, où il eut quelque démêlé
avec l'Archidiacre pour le Droit
que les Curez prétendent avoir de
porter l'Etole dans le cours de ſa
viſite. Quoi qu'il n'eût pas eû dans
cette affaire tout le ſuccès qu'il en
eſperoit, il ne laiſſa pas de continuer à travailler dans ſon Poſte,
& à compoſer pluſieurs Ouvrages;
mais s'étant enſuite broüillé avec
le Chapitre de *Chartres* au ſujet de
la Diſſertation qu'il publia ſur les
Porches des Egliſes, il crut ne
pouvoir plus ſervir utilement dans
ce Dioceſe, & permuta ſa Cure
de *Champrond* contre celle de *VI-*

JEAN
BAPTISTE
THIERS.

E f iij.

bray dans le Diocese du *Mans*, où il continua d'écrire jusqu'à sa mort, qui arriva au commencement de Mars 1703. Il étoit alors âgé de plus de 60 ans.

Catalogue de ses Ouvrages.

1. *De auctoritate argumenti Negantis. Parisiis. 1660. in 12. M. Thiers* fit cet Ouvrage pendant qu'il étoit Regent au College du *Plessis*. Il y attaque M. *de Launoy*, qui avoit établi dans un Ouvrage fait exprès cette regle de bon sens, qu'*un fait ne peut passer pour veritable dans l'Histoire, que lorsqu'il est rapporté par des Auteurs contemporains, ou qui ont écrit quelque temps après; & que quand un fait, dont les Anciens n'ont point parlé, se trouve rapporté par un Auteur recent, on est en droit de le rejetter comme faux.* M. *de Launoy* en faisant réimprimer son Livre en 1662. y ajoûta un petit Ecrit contre M. *Thiers*, qu'il ne ménagea pas beaucoup. Ce qui lui attira de la part de celui-ci une réponse intitulée :

2. *Defensio adversùs Joannis de Launoy appendicem ad Dissertatio-*

nem de autoritate negantis argumen- J. B.
ti. Paris 1664. in 12. Voici le ju- Thiers
gement que le Journal des Sça-
vans porte de ce Livre. La latinité
en est belle, & le stile fait voir que
l'Auteur est très-sçavant dans les
Humanitez. Mais on trouve que
le Livre est trop rempli d'injures,
& qu'il y a quelques minuties traitées trop amplement.

3. *De retinenda in Ecclesiasticis*
Libris voce Paraclitus Dissertatio.
Lugduni 1669 in 12. C'est une pu-
re bagatelle que cette Dissertation.

4. *De Festorum dierum imminutio-*
ne Liber. Lugdani 1668. in 12. Ce
Livre fut fait peu de temps après
que les Evêques eurent, suivant
l'intention du Roi, retranché plusieurs Fêtes. M. *Thiers* fait voir que
le pouvoir d'établir & de retrancher des Fêtes appartient aux Evêques, & examine les raisons legitimes qui peuvent les faire retrancher.

5. *Dissertation sur l'Inscription du*
grand Portail du Couvent des Corde-
liers de Rheims : Deo Homini, &
Beato Francisco, utrique crucifixo. *Par le sieur de Saint Sauveur.*

F f iiij

Bruxelles 1670. *in* 12. *Seconde Edition.* 1673. *in* 12. L'Inscription
que M. *Thiers* attaque dans ce petit Ouvrage sous le nom du sieur
de *Saint Sauveur*, fut ôtée par l'ordre des Grands Vicaires, & l'on
mit à la place : *Crucifixo Deo Homini & sancto Francisco.* 1669.
Mais M. *Thiers* les condamne toutes deux, & fait voir fort au long
ce qu'il y a de reprehensible.

6. *De Stola in Archidiaconorum
visitationibus gestanda à Parochis
Disceptatio. Paris* 1674. *in* 12. M.
Thiers composa ce Traité à l'occasion d'un different que les Curez
du Diocese de *Chartres* eurent avec
l'Archidiacre pour porter l'Etole
en sa presence, dans le temps qu'il
faisoit la visite de leurs Eglises. Cet
Ouvrage ne fut pas cependant
d'un grand usage pour leur cause,
qu'ils perdirent à cause de la possession prouvée par l'Archidiacre.

7. *Traité de l'exposition du saint
Sacrement de l'Autel. Paris* 1663. *in*
12. It. *Paris* 1677. *in* 12. fort augmenté, 2 tomes. Tout le monde
convient que ce Livre est le meil-

leur de tous les Ouvrages de M. J. B.
Thiers , & celui qui lui a fait le THIERS.
plus d'honneur ; parce qu'on n'y
voit point une érudition affectée ,
comme dans fes autres Livres; tout
y eft placé à propos & fans confufion ; le langage y paroît plus
pur , le difcours plus concis , &
l'ordre plus clair & plus naturel.
Il y combat l'ufage qui s'eft introduit des frequentes expofitions du
S. Sacrement.

8. *L'Avocat des Pauvres , qui
fait voir l'obligation qu'ont les Bene-
ficiers de faire un bon ufage des biens
de l'Eglife. Paris* 1676. *in* 12. Quoique ce point de morale ait été fouvent traité , on peut dire que M.
Thiers l'établit d'une maniere particuliere , tant par l'érudition qu'il
fait paroître , que par les exemples
choifis qu'il apporte.

9. *Differtation fur les Porches des
Eglifes. Orleans* 1679. *in* 12. M.
Thiers fit cet Ouvrage à l'Occafion d'un ufage introduit dans la
Cathedrale de Chartres , où l'on
donne des places fous les Porches
de l'Eglife à des Marchands pour

J. B.
Thiers.

y vendre des chapelets & des che-
mises d'argent. Il y prétend que
c'est un abus, & qu'on ne doit
point souffrir qu'il se vende rien
en ce lieu. Le Chapitre de *Chartres*
qui se trouvoit interressé dans cette question, fit assigner M. *Thiers* en
reparation d'injures devant l'Of-
ficial de *Chartres*. Ce fut à l'occasion du Procès qu'il eut à soûtenir
à cette occasion, qu'il fit l'Ouvrage suivant.

10. *Factum contre le Chapitre de*
Chartres. 1679. *in* 12.

11. *Traité des superstitions selon*
l'Ecriture Sainte, les Decrets des
Conciles & les Sentimens des SS.
Peres & des Théologiens. Paris 1679.
in 12. Ce volume traite en general
des pratiques superstitieuses dont
il rapporte cependant un grand
nombre.

12. *Traité des superstitions qui*
regardent tous les Sacremens. Paris
1704. *in* 12. 3 tomes. Ce Livre
est rempli de choses curieuses &
singulieres.

13. *Traité de la Cloture des Reli-*
gieuses. Paris 1681. *in* 12. Les

Théologiens qui avoient traité juſ- J. B.
ques-là cette matiere, ne trou- THIERS.
voient point de loi plus ancienne
touchant la cloture des Religieuſes, que la celebre Decretale de
Boniface VIII. *Periculoſo*. Mais
M. *Thiers* ſoûtient que la Cloture
leur a toûjours été preſcrite.

14. *De la dépouille des Curez. Paris* 1683. *in* 12. Après le Procès
des Curez du Diocese de *Chartres*
avec l'Archidiacre touchant l'Etole, ils en eurent encore un autre
pour le Droit que les Archidiacres
prétendent, de prendre après la
mort des Curez leur lit, leur cheval, leurs habits &c. M. *Thiers*,
qui s'étoit voué à ſoûtenir les
Droits des Curez, compoſa ce
Traité pour faire voir que ſelon
les Canons & les Ordonnances,
les Archidiacres n'avoient aucun
droit ſur les meubles des Curez
décedez.

15. *La Sauſſe-Robert, ou avis ſalu-
taires à M. Jean Robert, grand Archidiacre de Chartres. in* 12. Il compoſa ce petit Ecrit pendant les diſ-
putes avec cet Archidiacre, de
même que le ſuivant.

16. *La Sauſſe-Robert juſtifiée, où Pieces employées pour la juſtification de la Sauſſe-Robert. in 8º.*

17. *Traité de jeux & des divertiſſemens. Paris 1686. in 12.* M. *Thiers* examine dans ce Livre les divertiſſemens qui ſont permis & ceux qui ſont défendus, & fait à ce ſujet un grand nombre de digreſſions curieuſes.

18. *Diſſertations Eccleſiaſtiques ſur les principaux Autels des Egliſes, les Jubez des Egliſes, & la cloture du Chœur des Egliſes. Paris 1688. in 12.* Ceux qui aiment tout ce qui regarde les Rites, trouveront de quoi ſe ſatisfaire dans ces Diſſertations.

19. *Histoire des perruques, où l'on fait voir leur origine, leur uſage, leur forme, l'abus & l'irregularité de celles des Eccleſiaſtiques. Paris 1690. in 12.* L'Auteur en veut dans cet Ouvrage aux Eccleſiaſtiques qui portent la perruque; il ſoûtient qu'ils n'en ont porté que depuis l'an 1660. & qu'elles leur ſont interdites par les Canons.

20. *Traité de l'abſolution de l'Ho-*

néſie, où l'on fait voir par la Tradi-
tion de l'Egliſe, que le pouvoir d'ab-
ſoudre de l'hereſie eſt reſervé aux Papes & aux Evêques, à l'excluſion des
Chapitres & des Reguliers exempts
de la Juriſdiction des Ordinaires.
Lyon 1695. *in* 12.

21. *Diſſertation ſur le lieu, où re-*
poſe le Corps de ſaint Firmin, Evêque d'Amiens. *Paris* 1699. *in* 12.
Il s'agit dans cet Ouvrage de décider ſi le Corps de S. Firmin eſt
dans la Cathedrale d'*Amiens*, où
dans l'Abbaye de S. *Acheul*, qui
eſt aux portes de cette Ville. M.
Thiers décide en faveur de l'Abbaye de S. *Acheul.* Son Ouvrage
a été ſupprimé par un Arrêt du
Conſeil du 27. Avril 1699.

22. *Diſſertation ſur la ſainte Larme*
de *Vendôme. Paris* 1699. *in* 12. Un
Benedictin de la Congregation de
S. Maur a publié un Ouvrage
pour défendre cette Relique. Il
tâche d'y prouver que cette Larme
eſt une de celles que Notre-Sei-
gneur répandit en pleurant le *La-*
zare ; qu'un Ange la recueillit
dans un vaſe, & la donna à la

J. B.
THIERS.

Madelaine, qui l'apporta en France, & la confia à S. *Maximin*, Evêque d'*Aix* ; qu'elle fut conservée dans cette Ville jufqu'au temps de *Conftantin*, fous lequel elle fut portée à *Conftantinople*, d'où elle fut rapportée, à ce qu'il prétend, à *Vendôme*, en 1042. par *Geofroi Martel*, Comte d'Anjou & de *Vendôme*, à qui *Michel Paphlagon*, Empereur d'Orient la donna. M. *Thiers* refute ici cette prétention, & s'adreffe à M. l'Evêque de *Blois*, pour le porter à ordonner la fuppreffion de cette Relique. Le P. *Mabillon* ayant répondu à cette Differtation, M. *Thiers* repliqua.

23. *Réponfe à la Lettre du P.* ... *touchant la prétenduë fainte Larme de Vendôme. Cologne* 1700. *in* 12. Il y a dans ce petit Ouvrage une faute affez plaifante. Il y eft dit que *Philon* a compofé un Traité pour montrer que tout Livre eft bon, c'eft-à-dire, qu'il n'y en a aucun dont on ne puiffe retirer quelque utilité. Si l'Auteur avoit lû le titre du Traité de *Philon* dans l'Original, il auroit bien vû qu'il a

un sens tout autre que celui qu'il lui
donne.

**J. B.
THIERS.**

24. *De la plus solide, la plus necessaire, & souvent la plus negligée de
toutes les devotions. Paris* 1702. 2 tomes *in* 12. Le dessein de ce Livre est
de faire voir que la devotion à l'ob-
servation des Commandemens de
Dieu, est la plus solide & la plus
necessaire, quoique souvent la
plus negligée de toutes les devotions. Il est rempli de quantité de
beaux principes de morale, établis
sur des témoignages de l'Ecriture
Sainte, ou sur des Passages des
Peres, qui y sont rapportez dans
toute leur étenduë.

25. *Observations sur le nouveau Breviaire de Cluny. Bruxelles* 1702. *in*
12. 2 tomes. M. *Thiers* fait dans
cet Ouvrage l'examen du Breviaire
de *Cluni* en Critique & en Censeur
outré, plûtôt qu'en Juge indif-
ferent & équitable. Non seulement il le blâme en general, comme un Ouvrage dans lequel on a
fait entrer beaucoup de choses singulieres & extraordinaires, & on
a renouvellé des usages abolis de-

J. B. THIERS.

puis long-temps ; où l'on s'est trop attaché à quelques endroits de la Regle de S. *Benoît*, pendant qu'on l'a abandonnée en d'autres ; où l'on n'a eu aucun égard ni aux anciennes Coûtumes de *Cluni*, recueillies par *Udalric*, Moine de *Cluni*, ni aux Statuts de la Congregation de *Cluni*, dreffez par *Pierre le Venerable*, Abbé de *Cluni*, ni aux anciens Breviaires de *Cluni*; en un mot, comme un Ouvrage défectueux en bien des endroits, & qui n'est Breviaire de *Cluni* que par le titre : mais il en attaque en particulier le titre, la Lettre Pastorale, le Calendrier, les Rubriques, &c. Il critique jusqu'aux fautes de Grammaire & d'impression. Il n'a pas même épargné les belles Hymnes de *Santeuil*. Il ne laisse pas d'y avoir quelques remarques assez curieuses, & dignes de l'érudition de l'Auteur.

26. *Critique de l'Histoire des Flagellans, & justification de l'usage des disciplines volontaires. Paris* 1703. *in* 12. Cet Ouvrage est contre celui de M. l'Abbé *Boileau*.

27.

27. *Traité des Cloches & de la* J. B.
Sainteté de l'Offrande du pain & du Thiers.
vin aux Meſſes des morts. Paris
1721. *in* 12.

28. *Apologie de M. l'Abbé de* ✝
la Trappe contre les calomnies du P.
de Sainte-Marthe. Grenoble in 12.
Cet Ouvrage, qui a été ſupprimé,
attaque les quatre Lettres du P. de
Sainte-Marthe contre le Traité
des devoirs de la Vie Monaſtique
de l'Abbé de la Trappe.

Le genie de M. *Thiers* eſt fort
aiſé à connoître par la nature &
la qualité de ſes Ouvrages : il ſe
plaiſoit à étudier des matieres ſin-
gulieres, & ramaſſoit avec ſoin
tout ce qu'il trouvoit ſur ces
ſujets ; il mettoit enſuite ces
recueils en œuvre, & les employoit toûjours pour reprendre
quelque abus, ou pour critiquer
quelque Ouvrage. C'eſt le jugement que M. *du Pin* porte de ce
laborieux Auteur.

V. *du Pin Bibliot. des Auteurs*
du 17e *ſiecle, & Liron Bibliot.*
Chartraine.

Tome IV. G g

JOSEPH PITTON
DE TOURNEFORT.

JOSEPH
PITTON
DE TOUR-
NEFORT.

JOSEPH *Pitton de Tournefort* nâquit à *Aix* en Provence le 5. Juin 1656. de *Pierre Pitton*, Ecuyer Seigneur de *Tournefort* & d'*Aimare de Fagoue* d'une Famille noble de *Paris*. Il fentit dès la plus tendre jeuneffe cet amour des Plantes, qui dans la fuite lui en a fait porter la connoiffance à un fi haut degré. Son propre genie fut fon premier maître: quoiqu'on l'appliquât uniquement, comme tous les autres écoliers, à l'étude de la Langue Latine, un charme fecret l'entraînoit à l'étude de la Botanique. Il s'abfentoit même fouvent de fa claffe pour aller herborifer à la campagne. Ses frequentes échappées hors de la maifon paternelles étoient punies rigoureufemeut, mais il s'en confoloit par le plaifir d'avoir trouvé quelque Plante qu'il n'avoit jamais vûë.

Quand il fut en Philosophie, il goûta peu celle qu'on lui enseignoit : il n'y trouvoit point la nature qu'il se plaisoit tant à observer, mais des idées vagues & abstraites qui ne conduisent à rien. Il découvrit dans le Cabinet de son Pere la Philosophie de *Descartes*, peu connuë alors en Provence, & il y trouva ce qu'il cherchoit. La necessité où il étoit de ne joüir de cette lecture qu'à la dérobée, augmentoit son ardeur; & son pere en s'opposant au penchant qu'il se sentoit pour cette étude, contribuoit aux progrès qu'il y faisoit.

Comme il le destinoit à l'Eglise, il le fit étudier en Theologie, & le mit même dans un Seminaire; mais son goût particulier prévalut. Il falloit qu'il vît des Plantes; il alloit faire ses études cheries, où dans un Jardin assez curieux, qu'avoit un Apoticaire d'*Aix*, ou dans les campagnes voisines, ou sur les rochers; il pénetroit par adresse ou par présens dans tous les lieux fermez, où il croioit trou-

ver des Plantes qui n'étoient point
ailleurs ; si ces sortes de moyens ne
réusissoient pas , il y entroit furtivement , & un jour il pensa être
accablé de pierres par des paysans
qui le prirent pour un voleur.

Enfin il quitta la Théologie ,
pour laquelle il ne se sentoit aucun
attrait , & se livra entierement à
la Medecine, la Physique & la Botanique , encouragé à cela par un
de ses oncles paternels , Medecin
fort habile & fort estimé.

Devenu par la mort de son pere , arrivée en 1677. maître de
suivre son inclination , il profita
aussitôt de sa liberté , & parcourut en 1678. les montagnes de
Dauphiné & de Savoye , d'où il
rapporta un grand nombre de
plantes seches, qui commencerent
son herbier.

En 1679. il alla à *Montpellier* ,
où il se perfectionna beaucoup dans
l'Anatomie & dans la Medecine.
Le Jardin des Plantes établi en
cette Ville par *Henri* IV. ne suffi-
soit pas pour satisfaire sa curiosité , il courut tous les environs de

Montpellier , & en rapporta des plantes inconnuës aux gens même du Pays.

Mais ces courſes étoient trop bornées ; il forma le deſſein de paſſer en Eſpagne , & partit pour *Barcelone* au mois d'Avril 1681. Il demeura juſqu'à la ſaint Jean dans les montagnes de Catalogne, où il étoit ſuivi par les jeunes Medecins du pays , & les jeunes Etudians en Medecine , à qui il demontroit les plantes. Il courut mille dangers dans ces lieux déſerts; il fut une fois dépoüillé par les Miquelets , qui touchez enſuite par ſes larmes lui rendirent ſon juſte-au-corps. M. *Tournefort* par un bonheur ineſperé y retrouva quelque argent noué dans ſon mouchoir, qui s'étant gliſſé dans la doublure , avoit échappé à ces voleurs. Son retour en France penſa lui être encore plus funeſte. Dans un Bourg près de *Perpignan* , la maiſon où il couchoit tomba tout d'un coup ; il fut deux heures enſeveli ſous les ruines , & il y auroit peri , ſi on eût tardé encore quelque temps à le retirer.

Il retourna à *Montpellier* à la fin
de 1681. pour y continuer son
cours de Medecine , & ses operations de Chymie & d'Anatomie ;
& alla ensuite se faire recevoir Docteur en Medecine à *Orange*. Il
alla de-là à *Aix* , où son amour
pour les plantes ne lui permit pas
de demeurer long-temps. Il voulut
visiter les Alpes , comme il avoit
fait les Pyrenées ; & il en rapporta
de nouveaux trésors , qu'il n'acquit qu'avec beaucoup de peines
& de fatigues.

Cependant son merite commençoit à être connu à *Paris*. Madame
de *Venelle* , femme d'un Conseiller
du Parlement d'*Aix* ,& Sous-Gou-
vernante des Enfans de France ,
qui avoit toûjours été amie de sa
Famille , l'engagea à venir à *Paris*,
& le produisit en 1683. à M. *Fagon* , qui étoit alors premier Medecin de la Reine.

La premiere conversation que
cet Illustre Medecin eut avec *Tournefort* lui fit bientôt connoître
qu'on ne l'avoit point trompé
dans ce qu'on lui avoit dit en sa

faveur. Charmé d'avoir trouvé un J. P. de
homme fi rare , il ne fongea plus TOURNE-
qu'à lui procurer les avantages que FORT.
fes talens fembloient exiger , & le
fit nommer Profeffeur en Botanique au Jardin du Roi.

Son habileté lui attira bientôt
un concours nombreux de perfonnes fçavantes , ou qui vouloient le
devenir. Sa renommée paffa même
en peu de temps les limites du
Royaume ; & les pays étrangers lui
fournirent beaucoup de difciples ,
dont fa maniere de vivre fociable
& commode lui firent autant d'a-
mis.

M. *Tournefort* pour enrichir le
Jardin Royal , fit par ordre du
Roy differens voyages en Efpagne
& en Portugal , & enfuite en Hollande & en Angleterre. Il y gagna
par tout l'eftime & l'amitié des
Sçavans , & fit des recoltes affez
abondantes de plantes , pour rendre le Jardin Royal un des plus
riches de l'Europe en ce genre.

M. *Herman* , celebre Profeffeur
en Botanique à *Leyde* conçut une
fi grande idée de fon merite pen-

J. P. DE TOURNE-FORT. dant le séjour qu'il fit en Hollande, qu'il forma le dessein de lui resigner sa Place, que son grand âge l'empêchoit de remplir comme il l'auroit souhaité. Il lui en écrivit au commencemens de la derniere guerre avec beaucoup d'instance, & tâcha de le determiner à accepter le parti qu'il lui proposoit, en lui promettant une pension de quatre mille livres de Mrs les Etats Géneraux, & lui faisant esperer une augmentation, quand il seroit encore mieux connu.

La pension attaché à sa Place du Jardin Royal étoit fort modique, cependant l'amour de son pays lui fit refuser des offres si avantageuses.

L'Academie des Sciences ayant été mise en 1692. sous l'inspection de M. l'Abbé *Bignon*, il y fit entrer M. *Tournefort* en qualité de Pensionnaire. Ce sçavant Botaniste n'étoit point encore Docteur en Medecine de la Faculté de Paris, c'étoit une bienséance qu'il le fût; il soûtint pour cela une These qu'il dédia à M. *Fagon*. Son

Son amour pour les plantes & ſon ardeur pour en ramaſſer ne l'em- pêchoient pas de s'appliquer aux autres parties de la Phyſique : Pierres figurées, Marcaſſites rares, Petrifications & Criſtalliſations extraordinaires, Coquillages de toutes les eſpeces; en un mot, tout ce que la nature produit de ſingu- lier faiſoit l'objet de ſes recherches. Il ramaſſoit auſſi des habillemens, des armes, des inſtrumens de Na- tions éloignées, autres ſortes de curioſitez, qui quoiqu'elles ne ſoient pas ſorties immédiatement des mains de la nature, ne laiſſent pas de devenir philoſophiques pour qui ſçait philoſopher. Il s'é- toit fait de tout ceci un Cabinet ſuperbe pour un particulier, que les Curieux eſtimoient quarante- cinq ou cinquante mille livres.

M. *de Tournefort* reçut en 1700. un ordre du Roi d'aller en Grece, en Aſie & en Afrique, non ſeule- ment pour y reconnoître les plan- tes des Anciens, & même celles qui leur étoient échappées, mais en- core pour y faire des obſervations

J. P. DE fur toute l'Histoire naturelle, fur
TOURNE- la Geographie ancienne & moder-
FORT. ne, & même fur la Religion, les
Mœurs & le Commerce des Peuples. Le Roi voulut qu'il menât
avec lui un Deſſinateur, pour lever le Plan des lieux où il paſſe-
roit, & pour tirer les deſſeins des
plantes, des animaux & des chofes curieuſes qu'il trouveroit dans
le cours de ſon voyage. Pour cet
effet on choiſit M. *Aubriet*, excellent Peintre en Miniature: & l'A-
cadémie des *Sciences* nomma M.
de *Gundelsheimer*, Medecin Allemand très-habile dans la Botanique, pour l'accompagner.

Près de trois années furent employées à ces ſçavantes courſes.
Comme la Botanique étoit l'objet
favori de M. de *Tournefort*, il her-
boriſa dans toutes les Iſles de
l'Archipel, fur les rivages de la
Mer noire, dans la Bithynie, dans
le Pont, la Cappadoce, l'Arme-
nie, la Georgie. A ſon retour il
prit une route differente, dans
l'eſperance de trouver de nouveaux
ſujets d'obſervation, & revint par

la Galatie, la Myfie, la Lydie & **J. P. DE**
l'Ionie.

L'Afrique étoit comprife dans le **TOURNE-**
deffein de fon voyage, mais la pefte **FORT.**
qui étoit en Egypte l'empêcha d'y
aller. Ainfi il revint en France en
1702. chargé de 1356 nouvelles
efpeces de plantes.

De retour à *Paris*, il fongea à
reprendre l'exercice de la Medecine, que fes voyages avoient interrompue, & fe trouva tout d'un
coup accablé de travail ; fes anciens exercices du Jardin Royal,
la Place de Profeffeur en Medecine
au College Royal, qui lui fut alors
donnée, les fonctions de l'Academie des Sciences, la peine de
mettre en ordre les mémoires de
fes voyages pour en faire une Relation fuivie, enfin les vifites des
Malades altererent peu à peu fa
fanté, qu'il ne ménageoit point.
Ce ne fut point là cependant la
caufe de fa mort : un accident im-
prevû lui a fait perdre la vie. Comme il alloit à l'Academie, il eut la
poitrine violemment preffée par
l'effieu d'une charette qu'il ne put

J. P. DE
TOURNE-
FORT.

éviter : il lui survint un crache-
ment de sang qu'il negligea ; son
exactitude à s'acquitter de ses devoirs lui fit même entreprendre de
faire dans cet état ses leçons de Botanique & de Medecine. Son mal
augmenta ; & après avoir langui
pendant quelques mois, il mourut d'une Hidropisie de poitrine
le 28. Decembre 1708. âgé de 53.
ans.

Il a laissé par son testament son
Cabinet de curiosité, qui étoit
très-considerable, au Roi, & ses
Livres de Botanique à M. l'Abbé
Bignon.

Catalogue de ses Ouvrages.

1. *Elemens de Botanique, ou Methode pour connoître les plantes, avec
figures. Paris* 1694. *in* 8°. 3. tomes.
La Botanique a été long-temps
une Science fort embarassée, à
cause de la ressemblance de plusieurs plantes & des differens noms
qu'on donne souvent aux mêmes
plantes. C'est ce qui a engagé les
Botanistes à les reduire à certaines
classes; mais ils ne se sont pas accor-
dez sur ce qui devoit servir à faire

la diſtinction de ces claſſes. Le ſy- J. P. DE
ſtème que M. de Tournefort a pré- TOURNE-
feré après une longue diſcuſſion FORT.
conſiſte à regler les genres des plantes par les fleurs & par les fruits
pris enſemble ; c'eſt-à-dire , que
toutes les plantes ſemblables par
ces deux parties doivent être cen-
ſées du même genre ; après quoi
les differences ou de la racine, ou
de la tige, ou des feuilles font leurs
differentes eſpeces. M. de Tournefort a même été plus loin. Au
deſſus des genres il a mis des
claſſes , qui ne ſé reglent que
par les fleurs , ce qui facilite beaucoup l'étude de la Botanique ;
car comme il ne s'eſt trouvé juſqu'ici que quatorze figures differentes de fleurs , qu'il n'eſt pas
difficile d'imprimer dans ſa mémoire, quand on a entre les mains
une plante en fleur dont on igno-
re le nom , on voit tout d'un coup
à quelle claſſe elle appartient dans
le Livre des Elemens de Botanique : quelques jours après la fleur
paroît le fruit ou la graine, qui dé-
termine le genre dans le même

J. P. de Livre, & les autres parties don-
Tourne- nent l'espece ; de sorte que l'on
fort. trouve en un moment le nom que
M. de Tournefort lui donne par
rapport à son systeme, & ceux
que d'autres Botanistes des plus
fameux lui ont donnez, ou par
rapport à leurs sistêmes particuliers, ou sans aucun systême. C'est
donc un soulagement prodigieux
pour la mémoire, que tout se re-
duise à retenir 14 figures de fleurs,
par le moyen desquelles on des-
cend à 673 genres, qui comprennent
sous eux 8846 especes de
plantes, soit de Terre soit de Mer,
connuës jusqu'au temps que ce Livre a paru.

2. *Histoire des plantes qui naissent aux environs de Paris, avec
leur usage dans la Medecine. Paris
1698. in 12.* It. *Seconde Edition
augmentée,* (par M. de *Jussieu* le
jeune, Medecin.) *Paris* 1725. 2
volumes *in* 12. M. *de Tournefort* se
propose trois choses dans cet Ouvrage. 1°. Le dénombrement des
plantes qui naissent aux environs
de *Paris*. 2°. La Critique des Au-

teurs qui ont parlé de ces plantes,   J. P. DE
& dont les defcriptions ne font pas TOURNE-
conformes au naturel. 3°. L'ufa- FORT.
ge qu'on en peut faire dans la Medecine. Il y fait voir que la France renferme dans fon fein des tré-
fors de remedes & des reffources
de fanté, que nous ignorions, &
que nous ignorerions peut-être encore fans fes recherches. Ses *Ele-*
mens de Botanique avoient appris à
connoître les plantes, cet Ouvrage apprend à en connoître les vertus par l'Analyfe Chymique. » Il
» fuffit feul, dit l'Illuftre Auteur
de l'Hiftoire de l'AcademieRoyale
des Sciences, » pour répondre aux
» reproches que l'on fait quelque-
» fois aux Medecins de n'aimer
» pas les remedes tirez des fimples,
» parce qu'ils font trop faciles &
» d'un effet trop prompt. M. *de*
» *Tournefort* en produit ici un
» grand nombre ; cependant ils
» font la plûpart affez negligez,
» & il femble qu'une certaine fa-
» talité ordonne qu'on les defirera
» beaucoup, & qu'on s'en fervira
» peu.

3. *De optima Methodo instituenda in Re Herbaria Epistola, in qua respondetur Dissertationi Joannis Raii de variis plantarum methodis. Parisiis* 1697. *in* 8°. Quoique le systeme de M. *de Tournefort* ait plu à la plûpart des Physiciens, M. *Ray*, celebre Physicien & Botaniste Anglois l'a attaqué en quelques points. La dispute que ces deux Sçavans ont eû sur cette matiere a été sans aigreur & même assez polie de part & d'autre ; ce qui n'est pas trop ordinaire, sur tout quand il s'agit de défendre des systemes dont on est auteur.

4. *Institutiones Rei Herbariæ, sive Elementa Botanices ex Gallico Latinè versa ab Auctore & aucta. Parisiis* 1700. *in* 4°. 3. volumes. M. de Tournefort a fait cette traduction latine de ses *Elemens de Botanique* en faveur des Etrangers, & y a beaucoup ajouté à l'Original François. Le premier volume contient les noms des plantes distribuées selon son systeme ; & les deux autres, leurs figures très-bien

gravées. Il y a à la tête de l'Ouvrage une grande Préface, ou une
Introduction à la Botanique, qui
contient les principes du fyfteme
de M. de Tournefort ingenieufe-
ment & folidement établis , &
une Hiftoire de la Botanique &
des Botaniftes, recueillie avec beaucoup de foin & agréablement
écrite.

5. *Corollarium Inftitutionum Rei
Herbariæ, in quo plantæ* 1356 *mu-
nificentiâ Ludovici Magni in Orien-
talibus Regionibus Obfervatæ recen-
fentur, & ad genera fua revocan-
tur. Parifiis* 1703. *in* 4°. *It. in tomo*
3°. *Hiftoria plantarum Joannis Raii.*
1704. *fol.* M. *de Tournefort* en revenant de l'Orient rapporta 1356
nouvelles efpeces de plantes, dont
la plus grande partie fe rangea
d'elle-même fous quelqu'un des
673 genres qu'il avoit établis : il
ne fut obligé de former pour tout
le refte que 25 nouveaux genres
fans aucune augmentation de claf-
fes ; ce qui prouve la commodité
d'un fyfteme, où tant de plantes
étrangeres & que l'on n'attendoit

point, entroient si facilement. On trouve dans ce Supplement le nom de toutes ces plantes avec leurs figures dessinées avec beaucoup de soin.

6. *Schola Botanica, sive Catalogus plantarum, quas ab aliquot annis in Horto Regio Parisiensi indigitavit studiosus vir Cl. Pitton de Tournefort, ut & Pauli Hermanni Paradaisi Batavi Prodromus. Amstelodami 1699. in 12.* On peut mettre la premiere partie de ce Livre au nombre des Ouvrages de M. *de Tournefort*, quoiqu'il ne l'ait pas fait imprimer. C'est un Anglois nommé, *Simon Warton*, qui avoit étudié trois ans en Botanique au Jardin du Roi, sous M. *de Tournefort*, qui a fait ce Catalogue conformément à ses leçons.

7. *Relation d'un Voyage du Levant fait par ordre du Roi (Louis XIV.) contenant l'Histoire ancienne & moderne de plusieurs Isles de l'Archipel, de Constantinople, des Côtes de la Mer Noire, de l'Arménie, de la Georgie, des frontieres de Perse & de l'Asie mineure, &c. Pa-*

ris 1717. *in* 4°. 2 tomes, & *in* 8°. **J. P. DE**
3 tomes avec figures. *It. Amster-* **TOURNE-**
dam in 4°. 1718. 2 tomes. Cette **FORT.**
Relation ne renferme pas seule-
ment des découvertes de Botanique : on y trouve encore une infinité de choses curieuses par rapport à l'Histoire , la Géographie
& la Physique.

8. M. *de Tournefort* a presenté
encore à l'Academie des Sciences
plusieurs Mémoires curieux , qui
ont été inserez dans son Histoire.
On lui doit sur tout le renouvellement de l'Hypothese sur la
végetation des pierres , oubliée
depuis long-temps , & qu'il a
appuyée sur des fondemens plus
solides que ceux qu'on lui avoit
donnez jusques-là.

Voyez son Eloge par M. *de*
Fontenelle dans l'*Histoire de l'Aca-*
demie des Sciences , & la *Lettre de*
M. Lauthier contenant un Abre-
gé de sa Vie.

RAPHAEL FABRETTI

RAPHAEL *Fabretti* nâquit à *Urbin* en Ombrie l'an 1619. d'une Famille noble. Après qu'il eut fait ses études à *Cagli*, ville de ce Duché, il revint faire son Droit à *Urbin*, où il fut reçu Docteur en cette Faculté à l'âge de dix-huit ans.

Il avoit à *Rome* un frere aîné, nommé *Etienne*, qui exerçoit avec honneur la profession d'Avocat, & il crut ne pouvoir mieux faire que de suivre son exemple : il alla donc à *Rome*, où il se mit à suivre le Barreau. Il s'y fit bientôt un nom, qui le mit dans les voyes de la fortune. Le Cardinal *Imperiali* conçut tant d'estime pour lui, que se trouvant obligé d'envoyer quelqu'un en Espagne pour negocier des affaires importantes & difficiles, il le choisit préferablement à tout autre. *Fabretti* répondit parfaitement à son attente, & réussit si bien à son gré, que la Charge

le Procureur Fifcal de la Noncia-
ture de ce Royaume étant venue
alors à vaquer, ce Cardinal la lui
procura.

Fabretti demeura treize ans en
Efpagne, où il fut quelque temps
Auditeur General de la Noncia-
ture. Ces Emplois ne l'occupoient
pas tellement, qu'il ne trouvât du
temps pour lire les anciens Auteurs, & pour s'appliquer aux belles Lettres, & il en profitoit avec
plaifir.

Après un fi long féjour dans ce
Royaume, il retourna à *Rome* avec
le Cardinal *Charles Bonelli*, qui y
avoit été Nonce, & qui de fon
domeftique en avoit fait fon plus
cher ami. Il eut occafion de voir
en y retournant, l'Efpagne, la France & l'Italie; & il eut foin de voir
par tout où il paffa tout ce qui
pouvoit meriter l'attention d'un
fçavant curieux.

De retour à *Rome*, il fut pourvu de la Charge de Juge des Ap-
pellations du Capitole, Charge
qu'il quitta enfuite pour être Auditeur de la Légation d'*Urbin*,

R. Fa-
Bretti.

ſous le Cardinal Legat *Charles Ce-*
ri. Le ſéjour qu'il fit alors dans ſa
Patrie lui donna occaſion de ra-
commoder ſes affaires domeſtiques,
qui s'étoient fort dérangées pendant une ſi longue abſence. Il y
demeura trois ans qui lui parurent
fort longs ; car l'amour qu'il avoit
pour l'étude & les antiquitez le
faiſoit aſpirer au ſéjour de *Rome*,
où il pouvoit trouver plus aiſé-
ment de quoi ſe ſatisfaire en ce
genre.

Ainſi il accepta avec plaiſir l'in-
vitation que le Cardinal *Carpegna*
Vicaire du Pape lui fit de ſe rendre auprès de lui. Ce Cardinal le
commit pour dreſſer les Brefs
Apoſtoliques & toutes les autres ex-
peditions qui appartenoient à ſon
Office, & pour aſſiſter à l'examen
de ceux qui ſe preſentoient pour
les Ordres ; & lui donna de plus
l'inſpection des Reliques qu'on
trouve à *Rome* & aux environs.

Cette derniere Charge lui fournit bien des occaſions pour ſatisfaire le goût qu'il avoit pour toutes
ſortes d'antiquitez : il les alloit

chercher dans les campagnes voisines de *Rome* , sans autre compagnie que celle de son cheval , &
sans craindre la chaleur ni le mauvais temps. Comme il montoit
toûjours le même cheval, ses Amis
donnerent en badinant à ce cheval le nom de *Marco Polo* , fameux Voyageur , & disoient que
cet animal sentoit à l'Odorat les
Monumens antiques ; & que dès
qu'il en sentoit , il s'arrêtoit aussi-
tôt de lui-même , quand ce n'eût
été qu'une méchante mazure. *Fabretti* eut si agréable ce nom donné à son cheval , qu'il s'en servit
pour écrire à un de ses Amis une
Lettre enjouée & badine , mais
sçavante sur la recherche des Antiquitez : elle est restée manuscrite,
& n'a jamais été imprimée.

Alexandre VIII. que *Fabretti*
avoit servi quelque temps en qualité d'Auditeur , lorsqu'il étoit
Cardinal , le fit, étant Pape, Secretaire des Mémoriaux. Il l'aimoit
beaucoup , & se faisoit un plaisir
de s'entretenir avec lui : il lui donna aussi un Canonicat de S. *Lau-*

R. FA-
BRETTI,

R. FA-BRETTI.

rent in *Damaso*, d'où il le fit paſ-ſer à un autre de la Baſilique du Vatican. On ne doute point qu'il ne l'eût élevé à de plus hautes Dignitez, s'il eût vêcu plus long-temps; mais ſon Pontificat ne du-ra que ſeize mois, & il mourut trop tôt pour *Fabretti*, qui vit ſes eſperances renverſées avec aſſez de tranquillité. Il profita même de cette occaſion pour s'éloigner des affaires, & ſe donner entiere-ment à l'étude.

Pour y être moins diſtrait par le commerce du monde, il alla ſe confiner dans un quartier déſert de *Rome*, mais les Etrangers ne manquoient pas de l'y aller viſi-ter, & la plûpart y contractoient avec lui une liaiſon, qu'ils ſe fai-ſoient un plaiſir d'entretenir en-ſuite par leurs Lettres.

Le Pape *Innocent* XII. le retira de ſa retraite, & lui donna la Préfecture des Archives du Châ-teau S. Ange, Charge qu'on ne confie qu'à des perſonnes d'une probité éprouvée; parce que ce-lui qui en eſt revêtu eſt Gardien

de

de tous les fecrets de l'Etat tem- R. FA-
porel du Pape. BRETTI.

Toutes ces differentes Charges
qu'il a poffedées n'ont jamais in-
terrompu la recherche qu'il faifoit
des Antiquitez ; & il en a ramaffé
affez pour orner fa maifon paternelle d'*Urbin*, & celle qu'il s'étoit
fait bâtir à *Rome* après la mort
d'*Alexandre* VIII. La vieilleffe
même & les infirmitez qui l'accompagnent ne purent le retirer
de l'étude, & l'empêcher de veil-
ler à l'édition de fes Ouvrages,
qu'il faifoit faire chez lui.

Il eft mort le 7. Janvier 1700.
dans fa quatre-vingtiéme année. Il
avoit un efprit vif, une conception
aifée & une mémoire excellente ;
aimant l'étude avec paffion, il n'é-
pargnoit ni foin ni travail pour
s'y perfectionner. Il avoit été fort
valetudinaire dans fa jeuneffe ;
mais fon temperamment fe for-
tifia dans la fuite, & depuis l'âge
de 30 ans il jouit d'une parfaite
fanté.

Il a été de l'Académie des *Af-
forditi* d'Urbin, & de celle des

Tome IV. L i

R. FA-
BRETTI.

Catalogue de ſes Ouvrages.

1. *De Aquis & Aquæ-ductibus veteris Roma Diſſertationes tres*. *Rôma* 1680. *in* 4°. Il y avoit dans l'ancienne *Rome* environ vingt ſortes d'eaux, ou plûtôt de Ruiſſeaux, que l'on avoit fait venir de lieux aſſez éloignez par le moyen des Aqueducs, & qui y produiſoient un grand nombre de fontaines. Ces Aqueducs tenoient leur rang parmi les principaux Edifices publics, non ſeulement par leur utilité; mais encore par la magnificence, la ſolidité & la hardieſſe de leur ſtruĉture. *Fabretti* tâche dans cet Ouvrage d'expliquer tout ce qui regarde ces ſortes d'Antiquitez; & ſon Livre peut beaucoup ſervir à entendre *Frontin*, qui a traité des Aqueducs de *Rome*, tels qu'ils étoient de ſon temps, c'eſt-à-dire, ſous l'Empire de *Trajan*. Il a été inſeré dans le quatriéme volume des *Antiquitez Romaines de Græ-vius*.

2. *De Columna Trajana Synta-*

gina. Accefferunt Explicatio veteris R. FA-
Tabellæ Anaglyphæ Homeri Ilia- BRETTI.
dem atque ex Stefichoro , Archino ,
& Lefche Ilii excidium continen-
tis , & Emiffarii Lacus Fucini De-
fcriptio. Romæ 1683. *fol.* Ce Livre
eft rempli de recherches fort curieufes.

3. *Jafithei ad Gronovium Apolo-*
gema , in ejufque Titivilitia , five
de Tito-Livio fomnia animadverfio-
nes. Neapoli 1686. *in* 4°. Cet Ouvrage , où *Fabretti* a pris le nom
de *Jafitæus* , qu'il avoit dans l'Academie des Arcadiens , eft contre
un Livre de *Jacques Gronovius*, intitulé : *Refponfio ad Cavillationes*
R. Fabretti. Lugd. Bat. 1685. *in* 8°.
Fabretti y avoit donné occafion
en cenfurant dans fon Livre *de*
Aquis & Aquæductibus , quelques
corrections de *Gronovius* , & s'é-
toit attiré par-là un adverfaire qui
ne le ménagea pas dans fa Réponfe. *Fabretti* lui repliqua fur le même ton , quoique la chofe n'en
valût pas la peine , & qu'il ne s'a-
gît que de queftions de pureGram-
maire. Mais on peut dire que c'eft

R. FA-
BRETTI.

l'amour propre , & non la raifon
qui agit dans ces fortes de difpu-
tes , & qu'on s'inquiete peu fi la
chofe eft de confequence ou peu
importante , pourvû qu'on foû-
tienne ce qu'on a une fois avancé.

4. *Infcriptionum antiquarum quæ
in Ædibus paternis affervantur explicatio & additamentum. Romæ
1699. fol.* Cet Ouvrage eft un tré-
for pour les Antiquaires : *Fabretti*
étoit très-verfé dans ces fortes de
chofes , & il en avoit fait une étude affiduë ; ainfi tout ce qu'on a
de lui en ce genre ne peut manquer d'être exact. Il avoit une capacité merveilleufe pour déchiffrer les Infcriptions les plus em-
brouillées , & il avoit trouvé le
moyen de tirer quelque chofe même de ces anciennes Infcriptions,
qui paroiffent toutes défigurées,
& dont les lettres font tellement
effacées , qu'elles ne font prefque
point reconnoiffables. Il nettoyoit
la furface de la pierre , fans tou-
cher aux endroits dans lefquels les
lettres avoient été creufées. Enfuite il mettoit deffus un carton

bien moüillé, & le preſſoit avec   R. FA-
une éponge ou un rouleau entouré BRETTI.
d'un linge; ce qui faiſoit entrer le
carton dans le creux des lettres
pour en prendre la pouſſiere qui
s'y attachoit, & dont la trace faiſoit connoître les lettres qu'on y
avoit autrefois gravées. M. *Bau-
delot* dans ſon Livre *de l'Utilité des
voyages*, nous a appris un ſecret
à peu près ſemblable, pour lire
dans les Medailles les lettres qu'on
a de la peine à déchiffrer.

5. *Une Lettre à M. l'Abbé Ni-
caiſe*, qui contient une Inſcription
remarquable par l'elegance de ſon
ſtile, *inſerée dans le Journal des
Sçavans du* 17. *Decembre* 1691.

V. ſon Eloge par *Dominique Ri-
viera* dans *le Vite degli Arcadi*.
tome 1.

JEAN CLAUDE.

JEAN *Claude* nâquit l'an 1619. JEAN
à *la Sauvetat* dans l'Agenois. CLAUDE.
Son pere *François Claude* étoit
Miniſtre, & après avoir ſervi l'E-

J. Clau-
de.

glife de *la Sauvetat*, paffa à celle
de *Montbaziac* & de *Cours*, près
de *Bergerac* en baffe Guyenne, où
il eft mort âgé de 74 ans.

Jean Claude fon fils étudia d'a-
bord les Humanitez auprès de lui,
& alla enfuite faire fa Philofophie
à *Montauban:* Son cours achevé
il fit fa Théologie dans la même
Ville, fous MM. *Garrifoles* &
Charles.

Il fut reçu Miniftre en 1645. à
l'âge de 26 ans, & fon miniftere
fut affecté à *la Treyne*, Eglife de
Fief. Il la fervit un an, & paffa
enfuite au fervice de celle de *fainte*
Afrique en Rouergue. *Jean Clau-*
de étudia beaucoup dans ce lieu.
La Prédication l'occupoit moins
qu'un autre, parce qu'il préchoit
avec une grande facilité ; il conce-
voit aifément les chofes, & les
expreffions fe préfentoient fi bien
à lui, qu'on avoit de la peine à di-
ftinguer ce qu'il difoit par la feule
méditation de ce qu'il avoit écrit.
Il eft vrai qu'il n'avoit pas ces de-
hors brillans, qui en impofent à
beaucoup de perfonnes, ni la voix

agréable ; mais ſes Sermons ren- J. CLAU-
fermoient un grand ordre , une DE.
éloquence mâle , & beaucoup de
grandeur & de majeſté , quoique
le ſtile en fût ſimple & peu fleuri.

Il ſe maria le 8. Novembre
1648. à *Caſtres* avec la fille d'un
Avocat , nommée , *Eliſabeth de
Malecare* , & de ce mariage ſortit
Iſaac Claude , né à *ſainte Afrique*
le 5. Mars 1653. qui fut fait Miniſtre en 1678. & donné la même
année à l'Egliſe de *Clermont* en
Beauvaiſis. Il fut enſuite Miniſtre
de l'Egliſe Wallonne de *la Haye* ,
où il eſt mort le 29. Juillet 1695.
Il étoit de pere en fils le quatriéme
de ſa famille , qui eut exercé le
Miniſtere.

Jean Claude après avoir été huit
ans à *ſainte Afrique* , paſſa à *Niſmes*. Comme ceux de la Religion
avoient une Academie dans cette
Ville , il en prit occaſion de faire
valoir le talent qu'il avoit de bien
traiter les matieres de Théologie.
Sa maniere d'enſeigner étoit ſi nette , les matieres qu'il expliquoit
paroiſſoient ſi bien méditées &

J. CLAU-
DE.

tournées fi heureufement à l'ufage
de la Chaire, qu'il n'y avoit pas
moins à profiter auprès de lui, que
dans les meilleures Academies.
C'eft de-là que venoit ce grand
concours de Propofans que fa reputation lui attiroit : on a même
vû fortir de cette école particuliere des difciples de merite.

Il entreprit, malgré toutes fes
occupations, de refuter la methode du Cardinal de *Richelieu* ; mais
ayant appris que M. *Martel*, Profeffeur en Théologie à *Montauban*
y travailloit par l'ordre du Synode
de la baffe Guyenne, il difconti-
nua fon Ouvrage.

Il exerça le miniftere à *Nifmes*
pendant huit ans, après lefquels
ayant été accufé de s'oppofer aux
bonnes intentions de quelques-uns
de fon Parti, qui cherchoient les
moyens de réunir les Proteftans à
l'Eglife, le Miniftere lui fut interdit dans tout le Languedoc par un
Arrêt du Confeil.

Il revint à *Paris* pour tâcher de
faire lever cette défenfe ; mais
voyant qu'après fix mois de poursuite.

ſuites il ne pouvoit rien obtenir , J. CLAU-
il fit un voyage à *Montauban.* Il DE.
y prêcha le lendemain de ſon arrivée, & on fut ſi content de lui,
qu'on lui offrit une Place dans cette
Egliſe, qu'il accepta.

Il y demeura tranquille pendant
quatre ans, au bout deſquels la
Cour lui fit faire défenſe d'exercer
davantage le miniſtere dans cette
Ville. Cette défenſe l'engagea à
faire un nouveau voyage à *Paris*,
où il demeura près de neuf mois
ſans pouvoir ſurmonter les obſta-
cles qui empêchoient ſon retour à
Montauban. Durant cet intervalle
il fut recherché par l'Egliſe de
Bourdeaux ; mais les Miniſtres de
Charenton ne voulant pas perdre
un homme ſi eſtimé parmi eux,
lui firent préſentir le deſſein qu'ils
avoient de l'attacher à leur Egliſe,
& l'engagerent ainſi à remercier
ceux de *Bourdeaux.* Il y avoit de
grandes meſures à garder avec la
Cour : on prépara inſenſiblement
les choſes, & dès qu'on vit un
moment favorable pour ſa voca-
tion à l'Egliſe de *Paris*, on le prit,

Tome IV. K k

J. CLAU-
DE.

& il y fut appellé en 1666.

Depuis ce temps là juſqu'à la
revocation de l'Edit de *Nantes* il
a rendu de grands ſervices à ſon
Parti, dont il étoit regardé comme le Chef & l'Ame en France,
par ſes Ouvrages & par ſon in-
telligence dans les affaires. Jamais,
homme n'a été plus propre que lui
pour être à la tête d'un Conſiſtoire ou d'un Synode. Sa reputation
le fit rechercher par l'Univerſité
de *Groningue*, qui lui offrit une
Place de Profeſſeur en Théologie ;
mais le Conſiſtoire de *Charenton* ſe
trouvoit trop bien de lui, pour
pouvoir ſe reſoudre à s'en priver.

Enfin l'Edit de *Nantes* ayant été
revoqué en 1685. il reçut le 22.
Octobre, jour auquel l'Edit de
Revocation fut enregiſtré au Parlement, ordre de ſortir du Royaume, & de partir dans vingt-qua-
tre heures. Il partit avec un Valet-
de-pied du Roi, qui devoit le conduire juſqu'aux frontieres de France, & qui exécutant fidellement
ſa commiſſion, ne laiſſa pas d'en
uſer honnêtement avec lui.

M. *Claude* prit le parti de paſ- J. CLAU-
ſer en Hollande, où ſon fils de- DE.
meuroit, & alla établir ſon ſéjour
à la Haye. Le Prince d'Orange lui
témoigna beaucoup d'eſtime & de
conſideration, & lui donna une
penſion, dont il ne joüit pas long-
temps ; car il mourut le 12. Janvier 1687. dans la 68ᵉ année de
ſon âge.

Catalogue de ſes Ouvrages.

1. *Reponſe aux deux Traitez intitulez :* La perpetuité de la Foi de
l'Egliſe Catholique touchant l'Euchariſtie. Charenton 1665. *in 8°. It.
Saumur 1667. in 12.* M. *Claude*
ayant vû un Traité contenant une
*maniere facile de convaincre les He-
retiques, en montrant qu'il ne s'eſt
fait aucune innovation dans la créance de l'Egliſe ſur le ſujet de l'Euchariſtie,* crut devoir y répondre. Il
y fit effectivement une réponſe,
que M. *Nicole* avoue être fort in-
genieuſe, & où, dit-il, » il ne
» manquoit rien que la verité & la
» ſolidité, qui ne ſe peut pas ſup-
» pléer par l'adreſſe de l'eſprit.
» Ceux de ſon Parti la releverenc

» d'une maniere extraordinaire;
» & ils la multiplierent tellement
» par les copies qu'ils en répandi-
» rent par tout, qu'elle ne fut gue-
» res moins publique, que si elle
» avoit été imprimée. Cette Réponse fait la premiere partie de ce
volume. M. *Nicole* la refuta par le
fameux Livre de *la Perpetuité de la
Foi de l'Eglise Catholique touchant
l'Euchariſtie. Paris* 1664. *in* 12. M.
Claude y fit une replique, & c'eſt
la seconde partie de ce volume,
qui eſt beaucoup plus étendue que
la premiere, quoiqu'elle roule à
peu près sur les mêmes principes.

2. *Réponse au Livre du P. Noüet
sur l'Euchariſtie. Amſterdam* 1668.
in 8°. Ce Livre étoit l'Ouvrage
favori de M. Claude, & on remar-
quoit facilement en lui une prédi-
lection à son égard. Il eſt contre
le P. *Noüet* Jeſuite, qui l'avoit attaqué dans un Ouvrage compoſé
sur cette matiere, & intitulé : *La
préſence de Jeſus-Chriſt dans le S.
Sacrement. Paris* 1666. *in* 4°.

3. *Lettre d'un Provincial à un de
ses Amis, pour servir de réponse à*

ce qui a été dit dans le Journal des J. CLA
Sçavans du 28 Juin 1667. à l'occa- DE
ſion du Livre du P. Nouet 1667. Le
Journaliſte en parlant du Livre du
P. *Nouet* s'étoit fort étendu ſur la
maniere dont le Miniſtre ſe ſervoit
pour éblouir le Peuple en traitant
la Controverſe. M. *Claude* en fut
choqué, & le fit aſſez connoître
par cette Lettre, à laquelle le Journaliſte répondit dans le Journal
du 26 Decembre 1667.

4. *Réponſe au Livre de M. Ar-*
naud, intitulé : La perpetuité de la
Foi de l'Egliſe Catholique touchant
l'Euchariſtie défendue. *Charenton*
1671. *in* 8°. 2 vol.

5. *Défenſe de la Reformation con-*
tre le Livre intitulé : Préjugez legitimes contre les Calviniſtes. *Quevilli*
1673. *in* 4°. It. *la Haye* 1682. *in*
16. 2 volumes. Les Proteſtans, ſelon M. *Bauval,* regardent cet Ouvrage comme leur invincible Achi-
le ; il fut cependant refuté par M.
Nicole & par le P. d'Antecourt.

6. *La Parabole des Nôces & les*
fruits de la repentance, Sermons.
Charenton 1666. *in* 8°. It. *Geneve*

1668. *in* 8.° Ce sont cinq Sermons
qu'il prononça à *Charenton* en 1665.

7. *Sermon sur ces paroles :* Ne
contristez point le saint Esprit.
Charenton 1666. *in* 8°.

8. *Explication de la Section* 53.
du Catechisme (sur l'Eucharistie,)
Sermon. Charenton 1682. *in* 8°.

9. *Examen de soi-même pour se
bien préparer à la Communion.* Charenton 1682. *in* 12.

10. *Réponses genereuses & Chrétiennes de quatre Protestans sur les
affaires de la Religion Reformée en
France. Cologne in* 12.

11. *Réponse au Livre de M. de
Meaux , intitulé : Conference avec
M. Claude , Ministre de Charenton.
La Haye* 1683. *in* 12. On peut
voir dans l'article de M. Bossuet
l'occasion qui engagea à composer cet Ouvrage.

12. *Considerations sur les Lettres
Circulaires de l'Assemblée du Clergé
de France de l'année* 1682. *La Haye*
1683. *in* 12. M. Claude ne jugea pas
à propos de mettre son nom à cet
Ouvrage , à cause des circonstances où il le publia.

13. *Derniere exhortation de M. J. Claude* à *Charenton. Rotterdam.* DE. 1688. *in* 8o.

14. *Sermon sur le ℣. 14. du chap. 7. de l'Ecclesiaste,* Au jour du bien, uses du bien, *prononcé à la Haye le 21. Novembre* 1685. *La Haye* 1685. *in* 12. Il prêcha ce Sermon à son arrivée en Hollande.

15. *Oeuvres posthumes. Amsterdam* 5 tomes *in* 12. 1688. 1689. Le premier volume contient une Réponse à un Traité de l'Eucharistie de M. *le Camus,* Evêque de *Grenoble,* & un Traité excellent de la composition d'un Sermon. Le second & le troisiéme renferment un Traité de Jesus-Christ. On trouve dans le quatriéme un Traité du péché contre le saint-Esprit, un de la Justification, & cinq ou six autres moins considerables. Le cinquiéme comprend des Lettres Théologiques.

On a attribué mal à propos à M. *Claude* la *Lettre de quelques Protestans pacifiques au sujet de la réunion des Religions,* qui parut en 1685. *in* 12.

K k iiij

J. CLAU-
DE.

Je ne dirai rien de la conference où l'on prétend que M. *Claude* voulut entrer avec M. l'Archevêque de Paris pour la réunion des Religions. On trouve une refutation de ce prétendu fait dans un Mémoire que son fils *Isaac Claude* a fait inserer dans l'*Histoire des Ouvrages des Sçavans au mois de Novembre* 1689.

V. sa Vie abregée par *Abel Rotholp de la Deveze*, imprimée à *Amsterdam* 1687. *in* 16. & le Dictionnaire de *Bayle*, qui corrige quelques-unes de ses fautes.

JOACHIM
KUHNIUS

JOACHIM KUHNIUS.

JOACHIM *Kuhnius* nâquit en 1647. à *Gripswalde* ville de la Pomeranie. Son pere, qui étoit un gros Marchand, prit un grand soin de son éducation. Il commença ses études dans sa Patrie, & les alla continuer à *Stade* dans la basse Saxe. En 1668. il passa à l'Université d'*Iene*, où il s'appliqua à la Théologie & aux belles Lettres.

Les voyages font une partie de J. Kuh-
l'éducation des Allemans ; ainfi il nius.
voulut vifiter les villes les plus celebres de la Franconie , de la Ba-
viere & des pays voifins. Sa reputation engagea *Benoît Boccius* ,
Miniftre d'*Oetingen* dans la Suabe
à le retenir pour être Précepteur
de fes enfans. Ce Pofte lui procura
en 1669. celui de Principal du College de cette Ville , qu'il ne garda
que trois ans.

Il le quitta pour aller à *Strasbourg*,
où il fut fait en 1676. Profeffeur
en Langue Grecque dans le principal College. Il s'acquitta avec beaucoup d'application de cet Emploi
pendant dix ans. Enfin en 1686.
on lui donna une Chaire de Grec
& d'Hebreu dans l'Academie de
cette Ville. Son habileté dans la
Langue Grecque lui attira un
grand nombre d'Auditeurs, & il
voyoit parmi fes Ecoliers plufieurs
Anglois & Hollandois.

Il eft mort le 11. Decembre
1697. âgé de 50 ans.

Catalogue de fes Ouvrages.

1. *Cl. Æliani variæ Hiftoriæ Li-*

J. KUH-NIUS.

bri XIV. *cum notis Johannis Schefferi & interpretatione Justi Vultei Editio novissima, novis annotationibus aucta, curante Joachimo Kuhnio. Argentorati 1685. in 8°. It. Nova Editio, cui accedit Præfatio Joh. Henrici Lederlini. Argentorati 1713. in 8°.* Les notes que *Kuhnius* a ajoûtées à cette édition d'*Elien* sont sçavantes & exactes; elles ne se bornent pas non plus que celles de *Scheffer* à quelques corrections grammaticales du Texte; elles instruisent encore de ce que les Auteurs ont dit sur les choses rapportées par *Elien*.

2. *Animadversiones in Pollucem* 1680. *in* 12. *Kuhnius* avoit entrepris de donner une nouvelle édition de l'*Onomasticon* de *Pollux*, & il donna ces remarques comme un essai des notes qu'il avoit dessein d'y joindre; mais la mort ne lui a pas permis d'exécuter ce qu'il avoit resolu. *Jean Henri Lederlin* son disciple, & qui lui a depuis succedé dans la Charge de Professeur aux Langues Orientales dans l'Academie de *Strasbourg*, a sup-

pléé à fon défaut dans l'édition J. Kuh
qu'il a donnée de *Pollux* à *Am-*nius.
fterdam en 1706. *in fol.* Il y a in-
feré tout ce que *Kuhnius* avoit
laiffé fur cet Auteur.

3. *Diogenes Laertius de Vitis ,*
Dogmatibus & Apophthegmatibus
clarorum Philofophorum Libri x.
grecè & latinè cum annotationibus
Ifaaci Cafauboni , Th. Aldobran-
dini , Mer. Cafauboni , Marci Mei-
bomii , Æg. Menagii & Joachimi
Kuhnii. Amftelodami 1692. *in* 4°.
2 tomes. Les notes de *Kuhnius*
font courtes, & expliquent en peu
de mots les expreffions de *Diogenes*
Laerce , ou celles des Paffages qu'il
rapporte. Cette Edition eft la plus
belle & la meilleure de toutes cel-
les qu'on a faites de cet Auteur.

4. *Paufaniæ Greciæ Defcriptio ac-*
curata cum latina Romuli Amafæi
interpretatione. Accefferunt Guill.
Xylandri & Frid. Sylburgii Anno-
tationes , & nova nota Joach. Kuh-
nii. Lipfiæ 1696. *fol. Kuhnius* s'eft
donné beaucoup de peine pour re-
tablir le texte de l'Auteur , cor-
rompu par les Copiftes.

J. KUH-NIUS.

5. *Quæstiones Philosophicæ ex sacris veteris & novi Testamenti aliisque Scriptoribus. Argentorati* 1698. *in* 4°.

V. Goth. Ludovici Historia Rectorum celebr.

GABRIEL FALLOPE.

GABRIEL FALLOPE.

GABRIEL *Fallope* ou *Fallopio* nâquit à *Modene* l'an 1523. *Thomasini* & *Ghillini* se trompent en le faisant naître plûtôt. *André Marcolini*, disciple de *Fallope* a donné en 1564. un Traité *de Aquis medicatis atque Fossilibus*, qui est précédé de quelques Lettres, par lesquelles il paroît que ce fameux Medecin étoit mort d'une mort prématurée; ce qui ne seroit pas, s'il avoit vêcu 73 ans, comme *Thomasini* & *Ghillini*, qui l'a copié, le prétendent en mettant sa naissance en 1490. & sa mort en 1563.

Il sortoit d'une Famille noble, & reçut de la nature un corps robuste & vigoureux, & un esprit

excellent. Il perfectionna par l'é- G. FAL-
tude ce qu'il tenoit de la nature. LOPE.
Il s'appliqua avec ardeur à la Philofophie, à la Medecine, à la Botanique & principalement à l'Anatomie, dans laquelle il fit de nouvelles découvertes. Il parcourut
une bonne partie de l'Europe, &
pénetra par fon travail dans les
myfteres les plus fecrets de la nature. Il exerça la Medecine avec
beaucoup de gloire, & acquit la
reputation d'un des plus habiles
Medecins de fon temps.

On lui eft redevable de la découverte des Tubes ou Cornes de la
matrice, par lefquels les œufs,
dont la plûpart des Medecins
croyent maintenant que les hommes font formez, defcendent des
ovaires de la matrice, & qu'on appelle, à caufe de lui, *les Trompes de
Fallope.*

Il fut fait Profeffeur en Anatomie à *Pife* en 1548. & eut enfuite
le même Emploi à *Padoüe* en 1551.

Il eft mort dans cette derniere
Ville le 9. Octobre 1562. âgé feulement de 39 ans.

G. FAL-
LOPE.

Catalogue de ses Ouvrages.

Opera genuina omnia tam practi-
ca, quàm theorica in tres tomos di-
stribuia. Venetiis 1584. *fol.* It. *Ve-*
netiis 1606. *fol.* It. *Francofurti*
1600. *fol. cum Operum appendice.*
ibidem 1606.

Le premier tome contient,

1. *Institutiones Anatomica.* Cet
Ouvrage a paru sous ce titre : *de*
humani corporis Anatome Compen-
dium. Patavii 1585. *in* 8°.

2. *Observationes Anatomica,* imprimées separément à *Venise* en
1562. *in* 8°. It. *Paris* 1562. *in* 8°.
It. *Helmstad* 1588. *in* 8°. Cette
derniere édition est augmentée.

3. *Observationes de venis.*

4. *De partibus similaribus huma-*
ni corporis, imprimé à *Nuremberg*
en 1575. *fol.*

5. *De Medicamentis simplicibus,*
imprimé separément par les soins
d'*André Marcolini* à *Venise* 1566.
in 4°.

6. *De materia medicinali in Li-*
bram primum Dioscoridis.

7. *De Thermalibus Aquis Libri*
VII.

8. *De Metallis atque Foffilibus* G. FAL-
Libri duo. Ces deux derniers Ou- LOPE.
vrages ont paru pour la premiere
fois par les foins de *Marcolini à Venife* en 1564. *in* 4°.

9. *De Medicamentis purgantibus
fimplicibus.*

10. *Epiftola ad Mercurialem de
Afparagis*, imprimé à *Venife* en
1566. avec le Traité *de Medicamentis purgantibus.*

Le fecond tome renferme :

1. *De ulceribus & eorum fpecie-
bus : de morbo gallico : de ulceribus
fingularum partium.* Ces Ouvrages
avoient deja paru en differens
temps.

2. *De vulneribus in genere &
fpecie.*

3. *Commentarius in Hippocratis
Coi Librum de vulneribus capitis.*
Imprimé en 1571. *in* 4°. à *Venife.*

4. *De cauteriis.* Imprimé à *Venife*
en 1570. *in* 4°.

Le troifiéme tome contient,

1. *De tumoribus præter naturam.*
Imprimé à *Venife* en 1563. *in* 4°.

2. *Expofitio in Librum Galeni de
offibus.* Imprimé en 1570. à *Venife*
in 4°.

G. FAL-LOPE.

3. *De luxatis & fractis ossibus.*

4. *Methodus consultandi.*

5. *De compositione Medicamentorum.* Imprimé à *Venise* en 1570. *in* 4°.

Opuscula. Patavii. 1566.

V. *Lindenius renovatus. Castellani Vita Medicorum. Teiffier Eloge des Sçavans.*

JOSEPH SAUVEUR.

JOSEPH SAUVEUR.

JOSEPH *Sauveur* nâquit à *la Fleche* le 24. Mars 1653. de *Louis Sauveur*, Notaire de cette Ville. Il fut abfolument muet jufqu'à l'âge de fept ans par le défaut des organes de la voix, qui ne commencerent à fe débarraffer qu'en ce temps-là, mais lentement & par degrés, & qui même n'ont jamais été bien libres.

Ce défaut l'obligea à fe renfermer en lui-même, & à penfer davantage. Dès fon enfance il étoit déja Machinifte: il conftruifoit de petits moulins, & faifoit des fi-
phons

phons avec des chalumeaux de
paille & des jets d'eau.

On le mit au College des Jeſuites ; mais il n'étoit guéres propre
à y briller ; il ne parloit qu'avec
peine, & apprenoit par cœur encore plus difficilement. Cela le fit
negliger par le premier Regent
qu'il eut, & ſous lequel il ne profita par conſequent pas beaucoup.
Il fit beaucoup mieux ſous un ſecond qui découvrit ce qu'il va-
loit.

Les Oraiſons de *Ciceron* & les
Poëſies de *Virgile* ne le toucherent
point ; mais le hazard lui ayant
fait jetter les yeux ſur l'Arithme-
tique de *Pelletier du Mans*, il en
fut charmé, & l'apprit ſeul.

Sa paſſion naiſſante pour les Sciences lui en donna une violente pour
venir à *Paris* ; car il ne ſentoit que
trop tout ce qui lui manquoit à
la Fleche. Il avoit un oncle Cha-
noïne & Grand-Chantre de *Tour-
nus*, & il prit le parti de l'aller
trouver pour en obtenir une penſion qui le mît en état de ſubſiſter
à *Paris.* Il fit le voyage en 1670.

Tome IV. Ll.

J. Sau-
veur.

& son oncle qui le deftinoit à l'E-
glife comme le refte de fa famille,
lui accorda la penfion qu'il fouhai-
toit pour étudier en Philofophie
& en Théologie à *Paris*.

Pendant fa Philofophie il apprit
en un mois & fans Maître les fix
premiers Livres d'*Euclide*. Cet
effai augmenta fon goût pour les
Mathematiques, & il leur donna
une application que la Philofophie
Scholaftique ne lui paroiffoit pas
meriter. La Théologie des Ecoles
ne l'occupa pas non plus long-
temps, il l'abandonna pour faire
un cours d'Anatomie & de Botanique.

M. *Sauveur* connut dans ce
temps-là M. *Cordemoy*, Lecteur de
Monfieur le Dauphin, qui parla de
lui à M. *Boffuet*, alors Evêque de
Condom, Précepteur de ce jeune
Prince. Ce Prélat voulut le voir;
il connut bientôt de quoi il étoit
capable, & lui confeilla de renon-
cer à la Medecine. Une chofe détermina M. *Sauveur* à fuivre fon
confeil. Son oncle qui vit qu'il ne
penfoit plus à l'Etat Ecclefiaftique,

se fit un scrupule de lui continuer une pension qu'il prenoit sur le revenu de son Benefice : & comme ce jeune Etudiant en Medecine étoit encore bien éloigné d'en pouvoir tirer aucun secours, il se tourna entierement du côté des Mathematiques, & prit le parti de les enseigner.

La Géometrie étoit alors bien moins connue qu'elle ne l'est à présent ; M. *Sauveur* la tira de l'obscurité & la fit connoître, & il devint bientôt le Géometre à la mode. Il n'avoit encore que 23 ans lorsqu'il eut un Ecolier de la plus haute naissance, je veux dire, le Prince *Eugene.*

Un Etranger de la premiere qualité voulut apprendre de lui la Géometrie de *Descartes*, mais il ne la connoissoit pas encore. Il demanda huit jours pour s'arranger, chercha le Livre & se mit à l'étudier avec une ardeur inconcevable : il y passoit les nuits entieres, & y prenoit tant de plaisir, que laissant éteindre quelquefois son feu, il se trouvoit le matin transi de froid ; car c'étoit l'hyver.

Il lisoit peu , mais il méditoit
beaucoup ; il n'y avoit point pour
lui de moment vuide , il mettoit
à profit jusqu'au temps d'aller &
de venir par les rues.

La Chaire de *Ramus* pour les
Mathematiques , qui se donne au
concours , étant venue à vaquer
au College Royal , il se prépara à
entrer en lice ; mais il apprit qu'il
falloit commencer le combat par
une harangue ; la difficulté de la
faire , & plus encore celle de l'apprendre par cœur , lui firent abandonner l'entreprise.

M. le Marquis de *Dangeau* lui
demanda en 1678. le calcul des
avantages que le Banquier avoit
dans la Bassette contre les Pontes.
Il le fit avec beaucoup de précision , & eut l'honneur d'expliquer
son calcul au Roi & à la Reine.

En 1680. il fut choisi pour être
Maître de Mathematique des Pages de Madame la Dauphine. En
1681. il alla à *Chantilli* avec M.
Mariotte pour faire des experien-
ces sur les eaux , & se fit connoî-

tre à M. le Prince , qui prit beaucoup de gout & d'affection pour
lui. Un jour que M. *Sauveur* l'entretenoit sur quelque matiere de
science en présence de deux autres
Sçavans , ils lui couperent la parole , fatiguez de sa difficulté à
s'exprimer , & se mirent à expliquer ce qu'il avoit entrepris.
Quand ils eurent fini , M. le Prince leur dit : *Vous avez cru que*
Sauveur ne s'entendoit pas bien ,
parce qu'il parle avec peine , mais
je le suivois & l'entendois parfaite-
ment. Vous m'avez parlé beaucoup
plus éloquemment que lui ; mais je
ne vous ai pas compris , & peut-être
ne vous compreniez-vous pas vous-
mêmes.

Il prit le temps de ses Voyages
à *Chantilli* , où M. le Prince le faisoit venir souvent , pour travailler à un Traité de Fortification.
Quelques années après se défiant
de la simple spéculation qu'il avoit
sur ces matieres , il voulut y joindre la pratique. Il alla au Siége
de *Mons* en 1691. & il y montoit
tous les jours la tranchée. Le Siége

**J. Sau-
veur.**

fini, il visita toutes les Places de la
Flandre, & apprit le détail des
évolutions militaires, les campe-
mens, les marches, enfin tout ce
qui appartient à la guerre.

On ne connoissoit gueres que
lui de Mathematicien à la Cour,
& les Mathematiques n'y étoient
gueres connues que par lui : Il a
eû l'honneur de les enseigner aux
enfans de France & à plusieurs personnes de la premiere considera-
tion.

En 1686. il eut une Chaire de
Mathematique au College Royal.
La Harangue n'y mit point d'ob-
stacle ; car comme il avoit alors un
grand nom, il osa la lire. Il n'a-
voit écrit aucun des Traitez qu'il
dicta. Ces matieres qui se lient par
la raison, & n'ont pas besoin de
mémoire, étoient si présentes à
son esprit & si bien arrangées dans
sa tête, qu'il n'avoit qu'à les laisser
sortir. Des Copistes alloient écrire
sous lui pour vendre ses Traitez :
lui même en achetoit un Exemplaire à la fin de chaque année.
Quelquefois quand il trouvoit des

Auditeurs attentifs & intelligens, il se laissoit emporter au plaisir de les instruire, & leur auroit donné toute la journée sans s'en appercevoir, si un domestique accoûtumé à corriger ses distractions ne l'eût averti qu'il avoit affaire ailleurs.

En 1696. il fut reçu dans l'Academie des Sciences. En 1703. M. de *Vauban* qui étoit chargé du soin d'examiner les Ingenieurs, ayant été fait Marechal de France, proposa au Roi M. *Sauveur* pour cet examen, qui ne convenoit plus à sa Dignité. M. *Sauveur* fut agréé par le Roi & honoré d'une pension.

Quoiqu'il eût joüi toûjours d'une bonne santé, & qu'il parût être d'un temperamment robuste, il fut emporté en deux jours par une fluxion de poitrine. Il est mort le 9. Juillet 1716. dans sa soixante-quatriéme année.

Il a été marié deux fois. Il prit à la premiere une précaution assez singuliere. Il ne voulut point voir celle qu'il devoit épouser, jusqu'à ce qu'il eût été chez un Notaire faire rédiger par écrit les conditions qu'il demandoit; il craignoit de n'en être pas affez le maître après avoir vû. La feconde fois il étoit plus aguerri. Il a eû du premier lit deux fils Ingenieurs ordinaires du Roi, & Officiers dans les Troupes; & du fecond un fils & une fille. Le fils a été muet jufqu'à fept ans comme fon pere.

M. *Sauveur* n'avoit point de préfomption, & difoit que ce qu'un homme peut en Mathematique, un autre le pouvoit auffi. Il avoit beaucoup de peine à fe contenter fur fes Ouvrages; & il falloit qu'il les éloignât de fes yeux & fe les arrachât lui-même, pour ceffer d'y retoucher. Il étoit officieux, doux & fans humeur même dans l'interieur de fon domeftique. Quoiqu'il eût été fort repandu dans le monde, fa fimplicité & fon ingenuité naturelle n'en avoient pas été alterées. Il ne faifoit guéres de cas que des Mathematiques utiles: il demandoit prefque pardon de s'être amufé

aux

aux Quarrez magiques, qu'il avoit J. Sau-
pouſſez au dernier degré de ſpe- veur.
culation. Il n'étoit pas trop prévenu en faveur des nouveaux Geo-
metres de l'Infini ; ce qui fait voir
qu'il y a des gouts dans la Geometrie comme en toute autre
choſe.

Les Mémoires de l'Academie
des Sciences renferment pluſieurs
Pieces de ſa façon. La principale
eſt la ſuivante.

Principes d'Acouſtique & de Mu-
ſique, ou Syſteme general des in-
tervalles des ſons, & ſon applica-
tion à tous les Syſtemes & inſtru-
mens de Muſique. 1701. Quoique
M. *Sauveur* n'eût ni voix ni oreil-
le, la ſcience des ſons étoit ſa
ſcience favorite, ſur laquelle il a
fait des recherches prodigieuſes.
Le moyen qu'il a inventé de noter
toute la Muſique ſur une ſeule
ligne n'a pas cependant fait fortune, & perſonne ne s'eſt aviſé de
s'y conformer.

On trouve auſſi dans le Journal des Sçavans ſa *Supputation des*
avantages du Banquier dans le jeu

410 *Mém. pour servir à l'Histoire
de la Bassette*, quatriéme Journal
de 1679.

Il a reduit par ordre de M. de
Seignelai à la même échelle, & a
orienté de même façon les Cartes
des Côtes de France ; c'est ce qui
compose le premier volume du *Ne-
ptune François*.

Il a fait aussi un *Calendrier Universel & perpetuel*, qui a paru en
1695.

V. *Son Eloge par M. de Fontenelle*, *Mémoires de l'Academie des
Sciences*. 1716.

BARTHEL. D'HERBELOT.

BARTHELEMI d'Herbelot
nâquit à *Paris* le 14. Decembre 1625. d'une fort bonne famille: Dès qu'il eut achevé ses études d'Humanitez & de Philosophie, il apprit les Langues Orientales, & principalement l'Hebraïque, pour mieux entendre le
texte original des Livres de l'an-
cient Testament.

Après un travail continuel de

plufieurs années il entreprit un
voyage en Italie , dans la créance que la converfation des Arme-
niens & des autres Orientaux ,
qui abordent fouvent dans ce pays
le perfectionneroit dans la connoiffance de leursLangues. A *Rome*
il fut particulierement eftimé par
les Cardinaux *Barberin* & *Grimal-
di* , & contracta une étroite amitié
avec *Luc Holftenius* & *Leo Allatius,*
deux des plus fçavans Hommes
du fiecle paffé.

Au retour de ce voyage, qui ne
dura qu'un an & demi , M. *Fou-
quet* , Procureur General du Parlement de Paris & Surintendant
des Finances , l'attira dans fa maifon , & lui donna une penfion de
1500. livres.

L'attachement qu'il avoit eû
pour ce Miniftre n'empêcha pas
qu'après fa difgrace il ne fût pourvu de la Charge d'Interprete des
Langues Orientales , avec des Lettres verifiées en la Chambre des
Comptes. Il eft vrai que peu d'autres étoient auffi capables que lui
de cet Emploi.

M m ij

Quelques années s'étant écou-
lées , il fit un fecond voyage en
Italie ; il y acquit une fi grande
réputation , que les perfonnes les
plus diftinguées , foit par leur
fcience , foit par leur dignité s'em-
prefferent à l'envi de le connoître.
Le grand Duc de Tofcane *Ferdinand* II. lui donna des marques
extraordinaires de fon eftime. Ce
fut à *Livourne* qu'il eut l'honneur
de voir ce Prince pour la premiere
fois. Il y eut avec lui & avec le
Prince fon fils de frequentes con-
verfations, dont ils furent fi fatis-
faits , qu'ils lui firent promettre
de les venir trouver à *Florence.*

Il y arriva le 2. Juillet 1666.
& y fut reçu par un Secretaire
d'Etat , & conduit dans une maifon préparée pour fon logément,
où il y avoit fix pieces de plain
pied magnifiquement meublées ,
une table de quatre couverts fer-
vie avec toute forte de délicateffe ,
& un caroffe aux Livrées du grand
Duc. On trouvera peu d'exemples
d'honneurs auffi grands rendus au
feul merite d'un Particulier par un
Souverain.

Une Bibliotheque ayant été en
ce temps-là expoſée en vente dans
Florence, le grand Duc pria M.
d'*Herbelot* de la voir, d'examiner
les manuſcrits en Langue Orientale qui y étoient contenus, d'en
mettre à part les meilleurs & d'en
marquer le prix. Quand cela eut
été fait, ce génereux Prince les
acheta, & en fit preſent à M.
d'*Herbelot*, comme de la choſe qui
lui convenoit le mieux, & qui
étoit la plus avantageuſe au deſir
qu'il avoit de s'avancer de plus en
plus dans la connoiſſance de ces
Langues, & dans celle du genie &
des affaires des Peuples qui les parlent.

Un traitement auſſi favorable
que celui-là pouvoit paroître un
ſujet de reproche à la France de ſe
priver ſi long-temps d'un ſi excellent homme. Mais M. *Colbert* naturellement porté à faire du bien
aux gens de Lettres, & ſur tout à
ne rien negliger de ce qui pouvoit
faire honneur à la France, le fit
inviter de revenir à Paris, avec
aſſurance qu'il y recevroit des
preuves ſolides de l'eſtime qu'il

B. D'HER-
BELOT.

avoit pour lui. Le grand Duc eut
de la peine à le laisser partir, &
n'y consentit qu'après avoir vû les
ordres précis du Ministre qui le
rappelloit.

Quand il fut de retour en France, le Roi lui fit l'honneur de l'entretenir plusieurs fois, & lui donna
une pension de 1500 livres.

Pendant son séjour en Italie il
avoit commencé son grand Ouvrage de la Bibliotheque Orientale,
& il employa le loisir dont il vint
jouir en France, à continuer un
travail si curieux & si utile. D'a-
bord il composa ce Livre en Arabe, & M. *Colbert* avoit dessein de
le faire imprimer au Louvre avec
des caracteres que l'on devoit fon-
dre exprès. Mais après la mort de
ce Ministre on changea de resolu-
tion, & M. d'*Herbelot* fit son Ouvrage en François pour le rendre
d'un plus grand usage. Il le fit mettre sous la presse ; mais il n'a pas
eu la satisfaction de l'en voir sortir, étant mort dans le cours de
l'impression. Il est intitulé :

*Bibliotheque Orientale, ou Dic-
tionnaire universel contenant gene-*

valement tout ce qui regarde la connoiſſance des *Peuples de l'Orient. Pa-*
ris 1697. fol. Ce Livre eſt une preuve de la profonde connoiſſance que
l'Auteur avoit des Langues Orientales. C'eſt le précis de pluſieurs
Livres Arabes, Perſans & Turcs,
que M. d'*Herbelot* avoit lûs ; & on
y apprend une infinité de choſes,
qui avoient été inconnuës juſques-là.

Ce qui n'a pû entrer dans cette
Bibliotheque a été redigé par M.
d'*Herbelot* ſous le titre d'*Antologie*,
& contient ce qu'il y a de plus curieux dans l'Hiſtoire des Turcs,
des Arabes & des Perſans ; mais
cet Ouvrage n'a pas été donné au
Public, non plus qu'un Dictionnaire Turc, Perſan, Arabe & Latin, auquel il avoit mis la derniere
main, & quelques autres Ouvrages.

Ce fut en conſideration de ſes talens extraordinaires, que M. de
Pontchartrain lui fit obtenir après
la mort de M. d'*Auvergne* la Charge de Profeſſeur Royal en Langue
Syriaque.

Il eſt mort le 8. Decembre 1695.
âgé de 70 ans, après une maladie

B. D'HER-
BELOT.

Il n'étoit pas moins versé dans les Lettres Grecques & Latines, que dans les Langues & les Histoires Orientales : c'étoit un homme veritablement universel en toutes sortes de Litterature ; mais ce qui étoit encore de plus estimable en lui, c'est que sa modestie étoit plus grande que son érudition. Jamais il ne parloit de ce qu'il sçavoit, qu'il n'y fût invité par ses amis ; il ne décidoit point avec hauteur, & ne préferoit point son sentiment à celui des autres ; il écoutoit leurs raisons avec patience, & leur répondoit avec douceur. Son sçavoir étoit aussi accompagné d'une probité parfaite, d'une pieté solide, d'une tendresse extrême pour les pauvres, & des autres vertus Chrétiennes, qu'il pratiqua constamment pendant tout le cours de sa vie.

V. son *Eloge Journ. des Sçavans du 3. Janvier 1696. Hommes Illustres de Perrault, tome 2. Mémoires a' Ancillon.*

F I N.

TABLE

TABLE NECROLOGIQUE

Des Auteurs contenus dans ce Volume.

N n

TABLE.

TABLE.

TABLE

Des Auteurs contenus dans ce Volume selon l'Ordre des matieres qu'ils ont traitées dans leurs Ouvrages.

A

Anatomie.

TABLE

N n iij

TABLE

H

Hiftoire generale.

TABLE.

TABLE.

TABLE.

TABLE.

FIN.

APPROBATION.

J'Ai lû par ordre de Monſeigneur le Garde des Sceaux ce quatriéme Volume des *Mémoires pour ſervir à l'Hiſtoire des Gens de Lettres*, & je n'y ai rien trouvé dont on ne puiſſe permettre l'impreſſion. A Paris le 24. Octobre 1727.

HARDION.

PRIVILEGE DU ROY.

LOUIS par la grace de Dieu Roy de France & de Navarre. A nos amez & feaux Conſeillers, les Gens tenans nos Cours de Parlement, Maître des Requeſtes ordinaires de notre Hôtel, Grand Conſeil, Prevôt de Paris, Baillifs, Seneſchaux, leurs Lieutenans Civils, & autres nos Ju-

ficiers qu'il appartiendra , SALUT : Notre bien amé ANTOINE-CLAUDE BRIASSON , Libraire à Paris , Nous ayant fait remontrer qu'il lui auroit été mis en main un Manuscrit , qui a pour titre: *Mémoires pour servir à l'Histoire des Hommes Illustres dans la République des Lettres , avec un Catalogue raisonné de leurs Ouvrages* qu'il souhaiteroit faire imprimer & donner au Public, s'il nous plaisoit lui accorder nos Lettres de Privilege sur ce necessaires. , offrant pour cet effet de le faire imprimer en bon papier & en beaux caractéres , suivant la feuille imprimée & attachée pour modele sous le contre-scel des presentes. A CES CAUSES, voulant traiter favorablement ledit Exposant , Nous lui avons permis & permettons par ces Presentes, de faire imprimer ledit Mémoire & Catalogue ci dessus specifié, en un ou plusieurs volumes , conjointement, ou séparément, & autant de fois que bon lui semblera; sur papier & caractéres conformes à ladite feuille imprimée & attachée pour modele sur notredit contre-scel , & de le vendre, faire vendre & debiter par tout notre Royaume, pendant le tems de *huit années* consecutives, à compter du jour de la date desd. Presentes. Faisons défenses à toutes sortes de personnes , de quelque qualité & condition qu'elles soient , d'en introduire d'impression étrangere dans aucun lieu de notre obéïssance; comme aussi à tous Libraires - Imprimeurs & autres , d'imprimer , faire imprimer , vendre , faire vendre, débiter, ni contrefaire lesdits Mémoires & Catalogues ci-dessus exposez , en tout ni en partie, ni d'en faire aucuns Extraits, sous quelque prétexte que ce soit, d'augmentation, correction, changement de Titre, ou autrement , sans la permission expresse & par écrit dud. Exposant ou de ceux qui auront droit de lui, à peine de confiscation des Exemplaires contrefaits , de trois mille livres d'amende contre chacun des contrevenans, dont un tiers à Nous , un tiers à l'Hôtel-Dieu de Paris , l'autre tiers audit Exposant , & de tous dépens, dommages & interêts. A la charge que ces Presentes seront enregistrées tout au long sur le Registre de la Communauté des Libraires & Imprimeurs de Paris , & ce dans trois mois de la date d'icelles ; que l'impreſſion de ce Livre ſera faite dans notre Royaume, & non ailleurs, & que l'Impetrant ſe conformera en tout aux Reglemens de la Librairie, & notamment à celui du 10. Avril 1725. & qu'avant de les expoſer en vente, le Manuſcrit ou Imprimé qui aura ſervi de copie à l'impreſſion dudit Livre, ſera remis dans le même état où l'Approbation y aura été donnée, és mains de notre très-cher & féal Chevalier Garde des Sceaux de France, le ſieur Fleuriau d'Armenonville, Commandeur de nos Ordres ; & qu'il en ſera enſuite remis deux Exemplaires dans notre Bibliotheque publique, un dans celle de notre Château du Louvre, & un dans celle de notre très-chér & féal Chevalier Garde des Sceaux de France le ſieur Fleuriau d'Armenonville, Commandeur de nos Ordres, le tout à peine de nullité des preſentes, du contenu deſquelles vous mandons & enjoignons de faire joüir l'expoſant ou ſes ayans cauſe, pleinement & paiſiblement, ſans ſouffrir qu'il leur ſoit fait aucun trouble ou empêchement : Voulons que la copie deſdites preſentes, qui ſera imprimée tout au long au commencement ou à la fin dudit Livre, ſoit tenuë pour duëment ſignifiée, & qu'aux copies collationnées par l'un de nos amez & féaux Conſeillers & Secretaires, foi ſoit ajoutée comme à l'Original. Commandons au premier notre Huiſſier ou Sergent, de faire pour l'exécution d'icelles, tous Actes requis & neceſſaires, ſans demander autre permiſſion, & nonobſtant clameur de Haro, Charte Normande, & Lettres à ce contraires : CAR tel eſt notre plaiſir. DONNE' à Paris le vingt-huitiéme jour du mois de Novembre, l'An de Grace mil ſept cens vingt-ſix, & de notre Regne le douziéme. Par le Roy en ſon Conſeil.

DE S. HILAIRE.

Regiſtré ſur le Regiſtre V I. de la Chambre Royale & Syndicale des Libraires & Imprimeurs de Paris, N.° 530. F. 421. conformément aux anciens Reglemens, confirmez par celui du 28. Février 1723. A Paris ce 3. Decembre 1726.

Signé, VINCENT, *Adjoint.*

www.ingramcontent.com/pod-product-compliance
Lightning Source LLC
Chambersburg PA
CBHW070546030726
47505CB00001B/185